大叫唤大地狱
第六殿
热恼大地狱
第七殿
（地表）
黄泉
第一殿
大热恼大地狱
第八殿
活大地狱
第二殿
阿鼻大地狱
第九殿

二郎神犬马◎作品

采珠勿惊龙

鬼雨法螺

湖南文艺出版社
HUNAN LITERATURE AND ART PUBLISHING HOUSE
博集天卷
CS-BOOKY

图书在版编目（CIP）数据

采珠勿惊龙：鬼雨法螺 / 二郎神犬马著. —长沙：湖南文艺出版社，
2016.7
ISBN 978-7-5404-7601-4

Ⅰ. ①采… Ⅱ. ①二… Ⅲ. ①长篇小说－中国－当代 Ⅳ. ①I247.5

中国版本图书馆CIP数据核字（2016）第090643号

上架建议：畅销·长篇小说

CAIZHU WU JINGLONG：GUIYU FALUO
采珠勿惊龙：鬼雨法螺

作　　者：二郎神犬马
出 版 人：刘清华
责任编辑：薛　健　刘诗哲
监　　制：毛闽峰　李　娜
策划编辑：付立鹏
特约编辑：马玉瑾
营销编辑：贾竹婷　曹伯丽　雷清清
装帧设计：张丽娜
插画绘制：许　诺
出版发行：湖南文艺出版社
（长沙市雨花区东二环一段508号　邮编：410014）
网　　址：www.hnwy.net
印　　刷：三河市百盛印装有限公司
经　　销：新华书店
开　　本：700mm × 995mm　1/16
字　　数：268千字
印　　张：16
版　　次：2016年7月第1版
印　　次：2016年7月第1次印刷
书　　号：ISBN 978-7-5404-7601-4
定　　价：35.00元

质量监督电话：010-59096394
团购电话：010-59320018

目录 CONTENTS

第1章　龙牙/起源

1934年 辽宁 盘锦

时值盛夏，地处辽河畔的田庄台，天空阴沉昏黄，一连下了四十多天暴雨。田庄台是个古镇，乃连接辽南与辽西的关卡，虎踞辽河、紧挨营口，西南面向渤海湾，辽河水流经这里，最终奔向大海。这种地理形势在堪舆学上有个说法，称为“金锁龙门关”，意思是“蛟”会选择这种地方化为“龙”，民间百姓称之为“走蛟”，所以才有“挣脱金锁走蛟龙”一说。但并非所有蛟都能成功化龙，如果走蛟失败，那就只有死路一条，此即“龙门关”的含义。

正因为地理位置险要，故而明朝洪武年间，朝廷在镇西修筑了烽火台，派驻重兵。到清朝时，田庄台已有万斤大炮两尊，五千五百斤以上的大炮十二尊。

这日午后，雨一如既往地狂泄，河边芦苇荡旁的一间破瓦房，在风雨中飘摇欲坠，屋门口坐着的瘦老头，抬头望向阴霾密布的天空，旁边一名八九岁的小男孩，稚声稚气地问：“爷爷，这雨都下了一个多月了，怎么还不停？”

老者的声音沧桑嘶哑，低沉地说：“恐怕这是要遇上走蛟了。”

孩童问：“什么叫走蛟？”

老者看着芦苇荡，说：“龙是由蛟变的，由蛟化龙的过程就称为走蛟。”

“蛟变龙为什么天却要下雨？”

“龙司雨水，所以走蛟时天就会下雨，什么时候蛟走完了，什么时候雨才会停。”老者话音刚落，突然蜡黄如油布的天空，亮起一道紫电，狂龙般霹向他们家门前的那片芦苇荡，紧跟着一声炸雷从头顶轰起，吓得小孩“啊”地大叫，投向老者的怀抱。

又过了片刻，足足下了四十多天的暴雨，竟然逐渐小了起来，最后完全停了。西边乌云的边缘，露出一丝久违的阳光。孩童全然忘了刚才那声能吓破胆的炸雷和可怖至极的紫闪，跳出门外，欢快地喊道：“哈哈，雨停了，雨停了！”

老者也拄着拐杖出了屋子，站在门前一手撑腰，一手遮在眼眶上，看着缓缓放晴的天空。

小男孩走到不远处的芦苇荡前，看着被雨水冲刷得翠艳欲滴的苇叶，忍不住伸手去摘。恰在此时，芦苇丛深处传来阵阵窸窸窣窣的声响，似乎有什么物事藏在里头，孩童好奇心大起，但心头也闪过一丝丝害怕，本能地回头看了看，见爷爷就站在背后不远处的屋前，于是咽了口唾沫，壮足了胆子，边尽力拨开芦苇丛，边朝前走。

当面前最后一簇芦苇被分开，小男孩被眼前的景象吓得张大了嘴巴，浑身汗毛立起：一条粗如水缸，遍体青鳞，状似巨蟒的物事，正昂着上半身，前面一对龙爪紧紧抓住芦苇丛下的地面；硕大如牛头的脑袋上，竖着两只龙角，原本正昂首朝天，发出微微沉吟之声，此刻突然回转头，用一对血红的眼睛，紧紧地盯着小男孩。

孩童吓得呆在那里，屏住呼吸，腿肚子直打战，片刻后猛然惊声尖叫，不顾一切地掉头往回跑。

那条青龙将龙颈缓缓向前伸了些，似乎在看小男孩逃命的样子，倏忽间，却突然由静转动，迅如风雷，无翅却离地六七尺，从芦苇丛中飞蹿了出来。

那孩子不过才八九岁，哪里跑得了多远，先前的那名老者眼睁睁看着孙子背后现出的庞然巨兽，惊得怔在原地，连喊都不会喊了。眼见青龙的利爪几乎就要抓到孩童的后背时，四下里忽然传来几声枪响，子弹直击龙身，硬生生将那青龙打得收回了爪子。

青龙恼羞成怒，陡然弃了孩童，在空中四下游走，张牙舞爪，却辨不清子弹来向。正要发狂之际，四周围上来数辆军用卡车，每辆车上均是举枪射击的士兵。

那青龙飞得不高，被枪弹打得几欲狂暴，龙吟之声转为骇人的尖厉嘶啸，但竟然兀自不落，瞅准一辆卡车，便直直猛扑了过去，龙爪钳住车头，跟着笔直朝上游走，那辆卡车瞬间就被翻了个底朝天，车上士兵全被压在了车下，凄厉惨叫哀号。接着龙尾一个抽甩，正中对面一辆车身，军用卡车如被踢飞的皮球般，直接砸进河里，斜斜陷入水中。

这时，空中忽然撒下一张巨网，将青龙团团绕住，愈是挣脱，缠得愈紧，远远看去仿佛空中一团青云，左右飘忽不定。紧跟着一名穿着风衣、戴着墨镜的男子，从一辆军用卡车驾驶室里跳了下来，手里拿着一把奇怪的长枪，看起来枪管中似乎插上了利箭，接着举枪朝空中瞄准。一声沉闷的枪响，枪管中的长箭便呼啸着射向网中的青龙，接着那人从腰间的箭套中又取出一支，装填再射，前后连射五六支。

估摸那箭头是涂了麻药或者毒药，半空中的青龙，终于渐渐停止挣扎，最后一个猛子扎进辽河水里，动弹不得了。

那张网是从卡车上射出，最后收紧的钢链亦是固定于卡车上。风衣男子将长枪扔给旁边的一名士兵，转头朝驾驶员喊道："拉上来。"

链条渐渐收紧、绷直，两辆卡车一起拉拽，发动机轰鸣不已。那条被巨网兜住的青龙，逐渐从经过四十多天暴雨，水势湍急的辽河中，被拉了上来。

岸边的芦苇丛中央被压平一大片，足有篮球场大小，青龙奄奄一息地躺在网中，偶尔发出一阵奇怪的哀鸣。

这时风衣男子走到龙头边，半蹲了下去，接着从右脚皮靴侧面抽出一柄利刃，左手掰开龙唇，露出最外侧一颗寒光闪闪的龙牙，长度几乎与他手中的刀身相仿，男子右手握紧刀把，将刀尖直直朝龙牙根部剜去，手法娴熟精准，数股寒血飙出后，一颗完整的龙牙便被他稳稳地托在手心。

一名戎装笔挺的军官，脚蹬马靴，走了过来，到风衣男子身边停住，说："简克胜，你不是说蛟刚化为龙时，是最容易捕捉的吗？他奶奶的，这还叫容易，险些全军覆没。老子的命都快没了。"

男子冷笑一声，说："现在就是最容易的时候，这蛟刚刚化为青龙，只要再迟一个时辰过来，咱们可就不是站在这儿说话，而是去阎王殿报到了。"

军官倒吸了口凉气，顿了顿，又说："我是要你来取龙珠的，你给我把龙牙挖出来做什么？”

“龙牙是我给自己留的。珠子别着急，我这就给你弄出来。”那男人说着，用手在青龙颔下部位稍微探了探，确定好位置后，刀尖刺进，龙下巴上便被刺出一道口子，跟着左手探入，摸索一阵后，血淋淋地掏出一颗鸭蛋大小的珠子。神奇的是，尽管风衣男子的手上满是龙血，但那颗珠子却荧光异彩，不沾丝毫血污。

军官两眼精光大盛，接过龙珠，小心翼翼拿在手中，掩饰不住的惊喜和兴奋，口中吟道：“玉渊之中，五爪青龙，颔下有珠，名曰夜光。哈哈，这就是夜明珠啊！你们简家果然名不虚传，不愧南珠王的名头！”

二十多天后，《盛京时报》以“营川坠龙”为标题，连续刊登系列新闻，并配以照片，但此时的那条龙，只剩一副骨架矣。

第2章　追凶

我叫杨宣，出生于深圳市。家里经商，父母最开始做外贸生意，后来兼营房地产。小时候，算命的说我五行水旺，冲了日元，因此要忌水。可我偏偏天生就喜欢水，而且我身上有一件说来很奇怪的事。

我两岁多的时候，全家去清远游玩，清远那边有不少温泉，所以父母就带着我一起去。然后神奇的事情发生了，父亲在水里托着我，一小会儿之后，我自己便开始扑腾。父母看着我的模样，乐得哈哈大笑，也没觉得有多奇怪；又过了片刻，两岁多的我，竟然在几经扑腾打水之下，就游离了父亲的手掌，自个儿在温泉的水里用一种不知是狗刨还是蛙泳的方式，游了起来。而且身体一半在水中，一半浮在水面，头有时在水里，换气时又知道昂出水面。

这可吓坏了我父母，当时温泉里的人，也全都被我的行为给惊呆了。另外那时候我虽然两岁多了，但还不会说话，直到三岁我才会讲话，算很晚的。换句话说，也就是我还没有学会说话之前，就已经会游泳了，并且这种技艺竟然是与生俱来，天生就会的。

这事我说给谁听都不信，但我真的没说谎，事情的的确确就是这个样子，没有半点儿添油加醋。

这是我这辈子的一个无解之事，后来的日子也就比较正常了，小学、中学、大学，上学、读书、玩乐，一切都跟同龄人一样。唯一不同的就是——我天生水性奇佳，而且别的同学有空喜欢溜到电子游戏厅去打游戏，而我，一有空就喜欢游泳，而且随着年龄增长，室内游泳馆已经不能满足我的胃口了，专挑水库、野沟、江河里游。

但是父母相信算命先生的话，特别是我妈，一抓到我到外面游泳，就会狠揍我，毕竟就我这么个独生儿子，危险啊。还记得八岁那年暑假，我跑到城北一条河，当时不少孩子都在玩水，为了显摆水平，我就爬到河上一座小桥的护栏外，直接从桥上往河里跳。那天也真是点儿背，跳进水里后，脑袋撞到了个水下的什么东西，人就晕了。没错！是在水里晕了，因为后来我什么都不知道了。那群熊孩子呢，竟然没一个发现我跳下去就没上来的，自己玩自己的，然后太阳落山各自回家。

等我被人发现救上来时，已经是第二天的早上了。也就是说，我从头一天下午一直昏迷到第二天早上，而且还是昏在城北那条河里，最后还没死，被人捞出来送到医院后给救活了！这怎么解释？没法解释啊！所以，这算是我除了天生会游泳以外的第二件无解之事。

不过没办法，就好比有的人天生喜欢音乐，有的人天生喜欢篮球，大部分男孩子喜欢玩游戏一样。我，天生就是喜欢游水，拼着挨揍也总想法子溜出去。

我爷爷是一名地质古生物学家，从小很疼爱我，见我为游水的事儿老挨揍，后来看不下去了，就送了我一个很稀奇古怪的东西。然后跟我父母说："有了这个东西，你们就可以放心了，杨宣爱游泳就去吧，不会有事。"

这东西是什么？——龙牙，外形像一把长匕首，光泽类似象牙，但重量和密度比象牙高很多。手感冰凉如镔铁，从侧面看，又有点儿像个扁号角。

我问爷爷这是从哪里弄到的，他说："我是搞地质古生物的嘛，当然会有一些这种稀奇古怪的东西了。"并且经常时不时叮嘱我，如果别人问，就说是捡到的，不知道是什么东西，千万不可以说是龙牙。他的样子显得很神秘，而我这么多年也是一直这么照做的。

他给我龙牙的时候，我才上初中，龙牙对于当时才十几岁的我而言，有点儿大。于是爷爷请银匠焊了底座，然后用一种刀砍不断、火烧不烂的绳子穿起来，据说那种绳子叫作火炼线。当时我很讨厌龙牙，因为实在太大、太碍事了，但随着体格长大，成年之后长到一米八五，多年下来习惯成自然，倒也片刻离不开，虽然直到很久很久以后，我才知道了龙牙的真正秘密和作用。

大学时学校开了游泳课，那阵子是我四年里最风光的时候，不但游泳技术令体育教员汗颜，基本每次上课都是喊我做示范，而且我个头一米八五，身材非常健硕，因此大学里同学都喊我飞鱼菲尔普斯。

我嘛，也乐得接受这个称号。

后来因为在游泳上对我个人而言确实没有什么可突破的了，所以就利用业余时间，报了潜水训练班，开始专攻潜水。虽然潜水与游泳不完全是一回事儿，但水这个东西是一通百通的，没过多久，我连PADI（国际专业潜水教练协会）的潜水教练证都已经考到了手，考证前后大约花了十几万，那时打算毕业后就去当个潜水教练，岂不快哉？

但快乐的日子总是短暂的，大学四年匆匆而过，现实也接踵而来。毕业前，我面前摆着两条路，一是去南方海边做潜水教练，二是回深圳，到我爸的公司。我自己肯定是比较想去做潜水教练的，但这两条路中无论哪一条，都不可能跟我大学处了四年的女朋友在一起。因为她顺利找到了北京的一份工作，然后在去北京一个月之后就说要跟我分手，紧跟着就是电话、QQ等一切联系方式全换了。

我这个人很重感情，毕竟实实在在相处了四年，所以我怎么都想不通——人怎么可以无情到这种地步？！整整四年的感情，分开一个月就能全部忘记？我痛苦的倒不是分手，毕竟愿不愿意跟我，那是她的自由，任何人都有权利去争取自己认可的幸福。我真正痛苦的是：我实在无法接受仅仅一个月的时间，对方就能毅然放弃一段四年的感情。这分明是在说："你个傻帽，对别人那么用情，就以为她也会同样爱你爱到骨子里。其实人家在这四年中，根本就没把你当回事儿！只不过图你的长相好、家境好的富家子给她自己长面子罢了。否则怎么可能在离开一个月你后，就甩了你呢？"

好歹你他妈也装腔作势、假模假样地舍不得我一下，或者哭诉一下"不是不想在一起，而是实在是两地工作，没办法！"骗骗我也好啊。×！干脆利落、毫不拖泥带水、快刀斩乱麻地就把我甩了，真比男人还果断。但从这事中，我也明白了一个道理——男人光帅是没用的，你再帅也不是空气，女人离了你照样活得好好的。

所以那段时间，我意志消沉，跟行尸走肉似的，也无心去做潜水教练，最后回了老家深圳。

常言道，祸不单行，确实有些道理的。我还没有从被前女友甩的阴影中走出来，却又突然接到消息，最疼爱我的爷爷在返聘他的地质古生物研究所里去世了。

我简直难以置信！我和爸爸连夜赶了过去。研究所在上海，到达那里时，爷爷的遗体已经存放在了医院的太平间，医生说是心肌梗死导致的猝死。

研究所的工作人员在安慰过我们后，通报了情况：爷爷是死在办公室兼卧室里的。因为爷爷本已退休，但因为他是地质古生物领域的权威专家，所以研究所返聘后，给他的待遇也极高，在院里有一间单独的套房，既是办公室，也带有卧室。前一天的上午，有一个学术会议需要他来，但左等右等等不到人，打电话也无人接听，于是研究人员就派人到他的办公室找，手机是在里面响，但无论怎么喊就是没人回应。但他们也没敢贸然撬门进去，万一爷爷是出去了呢？一直等到晚上，发现整整一天爷爷都无影无踪，直到这时工作人员才急了，撞门进去才发现爷爷趴在办公桌后，早已没了呼吸。

我想起小时候爷爷陪我的种种情景，带我去游泳，带我去海边捡贝壳，护着我不让母亲揍我，上大学之前对我语重心长地告诫……泪水怎么也止不住，掏出胸前的龙牙，睹物思人，更是心痛不已。

关于爷爷的死因，尽管医院方面很肯定，是心肌梗死导致的猝死，但我完全不能接受这个结论。因为在爷爷死前半个月，我曾经给他打过电话，他说正在研究震旦纪古贝类在中国的分布，并说有人很想得到他手里的研究成果。所以在我看来，这个时候爷爷去世，是很不正常的。

很多人或许对地质古生物专业比较陌生，我举个具体的例子你们就能懂，比如我胸前挂着的龙牙。龙牙在大部分人看来，只是传说中的东西，很有法力啊之类，只是他们不会相信世间确有其物。但我爷爷却言之凿凿告诉我，他让我挂在胸前的是龙牙，你们可能不信，但我相信，他一定不会骗我，虽然那时我还不知道龙牙的真正秘密和作用。那么在他平日的研究中，除了龙牙以外，一定还会涉及许多其他类似的神秘领域。而半个月前，在我与他的那通电话中，他说目前正在研究震旦纪古贝类在中国的分布，并说有人很想得到他的研究成果，对此我深信不疑！因为他的研究，在某些神秘领域，一定极具价值。所以，直觉很肯定地告诉我，爷爷的死，一定是非正常死亡，一定另有隐情。

我把这个想法告诉了父亲，以及研究所的工作人员，但他们都不相信我的话，认为我多虑了，甚至是妄想。因为医院已经鉴定过了，并且出具了死亡医学证明，确确实实是心肌梗死导致的猝死。

我真的很想跟他们大吵大闹一场，但那样除了能发泄一通火气，又有什么用呢？就好比一个正常人被送到精神病院，你越是说自己正常，没病，精神医生和家属越认为你是有精神病的。在别人已经认定你的情况下，多说不但无益，反而会让情况越来越糟糕。

但我心里却拿定了主意，就算穷尽一生，也要把这件事给弄清楚，如果爷爷确实是枉死的，那我一定要揪出真凶。

第3章　麦教授

家里摆上了爷爷的遗像、祭烛，父亲请道士们做了几场法事，我在伤恸之余，心里仍旧无法放下疑惑。虽然考虑许久，但到底该从哪里调查起，却全无头绪。那天，我打开电脑，看着搜索引擎主页的搜索框，随手输入了“猝死”两个字，然后漫无目的地浏览起来。

在翻看了几页无用信息之后，第三页中的一条，吸引了我的注意——标题是“贝类毒素的提取及临床应用”，在内容中有红字突出显示的关键词“猝死”。这个无意中的发现，让我心头一紧，迅速打开链接。

这是一篇论文的介绍，虽然没有论文的全部内容，但在简介里，却清楚写明了“某些稀有贝类的毒素提取物可造成心肌梗死，致人猝死……”

如果这篇文章仅仅讲的是毒素导致猝死的话，或许我还不会过于注意，但关键是爷爷当时正在研究的项目是震旦纪古贝类在中国的分布，看见没？是“古贝类”啊，而这篇论文讲的正是“稀有贝类”的毒素提取，这二者之间既同是贝类，又同为猝死，不得不让我感到惊喜，仿佛在暗夜中的海上，突然看到了一座灯塔，一个声音在说——就是这个。我连忙查找论文的作者，是“山海大学·生物系·麦思贤（教授）”。

就那么简短的一则内容，我反复看了十几遍，经过一夜的思考，我决定去南京找这位麦思贤教授，看看从他那里可否得到更多的信息，佐证我的怀疑。

第二天，我跟家人匆匆打过招呼，说要出去一阵子，父母问我干什么去，我敷衍道找了份外地的工作，去看看。父亲让我别去，说就留在自家公司，母亲也是这个意思，但这事跟他们说是没用的，只会认为我魔怔了。所以我推诿着说就去随便看看，说不定还不错呢。

等到了南京后，我打车直奔山海大学，找到生物系，当时麦教授正在最大的阶梯教室里开一个讲座。我找到地方，偷偷溜了进去，坐在最后一排，准备等讲座结束后就去找他。

讲台上的麦教授，年纪出乎我意料，看样子应该有七十岁左右，跟我爷爷差不多大。声音稍显混沌，但混沌中却带有一股奇异的磁性，个子很高，虽然较瘦，但因为身材高大，所以显不出瘦来。满头银发，穿着一件很显气质的蓝灰色丝绸衬衫，略带休闲的黑色裤子，一副学者的派头！博学中却又藏着精明狡黠，那种感觉很难说清，因为少有人能将这两种气质融合一体。

当时他正在做一个有关珍珠的讲座，而我此行之所以来找他，就是为了他关于稀有贝类毒素的研究，珍珠是贝类孕产的，珍珠与贝类几乎就是互为一体的东西，所以我便先跟着听了起来。

“哪位同学说说，世界上的珍珠分为多少种？好，第二排那位。”一个女生的声音：“分为‘海水珍珠’和‘淡水珍珠’两种。”

“两种？好。还有谁？后面那位男同学。”

一个瘦高个男生说：“珍珠按地域分为四种——广西合浦，即南海的珍珠，叫作‘南珠’，因为粒大饱满，圆润度、光泽度较好，所以又被称为‘走盘珠’。我国东北的珍珠被称为‘东珠’或者‘北珠’；同时，也有人将日本的珍珠称为‘东珠’；欧洲的则为‘西珠’。历史上曾有‘西珠不如东珠，东珠不如南珠’的说法。”回答得很溜，看起来应该是为这次讲座做过功课的。

麦教授略微沉吟了片刻，然后说：“刚才同学们说的两种，或者四种，其实都不精确。世界上的珍珠，首先按照价值，可以区分为‘普通珍珠’和‘异珠’，普通珍珠顾名思义，就是大家在市面及电视上常见的；而我今天讲座的重点是后者——异珠。”他摁了下手里的遥控器，投影仪开始配合其所讲内容，投放出相应的异珠照片，他继续讲道——

“所谓‘异珠’分为两大类、四种。

“第一大类，世所罕见，最为贵重，叫‘龙珠’，顾名思义，即龙身上所孕结的珠子，具体点说，其位置就在龙的下巴里，有古语为证：

《庄子·杂篇·列御寇》云：“夫千金之珠，必在九重之渊而骊龙颔下。”《尸子》卷下：“玉渊之中，骊龙蟠焉，颔下有珠。”葛洪《抱朴子·内篇·祛惑》：“凡探明珠，不於合浦之渊，不得骊龙之夜光也。”

“龙珠的作用有很多，夜光只是其中一种。”

这时一名同学有些不礼貌地插话道：“麦教授，这个世界上，真的有龙吗？您这里说龙珠，也即您认为龙是存在的，但似乎到目前为止，还没人能有直接证据。”

麦教授笑着说：“你的这个问题，我想应该交给哥白尼回答。不过他的学生似乎也没问他，您为什么说地球是绕着太阳转的啊？”

台下响起一片笑声，麦教授继续讲道——

“第二大类异珠，是由海水或者淡水中的贝螺孕产，我简称为‘贝珠’，大体分为四种，大家可以看屏幕。

“第一种：个头超大、形状奇特。虽然珠宝意义上以正圆形为优，但天然形成的珍珠，因为无核，所以形状是很难规则的，并且越大越容易异形，比如屏幕上这张著名的‘亚洲之珠’就是梨形，还有‘老子之珠’则像老人头。

“第二种：颜色怪异，非常见色。你们可以看到这些，真的是颜色各种各样，远远超过了一般人知道的黑珍珠。

“第三种：稀有种类。注意这里的‘稀有’，指的是这类珍珠稀有，但孕产这些珍珠的贝螺却是普通的。比如孔克珠、美乐珠、丛云宝螺珠、赤旋螺珠等，这些珍珠在珠宝市场上的价格都是以‘克拉’为单位计算的，也就是跟钻石的计量单位一样。

“第四种：功能诡异，比如‘避水珠’。有谁知道避水珠的吗？可以直接说，没事的。”

台下有人答道：“避水珠，可以在水底开辟出旱路。”还有人说：“是西海龙宫的镇海之宝。”

麦教授点头说：“不错。我们且不管避水珠是否真的存在，或者其功能是否有传说中的那样强，我举它为例，是表达异珠的功能性这个概念。其实龙珠中的夜光珠，在贝珠当中也有，这也是一种功能性的异珠。但凡功能性异珠，是无法由普通贝壳或者普通海螺孕产出来的，能够结出这类异珠的，必定是——奇贝异螺，什么叫奇贝异螺？就是一些极为珍稀少见的贝类或者螺类……比如屏幕上这个，这个叫作殷芒贝，极为稀有！你们今天能看到一眼它的样子，也算是幸运。它能结出什么？——贝珠中的夜明珠。不过并非每只殷芒贝都可以，这个是需要在极为苛刻的、符合特定天文与地理条件的地方，才有可能孕产出来……”

虽然我是为爷爷的死因而来，但还是被麦教授的讲座所吸引，说实话，大学四年，我从来没有像听麦教授关于异珠的这次讲座那样认真听过课。麦教授所讲的内容真的都是我这辈子闻所未闻，甚至想都没有想到过的东西。世上居然存在“异珠”这号事物！

等到讲座结束，我立刻冲出去，在教室外面的拐角处等麦教授。麦教授走过来后，我迎上去说：“麦教授，我有个问题想请教您。”

“嗯，你问。”麦教授边说边朝前走。

可一时间我突然又不知道该从何说起了。

“怎么了？”麦教授问。

我想了想，笑着说：“教授，我能请你到外边咖啡馆里去说吗？”

“到底什么事儿？”他停住步子。

“我不是这里的学生，我是从网上看到了您的那篇《贝类毒素的提取及临床应用》的论文，想到家人发生的一些事情，觉得可能与这种贝类毒素有关，所以想来请教一下，但一时半会儿，有点儿说不太清。”

麦教授似乎觉察到我有些不对劲，想了片刻后，竟然点头同意了，说：“你跟我来吧，到我办公室去。”

“那太好了！”

我原本以为麦教授使用的是那种大办公室，几个老师合用那种。没想到却是一间独立办公室，进去之后发现更像间书房，一扇大落地窗外面是花园，将室内衬托得更为幽雅。

麦教授放好公文包，倒了杯水给我，指指沙发，说：“你坐吧。”然后自己坐到书桌后面，点上一根烟：“这里没其他人了，你可以说说你有什么事儿了。看起来似乎对你很重要？”说完，他的嘴角微微带了些笑意。

于是我开门见山地问："麦教授，您论文里提到，稀有贝类毒素提取物如果用于人体的话，会造成心肌梗死及猝死。那这个症状与自然引发的猝死，有区别吗？也就是说，能否检测出来？"

麦教授回答道："如果你仔细读过那篇论文的话，就会知道那几种贝类毒素致人死亡的原理，并非通过化学作用，而是引发了人体的自然排斥反应，所以这些贝类毒素与化学毒药是完全不同的两种物质，想查出来难度相当大，除非到我的实验室来。"他喝了一口茶，又继续道："还是具体说说你的事情吧。"

我整理了一下思路，说："麦教授，我的爷爷是搞地质古生物研究的，最近研究的课题是——震旦纪古贝类在中国的分布，他曾说过有人很想得到他的研究成果。就在前阵子，我爷爷突然死在办公室。医院说是心肌梗死导致的猝死，但我完全不能接受这个结论，不过无论是研究所的人，还是我父母，没有一个人怀疑。之后我在网上无意间看到您的这篇论文，关于贝类毒素提取物的，论文上说那可以导致人的心肌梗死，造成猝死。所以，所以，我想来向您请教，看能不能查出我爷爷的真正死因。"

麦教授沉思了片刻，说："我明白你的意思，但即便你爷爷的死，真的如你所料是他杀，或者真就是某种贝类毒素导致的死，我既不是警察，也不是法医，没法实地去化验检测，也就没法证实啊。况且，医生已经鉴定了是自然死亡，那么警察也没法立案，我觉得，你或许还是应该尊重鉴定结果。"

我如同泄了气的皮球，闷坐在那里，不知道该再说些什么。麦教授见我一副失望的样子，估计有点儿于心不忍，说："震旦纪古贝类是一个笼统的概念，并不是所有震旦纪的古贝类都了不起，你能知道他具体研究的是哪种吗？如果知道的话，那我还能帮你判定一下，究竟值不值得有人为此干出些出格犯法的事儿，毕竟我的专业就是贝类，这方面我很了解。"

我想了想，说："这个我还真不知道，可能得去他们研究所问问。"这时，我突然想到脖子里的龙牙，也顾不上爷爷叮嘱过的不能告诉外人这是龙牙的话语，心里只想能够引起麦教授的重视，多个人帮我。因此赶紧掏了出来，说："麦教授，这个是我爷爷给我的，龙牙，真正的龙牙。您刚才的讲座里不是说到龙珠吗？那么您肯定是相信龙是存在的，这是我爷爷给我的，他现在研究的东西，绝对不会比龙牙差，一定很有价值的。"

见麦教授盯着龙牙看，我便走过去，从脖子上取下来，递到他的手里。麦教授拿在手里瞅了许久，才还给我，皱着眉头问：“你爷爷叫什么名字？”

“杨子衿。”

麦教授似乎怔了一下，说：“杨子衿？”

“怎么？您认识我爷爷？”

麦教授努起嘴，说：“在几次学术研讨会上，我跟他曾经见过几次面，吃过几顿饭，但不是特别熟那种，毕竟不在一个单位。他曾经对龙做过很深入的研究，作为一名地质古生物学家，你爷爷早期的观点认为龙是上古生物，但后来的一系列论文，明显可以看到，他的观点发生了变化。”

我心中燃起了一线希望，说：“那麦教授您现在认为我爷爷，他的死，到底是不是正常？”

麦教授用手撑起下巴，食指捋了捋嘴角，说：“这个还真不好讲，不过从你爷爷研究的方向来看，应该是偏向自然界的神秘领域，并且跟我研究的贝类学，有较多的交集，这也是我还比较了解他的原因。所以，也许这次，他可能真的触及到了某些核心领域……”

“那您说我现在应该从哪方面着手呢？如果真的想要调查的话。”

“那当然是得弄清，他正在研究的具体内容。”

我掏出手机，说：“我这就给他们研究所打电话，问问爷爷的课题情况。”

谁知麦教授摆摆手，说：“你打电话，人家不会告诉你的，科研的事情，有些东西是属于机密性质的。我来吧，他们研究所有我的学生。”

我愣了一下，连忙说：“那太感谢您了。”

麦教授打通了电话，好一会儿之后，挂掉。我问：“问到了吗？”“问是问到了，但他在研究所带的课题是——从二叠纪生物大灭绝，建立进化与突变的系统模型。”说着朝我看了一眼，“跟在电话里告诉你的不一样。”

我回神想了想，说：“他不会骗我的，那看来更加可能是因为震旦纪古贝类这件事了，因为这一定是他私下在研究的事情。”

麦思贤点点头，说：“应该是，只不过还是那句话，震旦纪古贝类是一个笼统概念，太宽泛了，我们得知道具体内容，才好做出判断。”

“要不我去他办公室，看看有没有什么资料或者文档之类的，可以推断出来？”

“以你一个门外汉，恐怕即使找到线索，也会因视而不见错过。”

我觉得他似乎话里有话，愿意帮我，于是欣喜道：“那麦教授，您能跟我去一趟吗？”

麦教授叹了一口气，说：“我一大把年纪了，经不起路上折腾，不过我可以派个人去帮你。”我赶紧道谢，麦教授说：“别总是谢谢了，虽然跟你爷爷不熟，但好歹也算半个同行，大家还一起吃过几顿饭，能帮上一点儿是一点儿吧。”然后他站起身，掐灭烟，整了下衣服，拎起公文包，说：“跟我走。”

第4章　九渊博物馆

坐着麦教授的车，穿过热闹的市区，来到郊外的一个山脚。沿山路绕到顶后，车驶进一栋L形建筑前的院子里，停了下来，大门外侧的牌子上写着——“九渊博物馆”，但我看院子里并无多少社会车辆，心里很奇怪：“麦教授带我来博物馆做什么？而且博物馆应该是对社会开放的，怎么看起也没有几个游客呢？”

我跟着麦教授走进楼里，大堂正中央的矮脚黄花梨底座上，摆着一个超级大贝壳，宽度能抵得上我张开双臂的距离，厚实得如同石磨盘，质地像是玉石，我从来没见过这种东西，震撼之余问道：“麦教授，这是什么？”

麦教授边继续朝里走边说：“玉化的砗磲贝。这是世界已发现的最大尺寸，比产出‘老子之珠’的那个砗磲贝还要大，而且发现时已经自然玉化。”

我说：“那一定很值钱吧？”

“你如果真喜欢一个行当，就永远不会把钱放在第一位。去年有个美国贝商出两千万美元，我都没卖。尺寸大小不说，光是自然玉化的砗磲贝，你就没地儿找去。”

我听了觉得很奇怪，问：“这是您的？我以为是这个博物馆的呢。”麦教授回头朝我看了一眼，说：“这博物馆就是我私人开的。”

上了二楼后，在灯光的配合下，橱窗里陈列着的一件件宝贝，显得既诡异又高贵。再仔细看看，这些展览品竟然都是各种各样稀奇少见的贝壳和海螺，我不禁奇怪着问道："麦教授，莫非您这是个贝类博物馆？"

"是啊，我是个贝类学家，自然也喜欢收藏珍稀贝壳和海螺了，这里的展品，全是世界上一等一的，欧美多少贝商想要，呵呵。这层是贝螺类，三楼则全部都是异珠藏品。珍珠和贝螺，本就是一体的，贝珠不分家啊。"

"我听您提了两次贝商，那贝商到底是什么？"

麦教授背着手说："在国外，集贝是与集邮一样的爱好行为，并且贝迷比邮迷数量还要多。中国有很多人集邮，却没有多少人热衷于收集贝壳的，即使偶尔有，所收藏的贝壳也不成系统，只有屈指可数的一些集贝大家。你不知道贝商也在情理之中。"

我有些明白了，说："哦，这么说，贝商就是专门出售贝壳的商人，就跟邮局发行邮票一样。"

"可以这么理解。贝商行业从业者人数最多的是菲律宾，他们的修壳手艺算是巧夺天工，造出的一些珍贵贝壳的赝品，普通人根本看不出来。但是若论财力和实力，欧美贝商就很厉害了。"

"看来这还是门大买卖啊！"

"比集邮还历史悠久、人数众多的行业，当然是门大买卖了。世界上大的贝商都有自己的船队，常年在各国海域专门打捞贝壳。"

说话的工夫，我们来到了三楼，这层果然更加华美更加珠光宝气，里面陈列的大大小小的珍珠当真令我大开眼界。我从来没有想过，世界上的珍珠竟然会有这么多种，如果说刚才在麦教授关于异珠的讲座上，还只是将信将疑的话，现在就是彻底心悦诚服了，毕竟那么多的异珠，就实实在在展现在你的眼前。

而且，最为特别的是，展厅东侧顶头有一只很大的玻璃箱，有点儿像超大号水族箱，里面竟然有一条金龙，那样子就跟传说中的五爪金龙一模一样。但看体形，却只是一条小龙。

我站在玻璃柜前挪不动脚了，盯着那条龙猛瞅，想分辨出来，到底是假的，还是真龙做成的标本。

麦教授来到我身旁，说："采珠勿惊龙！"

我回过神来，问："什么？"

“采珠勿惊龙。但凡异珠出处，必有龙族把守，采珠人要么不要惊到龙，若惊龙，必屠之。否则采珠者自己性命就保不住了。”

我嘴里喃喃着重复道：“采珠勿惊龙？”

“这条龙是真的，只是做成了标本而已。是我花重金从日本的板仓家族手里回购的。”

“回购？”

麦教授点点头，说：“是回购，因为这条龙最初是二战前后，板仓家族从中国买走的。当时还有两条，但那两条一是人家不卖，二是即使卖，可能也是天价，因为那两条龙的尺寸比这条金龙要大很多。”

这时，一个身材高挑、长发垂肩的姑娘走了过来。蓝色衬衣的衣襟上似乎都是珍珠纽扣，黑色的裙子下搭着一双高跟鞋，既干练又很美。看样子似乎不是游客，因为我感觉这博物馆根本就不是对外开放的，更像是私人藏品库，所以我猜她是这里的工作人员。

麦教授向我介绍道：“这是我们博物馆的研究员，郭美琪。”然后又对那姑娘说：“这是杨宣，他爷爷是杨子衿，就是那个以前研究龙的地质古生物专家，去年学术年会上，你也见过的。”

郭美琪哦了一声，似乎知道是谁了，伸出手，说：“你好。”我跟她握了握手，说：“你好。”

麦教授接着说：“来吧，我们到里面说。”

进了里间，郭美琪关上门，我打量了一下四周。这间屋子布置得像个会议室，中间有一座台子，看不出来是做什么用的，台子上有个设备，猛一看像是手术台上的无影灯，但细细看又不是。靠北面一端有讲台，有投影仪，中间台子的四周放着带有可折叠写字板的椅子。

麦教授在屋子角落的茶几上打开一瓶酒，取出两个玻璃杯倒上，走过来递给我，然后对着那姑娘说：“美琪啊，杨宣他爷爷出了点儿意外，医院说是自然死亡，心肌梗死导致的猝死。但杨宣坚持认为是意外，而且跟他爷爷手头研究的一个项目有关，不过那个课题是杨子衿的私人研究，现在杨宣想弄清楚具体内容，来佐证他的猜测。所以，我想让你陪他去一趟他爷爷的办公室，看能不能找到点儿线索。”

郭美琪说：“让我去倒是没问题，就怕最后查不出个所以然。因为他爷爷毕竟是搞地质古生物的，而我们是研究贝类的，虽有交集，却是两码事。”

我急忙说：“我爷爷说过，他正在研究的是震旦纪古贝类在中国的分布，肯定是跟贝类有关的。”

麦教授对她说：“如果你也没法从中发现有价值的线索，那说明咱们确实帮不上忙。但不管怎么样，还是先去看看吧。”

“那行，是南京的这个研究所吗？”

麦教授说：“不是，是上海的。可能时间上还得抓点儿紧，否则今天赶不回来。”

我满怀歉意地对郭美琪说：“实在不好意思了，本来我想自己去的，但麦教授说我是门外汉，看不出什么头绪，所以得麻烦你。”

“不碍事的。那我先去收拾一下，一会儿来喊你，咱们早去早回。”

我连忙道谢。麦教授苍老的手举起杯子，慢慢啜饮了一小口，说：“你也不用太感谢我们。一来你爷爷好歹算我的半个同行，大家有过几面之缘，去年学术年会时还一起吃过饭；二来嘛，这次的事情，如果真如你所料，那么可能就是我们贝类学领域的大事情了，背后一定不简单，恐怕有惊人内幕也说不定，我也想弄清楚。”

半个小时后，我上了郭美琪的车。车驶出博物馆的院子后，我觉得气氛稍显尴尬，便说：“要不我来开吧。”

“怎么？不相信女人的驾驶技术？”郭美琪转头看了我一眼，笑着说。

“不是，不是。主要是既要劳烦你跑一趟，而我这么大块头，却干坐在这儿，有点儿不好意思。”

“没什么，反正我到中国来，也是想多学习点儿东西。你爷爷是鼎鼎大名的专家，能跟你去一趟，整理他平时的研究材料，也是学习的机会。”

我听了觉得很奇怪，问道：“你来中国？难道，你不是中国人？”

“我老家是波士顿。”

“波士顿？美国人？”我有些惊讶。

郭美琪笑着说：“是啊，我爷爷最先去的美国，后来把全家也接了过去，我母亲也是华人，虽然我在美国出生、长大，讲英语，不过我的中国话可一点儿不比你差。而且我不但会普通话，还会粤语，闽南语。”

我有些不相信，说：“这怎么可能，一般的美国华裔小孩子，在中文语言学校学几年，连看中文报纸都不行。”

“我来中国太多次也太久了，多得几乎比对美国还要了解。我三岁时，父亲来华考察，那时就把我带在身边。后来在中国正式有了分公司后，他每次来，几乎都得带上我，中国就没有我没去过的省份。”

我愈发奇怪了，问：“你家到底是做什么的啊？既然家里是做生意的，怎么又会到麦教授的这个九渊博物馆？”

“我爷爷老家就是南京这里的，最初在英国爱丁堡大学留学，毕业后先是去了台湾，后来到美国马里兰大学生物系教书，专门研究水生生物。五年后把老婆和孩子从台湾接到了美国，那时候父亲十五岁。后来父亲做木材和香料生意，在中国以及印度、西澳、欧洲等地都有分公司，不过我对水生生物的兴趣比对木料、香料大很多。”

我来了兴趣，说：“你在美国不叫这个吧？”郭美琪淡淡地说：“我的英文名字叫Maggie，郭美琪是我自己起的中文名。”

“木材生意我倒是知道，香料主要做什么？”

郭美琪抬起胳膊，露出腕上的手串，说：“比如这串老山檀，就属于香料啊，又比如海南的紫藤香。中国自古不是有四大名香的说法吗？——檀香、沉香、麝香、龙涎香，这些都是香料。除此以外，我们还做食用香精，另外在法国也有香水厂。在中国这边，主要是做木料；西澳那边以做檀香木为主，其他木材为辅。”

我微微点点头，说：“你还真是挺专业哪。”

郭美琪俏皮地眨眨眼，说：“木材也好，香料也罢，只不过是因为家里做这行，我才了解而已。但我真正喜欢的是水生生物，水里的一切都令我着迷。这一点，跟我爷爷很像，他就是研究水生生物的。”

“那你是怎么到这里当研究员的？家里做生意，还是跨国公司，你却来研究异珠和贝类，真的很难想象。”

郭美琪说：“我有个嗜好，喜欢收藏贝壳，从小学第一次接触起，便一发不可收拾。几年前，新墨西哥州的一个贝商传了张照片给我，上面是一枚非常特别的贝壳，就像咖啡色琉璃一样漂亮，叫大灾星。全世界已知出水的大灾星一共只有七枚，因为这种贝壳据说是有魔力的，会给持有者带来致命厄运，所以我就想弄清楚原因。然后我爷爷说这个世界上如果有人知道大灾星带来厄运的原因，那么只有一个人，就是麦教授。所以，我就来了，顺便看看我爸分公司的情况。”

“大灾星？还致命厄运？一枚贝壳而已，有那么玄乎吗？”

郭美琪不置可否地笑了笑，说：“最初是一个印尼人拥有了大灾星，接着他的公司便在骚乱事件中被摧毁了；然后一个叫布鲁诺的人拥有了大灾星，结果山洪暴发，埋掉了他的房子和所收藏的贝壳，他从淤泥中挖出大灾星，吓得卖给了一个日本人；日本人买走大灾星后，不久便发生了神户大地震，这个日本人的全家都遇难，大灾星也不知所踪。全世界一共发现七枚大灾星，‘法国自然历史博物馆’与‘美国自然历史博物馆’各一枚，第三枚被人捞上来后船上发生了枪战，又被扔回大海，其余四枚现在下落不明。”

我听后连连咂嘴，说：“是有点儿神奇啊。那麦教授知道这是为什么吗？”

“他当然知道，只不过里面的原因太复杂，以后有时间再慢慢说吧。”她又看了我一眼，“你是做什么的？体格看起来像是游泳运动员。”

我嘿嘿笑了起来，说：“眼光还真不赖，我是准潜水教练，只不过因为有些事耽搁了，要不然我现在就在海南教人潜水了。”

“怪不得这么白。”

“怎么讲？潜水和白有什么关系？”

“因为我觉得凡是在水里待久的，似乎皮肤都挺白。”说着朝我一笑，“你要是晒黑些，那就有点儿像古天乐了。”

“拜托，古天乐原先也很白的，后来才故意去晒黑的好吧？”我靠在椅背上，也瞄了她几眼，“我看你似乎跟我差不多大年纪嘛。”

郭美琪不屑地嗤了一声，笑道：“你小屁孩儿一个。”

我一下子坐起身，说：“嘿，你中文是真不错啊。连小屁孩也会说。”

“我都跟你说了，对中国我比对美国都熟悉。估计你也就大学刚毕业吧？”

“是啊。”

“我比你大三岁，今年二十五了。”

我点上一根烟，说：“大三岁也能叫大吗？四岁以内都叫一样大。”

第5章　半路截杀

因为上海离南京不算远，所以我和郭美琪两人就这么直接开车过去，而且都是年轻人，一路上谈的算是比较融洽，所以等到上海时，已经很相熟了。

我在研究所的门卫室打电话和负责人说，我来爷爷的办公室整理下他的遗物，因为上次走得匆忙，很多书籍还有笔记等都没带走。因为爷爷的办公室兼卧室在研究所最外围的院墙处，远离核心科研区，更加不需要进入办公楼，所以负责人很快就同意了。

到地方下车后，郭美琪先是在房子四周看了看，说："这里连个摄像头都没有啊。"

我说："大门口有。"然后我指着房子与院墙之间的几棵水杉树，"不过，如果真有人要进来，可以从这里，根本无须从大门进出。"

郭美琪摇摇头，说："是啊，这边明显是老房子，估计跟研究所的年代一样长。"

我们进屋后，室内的物品摆设基本还跟我上次来时一样，但明显蒙上了一层灰，进去之后都感到有些呛鼻。我看见书橱里摆着的一张照片，是我小时候跟爷爷的合影，不禁很是感慨，拿在手里摩挲许久，然后从相框里将照片取出来，收进兜里。

郭美琪走过钢琴时，用手指头按了一下琴键，声音在空荡荡的房间里显得很诡异。

我走到书桌前坐下，也就是爷爷去世前最后坐着的那把椅子，书桌上偏右摆着一台电脑，左侧则是一具小型龙的骨架模型，桌面空空如也。

我把几个抽屉都拉开翻了一遍，将里面的文件统统搬到桌上，郭美琪一张张查看，似乎没有什么特别的；然后她又将书橱里的书统统浏览了一遍，仍然没有找到特别有价值的线索。

我有些着急，于是打开电脑，屏幕上提示需要输入密码，这个我之前还真不知道，抬头想了想，先是输入爷爷的生日，不对；再输入我的生日，也不对；最后把我能想到的都想了一遍，统统不对。

这时，郭美琪从书橱里取出一个小本子，边一张张翻着看边说："这个似乎是专门记密码的本子。"我连忙快步走了过去，凑近一看，确实是，上面密密麻麻，连同很多东西的注册信息都记录着，而且很多密码都不一样，也难怪需要专门用个本子记录。不过虽然连银行卡的密码都有，但就是不见哪条是电脑的。

我不信邪，坐下来又重新逐条看了一遍，还是没有发现。

郭美琪走回钢琴前，坐到琴椅上说："没有记录电脑密码，倒也说得过去，因为天天用的东西不会忘。实在不行的话，咱们搬到电脑维修店，看能不能让人破解。"

我皱着眉头，一筹莫展，但突然间我发现一个有些奇怪的地方，最后几条最新记录的密码，大概有四五条的样子，都是一样的，密码均为42CJDL54GYFL，而第一个用此密码的是爷爷在一个国际学术协会的官网账号。

我觉得有些奇怪，便将这个拿给郭美琪看，她盯着看了半天，也没有想出个所以然。

无奈之下，我们只能将认为可能有用的书和笔记，以及文件等都搬上了汽车，电脑当然也不例外，准备先回南京的博物馆，然后再慢慢琢磨。

返程的路上，换我开车，当车行驶至常州时，已经到了夜里，我和郭美琪停下来找地方吃了些东西，然后便又往回赶。到南京时，夜已经很深，在郭美琪的指引下穿过市区，开向博物馆所在的郊区。路上郭美琪见我脖子上挂着东西，便问："你挂的那是什么？"

我随口说："护身符。"

"什么护身符？"

本来按照爷爷从小的叮嘱，是不能跟人说龙牙的，但我想反正白天时已经跟麦教授讲过了，而且他们博物馆里本身就有龙的标本，所以跟她讲应该没什么事儿，于是说："是龙牙啊，小时候我爷爷给的。"

郭美琪一听来了精神，说："是吗？能掏出来给我看看吗？"

"你们博物馆不是有龙吗？还要看我的干吗？"

"那是条小龙，还没长出龙牙呢！"

我奇了怪，问："小龙不长牙吗？"

郭美琪说："龙身上有两样东西最为珍贵，一个就是龙牙，二是龙珠。龙牙是指龙唇下最长的一颗，只有成年后的龙才有，龙珠也是如此。快让我看看嘛。"

我笑了笑，一只手从胸前把龙牙掏了出来，正当郭美琪从副驾驶的位置上凑过身子看时，从车尾部传来一阵极其猛烈的撞击，整个车子几乎被撞得掉了个头。

我和郭美琪两人幸亏系了安全带，否则准保要磕得头破血流。车子停了下来，我怒气冲冲地打开车门，准备下车去跟后面肇事的司机理论。

后面是一辆越野车，下来三个人，看起来人高马大。还没等我说话，其中一个光头便一拳挥了过来，重重打在我的脸上。我瞬间就怒了，从小到大打架，向来都是我揍人揍得还不了手，哪里受过这种气？你们他妈的胆大包天了，于是啐了一口带血的唾沫，爬起来飞起一脚就朝光头佬踹去，另两人见我还手，便立马就冲了上来，四人扭打起来。别看他们三个，我一个，但一时半会儿，他们还真拿不下我。

Maggie也赶紧下了车，喊着："别打了，别打了，有话好好说。"

打到最后，那三人见实在占不到便宜，光头佬突然回到越野车里，掏出一把弩出来，举起来对着我，大声吼道："再打老子射死你！"

我看清楚了形势，见那把弩已经上了箭和弦，只消扳机一扣，随时都能射出来，这可不是闹着玩的。与此同时心里也感到有些不妙，因为突然想到，这里是郊区，本来就人烟稀少，现在又是深夜，更是没什么人影。如果真被不小心射死了，连个目击者都没有。

我只好举起手，站在那里喘着气，说："你们到底想干什么？"

光头怒气冲冲地说："干什么？要你的车。你们这对狗男女在这儿给爷站好了，敢动一下，就叫你们做一对儿亡命鸳鸯。"

我一听顿时急了，他们如果要钱不打紧，要车其实也无所谓，但关键是车上有我东西啊，于是说："车你们可以开走，但能不能行个方便，把车上的东西给我留下。你们放心，我保证不报警。我知道讨生活不容易，你们把车开走，我绝不追究。"

旁边一人一拳打过来，骂道："谁他妈让你说话了，闭嘴。"说完，就朝我和郭美琪的车走去，而光头则一直用弩箭对着我。

等到那人将车门关上，将车发动，光头和余下一人才慢慢退回他们自己的越野车里，然后三人开着两辆车走了，留下我和郭美琪站在黑地里。

看着他们离去的方向，我骂道："狗 × 的王八蛋，别叫老子找到你们。"

Maggie走了上来，问："你没事吧？"

我抹了抹嘴角的血迹，说："我没事儿，车被他们抢走了。"

"算了，算了，先回博物馆再说吧。"

我四处看看，说："这荒郊野外的，也没车啊。咳，博物馆干吗要建在郊区呢，这么偏有人来吗？"

"九渊博物馆是会员制，一般人进不来。而且建在市区不方便的。"郭美琪说着，朝前望了望，"这儿已经在博物馆的山脚下了，咱们走上去吧。"

于是两人摸黑朝前走去。

上山的路上，郭美琪笑着说："你身手看起来不错啊。"

"可惜最后还是被他们抢了。"

"那是他们有弩箭，你赤手空拳，当然没办法。"

我回想了一下，觉得有些奇怪："你说这伙人抢我们的车干吗？不像是一般劫匪，我们身上又没有钱，连问都不问，目标很明确，就是要车。"

"你的意思是，其实是要车上你爷爷的东西？"

"嗯。看来研究所一定有他们的人，见我们去收拾东西、找东西，立刻就通风报信跟过来。"

"照这么来看，你爷爷的事情可能还真是另有玄机。按理说，他们既然能害你爷爷，那办公室的东西肯定也能够拿走的，为什么非要等到现在，来抢我们呢？"

“我隐隐有些想法，但一时半会儿还没理清头绪，先回去再说吧。麦教授晚上在吗？”

“他平时不住这里的，博物馆晚上只有几名保安。但刚才打电话时，他说他在博物馆等我们。”

我有些感慨，说：“真不知该怎么感谢麦教授才好。”

郭美琪笑了起来，说：“所谓好奇害死猫，比如你是一个书画艺术家，那么如果有人来找你，请你帮忙调查一桩关于《兰亭集序》的案子，你肯定也会帮忙的。”

“麦教授一直说你们贝类学领域，和我爷爷的地质古生物研究有所交集，这个我总是想不明白。”

“你爷爷是研究龙的专家，而有句话叫——采珠勿惊龙。你听说过吗？”

“麦教授白天讲过。”

“那就是了，我们其实是研究奇贝异螺和异珠的，这二者互为一体，而且异珠出处总有龙族把守，所以你爷爷和麦教授的交集就是——龙。”郭美琪想了想，又问：“需要报案吗？刚才抢车的事。”

我叹了口气，说：“明天再说吧，估计报了也没用，等找到车时，里面的东西早没了。而且那帮人一定是有备而来，车牌说不定都是套牌，很难查到身份。”

到了博物馆后，麦教授果然在会议室等我们。我去洗手间清理脸上、手上的血污时，郭美琪将路上的情况先告诉了麦教授。

我再进去时，麦教授皱着眉头，说：“看来你的直觉是对的。你爷爷的死，不是那么简单。”

我坐到椅子上，有些丧气，说：“可惜，车上的东西都没了，没法弄清爷爷具体的研究内容了。”

郭美琪说：“但那帮人应该已经得到了想要的东西，为什么还要再抢我们的车呢？”

麦教授来回踱了几步，说：“研究所有他们的人。把车和上面的东西抢走，这样就可以防止别人有意或无意中知道你爷爷的研究内容。但他们却不能直接从你爷爷的办公室里将东西全都拖走，因为那样别人一看就知道是冲着科研成果而来，没法伪装成自然猝死。”顿了一会儿，他接着说，“而他们之所以用那么隐秘的手法，造成正常死亡的假象，一切都是为了掩人耳目，不想让人知道他们的目的。”

我问：“那么麦教授，您是否知道，除了你的研究所以外，还有什么人能够知道并掌握贝类毒素的提取呢？从这一点着手，说不定是个寻找嫌疑人的方向。”

第6章　南珠王

麦教授高大而瘦削的身体，从椅子里站了起来，倒了些酒，抿了一口，然后说："掌握贝类毒素提取技术，或者说掌握这种方子的人，在全世界有三个家族，中国一个，日本一个，还有一个原先在英国，后来举家族搬迁到了美国。"

我说："日本和美国的，恐怕有点儿鞭长莫及，中国的这个是什么情况？"

"你听说过南珠王这个人吗？"麦教授靠在台子上问我。

我摇摇头，说："没听说过。"

麦教授说："南珠王出生于清末，是一名采珠人。当年慈禧的冬夏两顶朝冠上共计六百多颗珍珠，均出自其手，另外还有一颗硕大的珍珠夜明珠，专门被慈禧用来挂在珍珠帐的正中，每晚便躺在那颗珍珠下的床榻就寝。南珠王，曾经是慈禧钦点的采珠人，专门负责采供用于慈禧生活装饰类的珍珠。此外还有几名采珠人，一个专负责用于食用的，因慈禧会定期服用珍珠粉；另一个虽然也负责生活类珍珠，却仅限在东海海域。只有南珠王和他的一班徒弟，持珠牒，负责南珠及全国范围内的淡水珠。只要他们相中的水域，随时可以凭借珠牒，通知当地县衙派人予以支持，甚至还能要求相中水域所属的水师进行配合，其能耐可想而知。"

我问："什么叫珠牒？"

郭美琪说："当时采珠行当内喜欢将珠牒称为龙票，因为珠牒的正面刻有一条五爪金龙，两只龙爪各抓着一颗硕大的夜明珠。相同于朝廷颁布的采珠许可证。"

"那什么又叫南珠？"

Maggie说："天下的珍珠在当时按地域分为几种，广西合浦，即南海的珍珠，叫作'南珠'，因为粒大饱满，圆润度、光泽度较好，所以又被称为'走盘珠'。东北的珍珠被称为'东珠'或者'北珠'；当然，也有人将产自日本的珍珠称为'东珠'；欧洲的则为'西珠'。历史上曾有'西珠不如东珠，东珠不如南珠'的说法。"

我说："这个我在麦教授的讲座上听过。另外，珍珠和这几个家族，以及掌握贝类毒素提取又有什么关系？"

麦教授说："别着急，很快你就会知道。合浦珠，也即南珠，是海里的，属'海水珠'。除此以外，自然还有江河湖泊等产出的'淡水珠'。目前因为珍珠全部都是人工养殖，所以绝大部分珍珠都不值钱，但有一类除外，那就是——异珠。"

"您在讲座上说，异珠分为龙珠和贝珠两大类，贝珠中的异珠又分为四种。"我想了想，又说："那按照您的这个说法，既然现在普通珍珠全是人工养殖的，那也就是说几乎不怎么需要采珠人了，如果采珠人现在要过活，甚至要过得很好的话，就只能采这些异珠了？"

麦教授点点头说："没错。无论海水珍珠，还是淡水珍珠，凡是普通珍珠，现在都是人工养殖。这给整个采珠行当带来的打击是致命的，当然却也大浪淘沙，剩下了最厉害的一批采珠人，他们现在专采异珠，只要采到一颗，那就是不得了的事情。中国最厉害的，就是刚才说的南珠王一脉，算起来到今天为止，这个家族应该是第五代了。"

我似乎隐隐有些明白了其中的联系，说："南珠王家族是采珠世家，而珍珠是贝类孕产的，所以采珠世家一定也精通贝类技术，就好比麦教授您这个九渊博物馆，在收藏奇贝异螺的同时，也收藏异珠，另外还有龙。"

麦教授点头嗯了一声，说："所以，如果你爷爷真是被人用贝类毒素害死以灭口的话，那南珠王家族的嫌疑是相当大的。他们精通贝类的结珠、分布和习性，曾经为寻采各种异珠而闯五湖、走四海，但这个家族自从人工养殖珍珠兴起之后，便消失匿迹许久。而且你爷爷已经火化，入土为安，即便能想到办法让警察立案，也没法化验了。”

我问：“既然销声匿迹许久，为什么麦教授您还知道他们的存在呢？”

麦教授笑笑，做了手势，说：“我这个九渊博物馆里的不少异珠，就是当年通过中间人向他们买的，只不过不知其具体行踪罢了。他们向来做事很隐秘，只是这次为什么如此大动干戈，恐怕背后的图谋真不简单。”接着，他转身小声吩咐让Maggie打开投影仪，然后说：“知道采珠人又被称为什么吗？”

我摇摇头。

“采珠人又被称为屠龙者……”

麦教授话没讲完，我就叫了起来：“屠龙者？这个外号比较酷啊。”

麦教授瞪了我一眼，说：“这不是外号，这是事实。采珠行当里有句话，叫作——采珠勿惊龙！我之前在外面也跟你讲过，但凡异珠出处，都有龙守护宝珠，而且最为珍贵的异珠，也就是第一大类——龙珠，本就是龙身上的。采珠人要想采异珠，要么别惊到龙，一旦惊龙，必屠之，否则他们自己就得死。”

听口气，麦教授似乎不像是在说假的，这时，郭美琪的投影仪在屏幕上投现出几张照片，有些是黑白的，有些是彩色的。最后停在一张黑白照片上，看里面人的装束似乎应该是在清朝末年，或者民国时期，众人面前还有一具很大的骨架，似乎是某种巨型动物的骸骨。

麦教授说：“这是1934年，辽宁营口坠龙事件，当时《盛京时报》刊登的专题新闻照片。照片里的这具骨架，就是一条龙的骸骨。”

我站起来，走进了几步，仔细看着那张照片，说：“龙那么厉害，怎么会死在这里？”

郭美琪说：“龙是由蛟变的，而蛟会选在特定的地理位置，积蓄天地能量，化为龙，这个过程称为走蛟。走蛟成功后，虽然已经成功变为龙，但那时的龙却是最虚弱的，人要想屠龙，选在此时相对而言最为容易。照片里这条刚刚由蛟化为龙，就被人抓住，杀掉之后取走了龙珠和龙牙。”

麦教授补充道：“杀这条青龙的，正是南珠家族的第二代，南珠王的儿子，简克胜。南珠王的名字叫简云汉。”

我觉得很诧异，问：“他们怎么能知道到哪里、什么时候去抓蛟龙呢？”

麦思贤说：“蛟化龙有几个条件：一是地理位置，必须选在风水堪舆学上称为‘金锁龙门关’的地方；二是走蛟日期，通常会在夏季7到9月份。另外，蛟化龙之前，会提前射出一种五彩之气，直冲天空。采珠有些门派里自古就传有望气术，即观望龙气之术，这些气，常人是看不到的。用现在的科学术语来讲的话，就是磁场，但你现在通过仪器，比如俄罗斯发明的一种磁场照相机，或者通过这些采珠人特殊的望气术，就能够觉察到这种龙气。所以，要提前确定并锁定，某地准备化龙的蛟，并不是特别困难。”

我说：“照这个说法，采珠人能杀得了刚化形的龙，但他们却没法杀守护宝珠的龙啊，那些护珠龙肯定是已经成形许久的。”

麦思贤背着手，来回走了两步，说：“成形已久的龙虽然厉害，但也并非完全奈何不得，这里面的门道很复杂，以后有时间再慢慢细说吧。”

“还有一点儿我不是很懂，为什么龙要护珠？异珠对人而言可能很值钱，但龙要保护异珠做什么呢？”

麦教授对Maggie说：“打开模型。”

郭美琪打开开关，接着屋子正中央的那个类似无影灯的仪器便投出光线，在下方的台子上呈现出3D立体的影像，就像是整个世界山海的模型。并且有一些立体的坐标系结构，而某些坐标系交叉的节点，又向下在水域中投射出一个个红点标记，然后由这些红点，共同组成一个立体的蜂巢状结构来。整个模型，极为精细，同时也极为复杂，真是令人叹为观止。

麦教授说：“这些红点指示的地方，就是全世界已发现、已出水的奇贝异螺，也即异珠所在地，你可以将这个称为‘已知异珠的分布图’。”

我惊讶得有些说不出话来。

麦教授接着说：“构成世界的基础是天文和地理，好比两种坐标，当这两种坐标产生交集时，即在符合特定的天文地理条件之处，便会有奇贝异螺迁居，孕产异珠，故异珠乃自然能量的凝结。”

我问：“那民间所说的夜明珠，就是普通贝壳在这些特殊的地方，结出来的吗？”

麦思贤说：“你以为普通贝壳能产夜明珠吗？错了。所谓‘异贝出异珠’，每一种珠母贝只能孕育出一种珍珠，就好比牛只能出牛黄，驴只能出驴宝，你什么时候听说过驴肚子里能出牛黄的？不同的珠母贝，产出的珍珠是断然不同的。‘马氏珠母贝’与‘白蝶贝’等属于一类，产出的珍珠基本相同，但是美乐螺呢？美乐螺产的珍珠叫美乐珠，美乐珠与常见珍珠的质地便完全不同了。同样的道理，夜明珠也不可能是普通珠母贝所产，产夜明珠的珠母贝有几种，其中一种叫作殷芒贝。我听有些人说夜明珠并非珍珠，而是某种石头，简直贻笑大方，咱们中国自古以来所说的夜明珠，一定指珍珠，绝对不是石头。这东西，古人能弄错？南珠王敢拿颗石头说成是夜明珠，去骗慈禧？只怕即便那石头真能夜里发光，慈禧也得把南珠王抓起来给砍了。”

说到这里，麦教授从抽屉里取出一根烟斗，填上些金黄色的烟丝，点上抽了几口后，续道：“殷芒贝很邪门的，不能出水，只要出水一次，就不会再产珠。它向来在地下水系中生活，而天然形成的井都是与地下水系相通的，如果我们把目光聚焦在地下，就会发现，整个地下水系的复杂程度丝毫不亚于地表的这些江河湖泊。殷芒贝有个特性，会自行寻找夜寒之处而迁徙。但整个地下水系是很封闭的，所以只要某处地表能够天然成井，将夜寒月华透进地底来，殷芒贝就会缓慢而自动地向那里迁居。”

我挠着头问：“天底下还有天然形成的井？我怎么从没听说过呢？”

麦教授笑道：“你没听说过的事那可多了去了，我给你举个例子。北宋的时候，殿前司都指挥使袁信陵，在老家建了一座宅子。一天下暴雨，他宅子庭院中的雨水统统往西北角流去，就好像那里开了个地漏一般，这雨足足下了三天三夜，可他家院子里几乎没有一点儿积水，全流进那角落里了。后来雨停之后，西北角那里便自然塌陷出个大窟窿，就似一口超大水井，里面极深，用绳子系着砖石往下扔，但根本没法测量，因为不管绳子放多长，始终到不了底，并且有时还有东西在下面拽绳子。这种就是自然形成的井了，如果这类井的地理位置又能符合吸收月华星精，且水波阴寒，成井的年头又足够久远，那么就有可能会有殷芒贝迁居其中，最终形成夜明珠。”

郭美琪说：“故而相水术中有云：‘珠蚌中阴精，随月阴盈虚。’概夜明珠之所在，定能吸收月华星精，吐纳水阴波寒，聚月龙井是也。”

“聚月龙井？”

Maggie说：“是啊，井就是麦教授刚才讲的在地表天然形成的井，但并非每处天然井都能吸引殷芒贝，并结出夜明珠。而‘聚月’则是这种井必须符合的天文地理条件，用相水术语讲就是——群山单臂柔，一水过阳轴，穹庐拱顶处，龙井月华收。也就是说，首先得找天然井，然后找到的井还得符合这首诗所描述的特征，才能称为聚月龙井，里面才有可能会有殷芒贝，而能否孕出夜明珠，还得另说。”

我直接晕菜了，问：“这相水术是什么意思？”

麦教授说：“根据不同异珠形成所需要的不同天文地理条件，就可以判断不同水域能够出产哪种异珠，即不同的异珠到不同水域寻找；遇到不同水域，可大体判断里面会出哪种异珠，在采珠行当里，这种本事称为相水。”

郭美琪说：“相水是采珠人秘不外传的法门，而我们眼前的这个模型，只是根据全世界已知的异珠，而后采集其出水信息进行标定设计的。”

“那你们为什么要设计这个模型呢？”

麦教授绕着模型台走着，说道：“试图破解龙的族群分布与体系。”

“难道这些红点标记的地方，每处都有龙？”

郭美琪说：“不是的。这些红点标记处的异珠，就算被人采走或者甚至连奇贝异螺也一并被捞走，但经过特定的时间之后，又会有新的奇贝异螺迁居其中，算是某种形式上的再生资源，尽管时间可能比较长，平均下来每处得要一百年左右才能重新结珠。而另一些地方，属于关键节点处，其中的奇贝异螺及其孕产出的异珠，都属于不可再生的，在这种地方，才会有龙守护。”

麦教授接着Maggie的话往下说：“而关键节点处，却不能通过相水的方法识别出来，也就是那些关键节点处存在的顶级异珠，是很难被发现的。所以我们造这个模型，试图通过普通节点分布，也就是这些红点标记，来推导出关键节点的分布，最终破解龙的族群所在。”

我在震撼之余问道：“什么叫作顶级异珠？与这些红点标记处的异珠又有什么区别？”

郭美琪说：“市场上有所交易的异珠，都属于麦教授两类四种分类法中的前三种，而顶级异珠则属于第四种，也就是特殊功能性异珠，比如传说中的避水珠，达到这个级别以上的，就可以称为顶级异珠了。当然关键节点处，也可能存在的不是顶级异珠，而是特殊功能性的奇贝异螺。”

我顺口接道：“比如大灾星？”这是在车上听郭美琪说的，我当时以为很神奇。谁知麦教授却说：“大灾星？那算什么？！要是大灾星都需要龙守护，那这个世界上的龙未免也太常见了吧。”

因为平生头一次接触这个神奇领域，所以我有问不完的问题：“我还有个问题，夜明珠到底为什么会发光？”

麦教授说：“你刚才没有认真听我的话。我说了，异珠乃是自然能量的凝结，重点是能量二字，既然它凝结的是能量，那么自然地，异珠中的夜明珠就能够发光了。电灯之所以能发光，不就是因为电能吗？只不过这两种能量是不同形式的而已。”

我若有所思地点点头。

麦教授继续说：“全世界的异珠，共同构成的体系，叫作异珠体系。也就是这个模型中的蜂巢结构，你仔细看，这个结构除了像蜂巢，还像什么？”

我看到红点与红点之间的连线上，还模拟有间歇性电流脉冲的样子，说：“似乎，似乎有些像电网。”

麦教授用手指头叩了两下台子边沿，说：“很好，你说得很对！全球的异珠，共同构成了一个超大的电网，而我们人类社会中的电网是传输什么的？”

“电啊。”

“正确。而刚才说了，电能是一种能量，异珠蕴含的也是一种能量，自然的能量。所以全世界的整个异珠体系，其实共同构成了一个传输自然能量的能量网！”

我看着眼前的3D珠网能量模型，有些感到震撼，然后想到一个问题，说：“那这个能量网，最终要把自然的能量传输到哪里？”

麦教授看着我的眼睛，问：“你说呢？”

我愣了片刻，试探性地答道：“龙族？”

麦教授诡异地笑了起来，说：“你很聪明，现在你明白了为什么异珠对于龙族是最重要的东西了吧？因为龙，生存需要的不是食物，他们的食物是能量，他们靠能量为生。蛟化龙，靠的是能量，有了足够的能量，蛟才能成功化为龙而去。蛟化为龙之初，只是在外形上有所改变，但其实那个时候其能量还不足以化龙，必须再过一定时间，等到能量真正积满，才算彻底完成了全过程。所以人类要屠龙，最好的时机是蛟刚化龙之时，因为彼时其作为龙而言的能量，尚未完全蓄满。

“而整个异珠能量网的节点太多，不可能每处都有龙去把守，因此普通节点处，也就是模型中的红点标记，是没有龙的，并且这些地方的异珠和奇贝异螺是可再生的，也即这些节点长久来看，是没法被破坏的；但真正的龙，完全成形的龙，均守护在异珠能量网的关键节点处，不过这些地方的分布规律，却恰恰是人类目前无法掌握的，也即采珠人无法通过相水术确定的。”

我脑海里忽如电光石火，瞬间想到一个问题，然后脱口而出问道：“莫非我爷爷发现的是，异珠能量网中的一处关键节点？抑或他对我说的震旦纪古贝类在中国的分布，其实就是指龙族关键节点在中国的分布？所以，南珠王家族才会想要这个研究成果，因为在这些关键节点处，会有顶级异珠和奇贝异螺！”

第7章　偶遇

事情渐渐露出了眉目，但同时却又陷入了僵局：一方面南珠王家族常年在全球各地各种水域寻采异珠，之后卖到国际高端珠宝市场，或者像麦教授这种异珠收藏大家手里。而他们偏偏行事又极为隐秘低调，仿佛刻意要避开世人的目光，所以异珠交易全是通过中间人，现在甚至连他们目前第五代传人究竟是哪国国籍都不清楚，想要找人，真不是一件容易的事。另一方面，虽然他们有重大嫌疑，但苦于没有证据，如果仅凭麦教授的话，以及我个人的推断，说给警察听，恐怕换谁都不能相信。

我只好做长期抗战的准备，先在南京安顿下来，暂时租了一间房子。因为在南京举目无亲，认识的也就是麦教授和郭美琪，而郭美琪因为同是外地人，或者准确地说是外国人，她也是租的房子，所以我就不请自来，在她的旁边租了一间，好歹有个伴。平时有事没事就去听麦教授的课，或者泡在他的研究室。但去的最多的，还是九渊博物馆，因为我确实挺喜欢郭美琪，虽然还谈不上爱，但我发现自从认识她后，前女友给我带来的伤痛，竟然不治而愈了。曾经以为自己无论如何都走不出也不愿走出那个阴影，但遇到郭美琪之后才发现，原来你缺少的只是一束新的阳光。当那缕新的阳光照来，即便你不愿意出来也不可能了，因为原先的阴影处全是阳光，你无处可逃。

有次我问Maggie：“说真的，我还是不太明白，你为什么会到这里来研究异珠和奇贝异螺？虽然你喜欢，但也不至于如此吧？你家里同意吗？”

Maggie说：“人生最重要的两天：一是你来到世界的那天，二是你明白了自己为什么要来到这个世界的那天。当你明白了Mark Twain（马克·吐温）的这句话时，你或许就真的懂我为什么这么做了。”

“听起来似乎有点儿道理。”

郭美琪笑着继续说：“家里的生意那是父母的，不是我的，况且我还有个哥哥，他是我父亲生意上的继承人；人生最重要的在于找到事业归属感，Stephen King（斯蒂芬·金）曾经说，你如果不能乐在其中，就不能成器。而我天生就对这行感兴趣，认识它、研究它、从事它，我感到很快乐。我想，你也不愿意做一份不能让自己快乐的职业吧？嗯？”

我佩服地说：“你似乎读过很多小说哦，又是马克·吐温，又是斯蒂芬·金，都是大文豪啊。不过细细想来，你说得还真挺有道理，我家也是做生意的，但我就是喜欢水，从小就喜欢。拼着挨我老妈揍也想法子要溜出去，后来游泳登峰造极、独孤求败了，又去考潜水教练执照。这不，要不是这件事，我现在肯定已经在当潜水教练了。”

郭美琪冲我胸脯来了一拳，说：“你这体格，做个潜水教练真是再适合不过。不过，要是做我保镖也挺可以，你的身手我很满意。”

我又想到那天晚上在郊区山脚下我一挑三的场景，有些扬扬得意，说：“要不是他们有武器，保证最后揍得他们满地找牙。我想问问，你工资能开多少啊？”

“什么工资？”

“保镖费咯。你不是说要我做你保镖吗？如果工资够高，我可以考虑的。”

郭美琪看着我的眼睛，抿嘴笑着说：“一分钱没有。”

两人哈哈笑了起来。过了会儿我问：“有件事我一直没有问，麦教授这么大年纪了，怎么从来没听他提过子女，还有啊，他不可能只是教书的吧？否则收藏异珠和奇贝异螺的钱，从哪里来的？而且还整这么大个博物馆，单里面的仪器和装备，我估计就相当值钱了。”

“你才见过博物馆里多少仪器和装备，要是一次性全给你展示出来，怕吓到你。麦教授1933年在上海出生，后来全家去了香港，在香港大学读的生命科学，之后又考到剑桥生物系读到博士。他之所以专攻贝类学，是因为家里是做珠宝生意的，小时候就喜欢各种珍珠，长大了也难以自拔，后来又痴迷于龙的研究，就这样，珍珠、贝类和龙，一直走到今天。”

“那他怎么会在山海大学教书？还有实验室？”

“80年代末，90年代初，山海大学新开设了贝类学专业，想请他过来，本来没抱什么希望，但麦教授竟然一口应允了，然后就来了南京这边。我也问过他为什么？他每次总是只说一句话——龙的根在中国。”

“难怪我听他讲课，非常大胆创新，很多东西在我看来一般老师是不敢随便乱讲的。”

“是啊。他在山海大学威望很高的，校长和学校董事会都非常敬重他。”

我指着博物馆周围，说：“那购置这些东西的钱从哪里来？山海大学给他的工资再高，也买不起这么多吧。”

“本来他是长子，应该继承家里的珠宝生意，但他对做生意很排斥。他总说自然界的魔力才是最致命的，所以他的弟弟接管了家族产业，但是他分到很大一笔钱，于是他又将这笔钱交给自己家族的基金会运作，几十年下来，本金非但一分没少，恐怕利润都翻了不知多少倍了。所以，麦教授做这一切，全凭兴趣，因为钱对他而言，根本不是问题，而且他几乎看不上钱，除了‘龙的根在中国’以外，常挂在嘴边的一句话是——世上顶困难的问题，没法用钱解决；世上最致命的魔力，用钱没法买到。”

我听得有点儿目瞪口呆，Maggie接着说：“Sanhoi这个珠宝牌子听说过吗？”

“当然知道了，跟Tiffany（蒂芙尼）一个级别的嘛。”

“那就是麦教授家的，而且只是旗下的一个品牌而已。”

我实在佩服地连连摇头，说：“这么大的家私他也舍得全推掉，厉害，厉害。”

“最厉害的还不止这点，麦教授终身未娶，年轻时很多姑娘追求他，甚至现在都快七十的人了，主动投怀送抱的小姑娘照样多得很，但麦教授从来都是拒人于千里之外，所以当然也没有子女咯。不过这个方面，我不太好细问啦，毕竟属于人家的私人感情问题。”

那次谈话之后，我在心底对麦教授，除了帮助我调查爷爷的事情的感激以外，又多了几分重重的崇敬。

有天晚上，我和Maggie从酒吧出来，两人一起往回走。在离小区不远处的路口，突然听到一阵警笛声，在夜深人静的时刻很是清晰刺耳。我不由得停住了步子，探头朝那边看去，依稀能看到蓝红色的警灯在闪烁。

看到警车停的位置，我就明白了，那是一家洗浴休闲中心，我幸灾乐祸地嘿嘿笑了出来，对郭美琪说："有人要倒霉了，哈哈。"就在这时，在我和警车位置中间的一条巷子里，冒出一个人影，慌慌张张探头往警车那边，就是洗浴中心的大门处偷瞄几眼，然后瞅准机会，撒腿就往我这边的路口奔来。

跑过路灯下面时，我清楚地看到这人连裤子都还没来得及完全穿好，是两手提着裤腰跑过来的，内裤后面的上半部分都还露着。我都快看傻了，心里只觉好笑，小声说："敢情这小子是从后面跳窗户下来的！漏网之鱼啊！"

那人是从我右侧跑来的，到了我这里的路口，虽然看见了我，但也没在意，往右拐了个弯继续朝前跑，目标正好是我和郭美琪暂住的小区。我呢，乐得不行，跟郭美琪一起，也继续朝前走。

没过多会儿，前面那人突然停了下来，似乎想起来了什么，回转过身，我心里好笑，心想："尼玛，不会是良心发现，要回去自首吧？"

很快，我和Maggie就走到了这人的位置，从他身边经过时，我觉得有点儿不正常，因为他一直盯着我看。虽说我走夜路从来不怕任何人，因为身高体格在那儿摆着，一般打劫的估计也得先掂量掂量，但被人这样盯着就有些不舒服。于是我也朝他看去，皱起眉头，正准备说"看什么看？"时，那人突然惊奇地小声喊道："宣哥！"

我彻底愣住了，郭美琪在一旁也颇感惊奇，我仔细朝那人瞅了瞅，终于想起来，这人竟是多年不见的发小——"杜志发！"这个时候，他已经把裤子完全穿好，又把胳膊下夹着的帽子戴上。

我警惕地朝后看了看，也顾不上说其他话，和郭美琪两人带着他就往小区跑，一气跑进电梯，直到电梯门关上，才靠着墙舒了几口气。

由于这事太过突然，我一时不知说什么好，先仔细打量起他来。杜志发个头比我稍矮，属于瘦子的范畴，如此狼狈逃窜下，竟然仍不忘摆酷，进了电梯之后，还从兜里掏出一副咖啡色墨镜架上，穿件大开领衬衫，脖子上挂条粗粗的金项链，头上却戴着一顶黑人说唱歌手常戴的那种礼帽。看起来虽是混混打扮，却给人一丝莫名的喜感，不过这哥们儿原本就挺搞笑的。

说起来跟他的相识也是缘分，那时候我总是喜欢跑到城东的七星湖游泳，放暑假时，也有很多别的小孩子去那里玩或者钓鱼。

人如果某项技术好，总是喜欢不由自主显摆一下，我也不例外，所以，要么在水里做个倒栽葱的姿势，只留两条腿在水面，就跟花样游泳运动员似的；要么，找个很高的台子往湖里跳，以引起别的孩子的注目。

有一天，我刚在水里做个花样，旁边突然嗖的一声蹿进来什么玩意儿，紧接着便有东西在水底拽住我的脚脖子，使劲往下拉。开始我还真被吓了一跳，等完全潜进水里，才看清是一个跟我差不多岁数的孩子正抱住我的腿。

我一时火起，在水下顺势也抱着他，死死压在他身上。心想让你他妈的耍我，淹死你个狗×的。就这样，两人在水里，谁也不服谁，但我人高马大，他却瘦的跟个水猴似的，在水里一旦被我抓牢，就吃很大亏。

到最后，我见他竟然好久都不动了，吓了一身汗，寻思别真给淹死了。慌得连忙往上拽，等到一浮出水面，杜志发这狗×的突然起身，拼了全身的力气，一把将我又摁进水里后，然后踩着我的肩膀，逃到了岸上。

从那以后，两人算是不打不相识，成了好朋友。

不过他家境没我好，成绩比我还差，但说实话因为喜欢玩水的孩子，很少，你要是喜欢玩个游戏，那是随便一找就是一大把，所以我们两个喜欢玩水的，从小彼此间，还真挺有那么点儿惺惺相惜的感觉。关系一直保持到高中毕业，整个深圳和周边，就没我俩没去过的水域，再后来，我上了大学，他没上，在亲戚介绍下，去了澳洲当珍珠潜水员。因为澳洲西北部海域也是世界珍珠的一大产地，属于南洋珍珠，母贝是一种叫作白蝶贝的贝壳。虽然现在也是人工养殖，但毕竟是养在海水里的，有一定深度，到了收获季节，包括平时的生长期，都需要潜水员下去，所以这种替珍珠养殖场干活的潜水员，就叫作珍珠潜水员。

我一看他这造型，忍不住扑哧笑了，说："我×，你逃窜时还不忘胳膊下夹帽子，兜里揣副墨镜，一脱离危险先戴帽子，再架上墨镜，时刻保持派头。兄弟，你真是够可以的啊！"

杜志发说："也就只剩这身行头了。"然后嘴角稍微咧了一下，指着Maggie说："你女朋友很漂亮啊。"

我稍微愣了一下，完全没想到他说这个，然后不置可否地嗯了一声，再回头看看郭美琪，她没有太强烈的反应，特别是没有否认，顿时心里喘了口气，沾沾自喜。

这时电梯到了郭美琪那一层，她出了电梯，朝我摆了摆手，说声拜拜，明天见。我也跟她道别后，电梯门关上继续朝上走。

杜志发傻了眼，指着电梯门外的方向，做了个手势，很夸张地说："宣哥，你和你马子分居？"

"别激动，才和她刚认识不久，还没确定关系呢。"

杜志发抖了一下肩，说："那我岂不是刚才帮了你一小下忙？嘿嘿。"

进了家门。杜志发还惊魂未定，我去拿了瓶朗姆酒，倒了两杯，坐到沙发上，然后问："你不是去了澳洲替人采珠吗？怎么回来了？"

杜志发说："别提了，那边报酬是高，差不多一天能有八千块钱……"

我吐了下舌头，打断道："每天，八千块？澳元？"

杜志发笑笑："折合人民币八千块，要是澳元，那尼玛还得了。高是高，但工作量也大啊，每天要在水下待十个小时，累得哥们儿想死。所以攒了点儿钱，想想还是回来了。"

"那你怎么在南京？刚才那是怎么回事？"我笑嘻嘻地问道。

"昨天刚从上海下的飞机，然后想来南京投靠一个朋友，谁知他人不在。晚上一个人多没劲，所以就出来找点儿乐子呗，真丧气，衣服刚脱掉，就尼玛……咳……不说了。你呢，你怎么也在南京？"

我抿了口酒，苦笑着摇摇头，然后把最近的一系列事情告诉了他。

"现在有什么打算？"杜志发递了根烟过来，"还继续在那什么博物馆待下去？"

我朝后靠到沙发背上，一手敲着额头说："不待又有什么办法呢？我爷爷这事不弄个水落石出，干什么的心思都没有。况且，要是完全没法验证我的猜测也就算了，关键是还真遇上被人跟踪，抢车、书和电脑，防止我们无意中发现爷爷研究的具体内容，怕我们追过去。你说，这摆明了就是已经证实了我的怀疑，我怎么能放手？"

杜志发嗯了一声，叹了口气，说："咳，这人要是想成点儿事，就会有麻烦，就会有人惦记着你的那点儿本事。还不如做个没用的人，那就不会卷进任何事端，自己过好自己的小日子，老婆孩子热炕头，挺好。"说完，闷头喝酒。对他这番无用论，我竟一时无言以对，也真是绝了。

过了一会儿我突然想起什么，便问："按理来说，你每天八千块的工资，这几年下来，怎么不也能存个百十万、几百万的？回国后什么也不用干，这辈子也够了。"

被我这一问，杜志发似乎有点儿不好意思，支吾了两下然后说："那边并不是一年三百六十五天，每天都有下水的活计，其实最忙的时候通常是每年的二月份，那是潜水采集白蝶贝的时期，也是我们珍珠潜水员赚钱最多的一段时期。过了那一阵子，也就只剩对养殖场日常的海底维护和检查，翻转翻转贝壳之类的事情，就没多少钱了。再加上我这人花钱不经大脑的，你看我这个。"说着，他伸出手腕露出一块手表，"知道多少钱吗？"

我摇摇头，他说："四万澳元，二十万人民币。另外澳洲那地方，工资虽然比美国高，刷盘子的抵得上白领，但物价那也不是一般的贵，而是超级贵。宣哥你也知道，我这人爱玩，经常出去high（这里指找乐子、玩儿），兜里的钞票跟进了点钞机似的，全都流出去了，为澳洲人民的娱乐事业、赌场事业和赛马事业，做出了卓越贡献。所以，这些年虽然相比国内，我好像是赚了不少，但其实没能存住，都花完了。"

我叹了口气，笑着说："你也真够可以的，一个潜水员带块二十万的手表，嘿嘿，无语。"

"哎，这你就不懂了。干我这行，手表最重要，手表对于潜水员而言，已经不是看时间这么简单的事情了，某种意义上是护身符。护身的东西，当然得买好些，保命啊！"

"我就不懂了，手表跟护身符有什么关系？"

杜志发指指我胸口，不以为然地说："那你倒是给我解释解释，你挂的那颗龙牙，又能保着你什么？"龙牙这个东西，杜志发是知道的，毕竟打小就认识，处了这么多年了。

这下倒是让我没话讲了，他接着说："根据我这些年的理解，但凡在水下能安然无恙的东西，甚至只有在水里才能体现价值的东西，龙牙、潜水表之类的，就可以作为潜水员的护身符。有些东西你不信不行，虽然说不清道理。你知道第一个发现'老子之珠'的潜水员是怎么死的吗？"

"你别说，最近我还真就学了不少关于珍珠的知识，'老子之珠'我头一天在麦教授的讲座上就听说过了。据说‘老子之珠’是一个砗磲贝所产，当时那个潜水员并不是专业的采珠人，所以他直接伸手进去，谁知砗磲猛然合上了贝壳，夹住了潜水员的手，他没法挣脱最后活活淹死了。你可能也知道，砗磲那玩意儿，相当大，特别是能产出‘老子之珠’那样大个珍珠的砗磲，恐怕体量大得惊人，被它夹到，就跟在你手臂绑上两个石磨盘一样，鬼才挣脱得了。”

杜志发点点头，说：“是的，但这只是一部分，还有另一部分事情你不知道。跟这个潜水员同时在海底的，还有另外一人，当时他手上带了块表，不过那时还没有真正意义上的潜水表，只是普通的有些防水功能。蹊跷的是，两人同时发现那个砗磲，但这人手表的表带突然松了，掉了下去，他就先去捡手表，另一人便上前伸手取珠，被砗磲夹住最后淹死了。而那个捡手表的，却最终得到了老子之珠。你说这怎么解释？巧合？天底下没有巧合，巧合只不过是人对于没法解释的事情做出的自欺欺人的解释罢了。”

我听他说得有些道理，也就点点头。那时，我还真的只把龙牙看成是护身符那样简单而已。

第8章　长江魔三角

第二天一大早，手机铃声将我吵醒，迷迷糊糊中拿起手机来一看，晕，竟然是麦教授。连忙接通，但是还没等我开口，麦教授直接说道："你身上是不是有个密码本？"声音中蕴含着极大的愤怒。

我说："是啊，那是个小本子，我爷爷记密码的，我顺手揣在兜里，所以没被那伙人抢走。"

"那天到博物馆后怎么不跟我说？"

我回想了一下，说："忘了，那上面除了字母密码，没别的东西了，我以为没用的。"

"你现在赶紧拿过来，我在博物馆等你。"说完，直接挂了电话。

我扔掉手机，嘴里骂了一声，心里有些不痛快。如果不是因为麦教授是我的恩人，别人这么着对我讲话，我早就啐他一脸唾沫星子了。

我走到隔壁屋，见杜志发还在睡，一把掀掉他身上的毛巾被，却惊见这鸟人竟然是全裸睡觉的，于是将毛巾被揉成一团，轻轻砸到他身上，喊道："起床，快起来。"

杜志发揉了揉眼睛，问："这么早就起来干吗啊？睡觉不到自然醒，是人生最痛苦的事。"

我一边穿衣服一边说：“我跟你讲，要是不起床，可没人管你早饭。我这就走了。”

“中午回来给我带俩烧饼，一份炒面，一瓶雪碧。”

我哭笑不得，说：“你就等着吧，别饿死在我屋里，到时警察来我可说不清。今天我还不知道什么时候回来呢，说不定连夜就走了。”

杜志发一下子坐了起来，问：“走？去哪儿？”

“查我爷爷的事儿啊。麦教授刚才给我打电话，似乎有重要发现。”说着，我坐到椅子上，跷起二郎腿，看着腕上的手表说：“倒计时开始，五分钟，你要是还没收拾好，我立马走人。”

杜志发一身骨头没几两肉，动作倒是很灵活，我话说完没多会儿，鞋都已经穿好了，走到洗漱间开始刷牙：“我在这儿伙食住宿全你包了啊，兄弟跟你混了。”

“好歹也是带二十万块钱手表的人，怎么还要在这儿混吃混喝？”

“也就只剩这身行头了。”

我扑哧笑了，摇了摇头，叹了口气后，故意模仿不知道哪部电影还是电视里主角的口吻说：“跟哥混，有肉吃，有酒喝，有妹把，但要你命时，你也得给啊。”

杜志发满嘴牙膏泡沫，探出头来说：“放心好了，人穷志不穷，为了兄弟，两肋插刀，用不着你吩咐。”

下了楼，小区门口拐角的小店里，我要了份羊汤加油条，他叫了份羊肉炒饭，我说一大早吃炒饭不怕噎啊？他说就好早上吃饭这口，因为在澳洲做珍珠潜水员时，每天得在水下十几个小时，早上要是喝汤喝粥，一会儿就饿，身体扛不住，从此养成了习惯。两人匆匆吃完，然后开着我租来的车，就朝博物馆的东郊方向驶去。

开进了九渊博物馆的院子，我带着杜志发直奔三楼顶头的会议室，麦教授和郭美琪已经等在那里。正当我准备先介绍下杜志发时，才发现他人没了，回头一看，原来被三楼展厅里各式各样奇光异彩的异珠，以及那条金龙标本给吸引住了，正驻足细看呢。

我也就不等他，直接从兜里掏出爷爷的密码本，递给麦教授说：“教授，你怎么突然想到密码的事儿了？上面什么资料都没有。”

这时郭美琪说：“我上午来上班后，无意中谈起那天见到的最后几个密码，而我们唯一没被抢走的就是密码本。麦教授似乎突然想到了什么。这才匆匆喊你过来。”

麦教授此时坐在椅子上，正聚精会神盯着最后一页上的最新几条相同的密码看，也就是42CJDL54GYFL。

杜志发走了进来，看到郭美琪后，打招呼：“Maggie姐早啊，哇，今天比昨天晚上更漂亮了。”郭美琪只是朝他笑笑，简单说了声：“早上好。”估计心里在说，这人怎么不像好人。

我冲杜志发胸口揍了一拳，故意稍微使了点儿劲儿，然后说：“小点儿声，麦教授在研究东西呢。”

杜志发捂着胸口说：“哇，要不要这么使劲儿啊？”

麦教授这时突然抬起头，似乎全然感觉不到我们几个人的存在，出神地朝窗外看去，然后皱眉回首，好像自言自语地问：“长江断流？”

杜志发张口接道：“只听说过黄河断流，长江断流还是头一遭听说。”

我见麦教授似乎真悟出了什么，俯身问道：“教授，您说长江断流是什么意思？”

麦思贤指着本子上的密码，说：“42CJDL54GYFL，前面的四个字母是CJDL，那不是长江断流的拼音吗？”

我朝郭美琪看看，然后说：“这个有点儿……有点儿不太拿得准吧。我爷爷，他干吗要用长江断流做密码呢？”

麦教授站起身，一边用手指头点着手势，一边说：“长江断流这是指一个地方，你爷爷震旦纪古贝类在中国的分布这个课题的具体内容所指，应该就在长江断流处。”

这回轮到我奇怪了，不解地问：“都说滚滚长江东逝水，长江怎么可能断流呢？”

杜志发也惊讶地问：“长江一夜断流？太玄乎了吧？”

麦教授说：“这不是天方夜谭，长江在历史上有记录可考的断流一共有两次，且断流地点也在同一处，那就是江苏泰兴。第一次是元朝至正二年，即1342年8月，长江泰兴段江水一夜枯竭见底，次日沿江居民纷纷到江底拾取水中沉物，不料后续大水骤至，避闪不及，很多人都葬身其中；第二次是1954年1月

13日下午4点左右，长江泰兴段再次枯竭断流，所幸的是，这次断流时间较短，两个多小时后，江水便重又冲下，没有人员伤亡。因为这两次神秘诡异的断流，所以叫作泰兴魔三角，也有称为长江魔三角的。”

郭美琪默念着：“1342年，1954年。”然后叫了起来：“是了，是了。密码里的两个数字，42和54，刚好分别指两次断流的年份，1342年和1954年。”

如果说我原本还对麦教授将CJDL解释为长江断流怀有疑问的话，再结合42和54这两个年份，应该就是确切无疑的事情了。

麦教授点头说：“我刚才最开始也没想到长江断流，但是这两个数字提醒了我，因为只要研究过长江断流的人，对这两个年份应该是非常熟悉的。”

杜志发也看了一眼密码本，问：“那后面的GYFL是什么意思呢？”

麦教授看了杜志发一眼，问：“这是谁？”

我赶忙说：“他是我的哥们儿，杜志发，原先在澳洲做珍珠潜水员的，刚回国。”

杜志发笑了笑，说：“麦教授。”

麦教授盯着他看，似乎是不太信任，我说：“他是我发小，不是外人，没事的。”

麦教授这才说：“如果我没猜错的话，后面四个字母的意思是——鬼雨法螺。”

这回连Maggie也叫了起来，问：“鬼雨法螺？教授，我跟着您这么久，从来没听说过。”

“这是传说中的一种具有极强魔力的贝壳。”

我问：“是像大灾星那种吗？”

麦教授面露忧色，说：“大灾星在鬼雨法螺面前，只能算小儿科。集贝界从很早时起，便有一个神秘的传言，据说在中国有一种贝螺，可以召唤暴风骤雨，谁拥有了它，谁就相当于获得了支配暴风骤雨的能力，这种贝螺就叫——鬼雨法螺！”

我说：“召唤暴风骤雨，好像也没什么可怕的吧？”

麦教授斜睨了我一眼，说：“台风不可怕吗？龙卷风不可怕吗？台风引起的海啸不可怕吗？你再想想，台风如果持续刮上一个月、一年、十年；暴雨如果持续下上一个月、一年、十年，那将是怎样的场景？如果鬼雨法螺落到别有用心者之手，靠它，足以毁灭地球上的任何一座城市，甚至任何一个国家！因为，目前人类的科学家，还没有任何办法可以阻止暴风骤雨的发生。”

杜志发满脸不相信，说：“这不扯淡吗？该不会是奸商骗钱的伎俩吧？但这谎编得也太没水准了，三岁的小孩都骗不了。”

我问：“这关奸商什么事？”

杜志发说：“指不定是某些贝商想高价出售某种稀有贝壳，所以编出个幌子，好哄抬价格嘛。”

“你也知道贝商？”我好奇地问。

“那当然，在澳洲我接触过不少。我所在的珍珠养殖场就老有贝商过来，他们还雇我去捞过一次贝壳呢。”

麦教授转头看着杜志发，说：“如果鬼雨法螺的传言是假的，很显然连你都骗不了，那么南珠王家族又怎么可能上当？杨宣的爷爷又怎么会去研究？”

杜志发有些惊讶地问：“南珠王？南珠王是谁？”

我没理杜志发，但也觉得这个传说似乎有点儿超出想象，说：“一只贝螺，却能召唤暴风骤雨，这很难让人相信啊。”

麦教授回转过身，反背双手，看着窗外说：“一只蝴蝶在中国抖动翅膀，尚能引发美国的一场飓风；那么一只奇贝异螺，能够引发当地的暴风骤雨，实在是可能得很。自然界中的万事万物，都是全息关联的。”回头看了我们一眼，然后继续问：“你们听说过道士设醮求雨吗？也就是茅山求雨术。”

杜志发张口就答：“当然知道了，电影里那些道士，摆个台子，上面放些符纸，点几支蜡烛，然后就开始绕着台子走，手里拿着桃木剑，烧烧纸、舞舞剑，过一阵子，就开始下雨了。”

麦教授略微点头，又问：“但是你们知道为什么那样能求到雨吗？”

见我们三人都不答话，麦教授便继续说：“道士的求雨术，一般属于茅山法术，有些人不以为然，觉得都是骗人的把戏。我不说真假，真假你们自己判断，我只说茅山道士是怎么解释他们这门求雨术的。要能求雨，首先得修炼人体的内丹，简单点说，内丹就是道教的一种修炼人体体内真气的方法。道教认为人体与天地一样，是一个小自然界，比如头圆像天，足方法地，发为星辰，目为日月，眉为北斗，耳为社稷，口为江河，齿为玉石，四肢为四时，五脏法五行。而内丹修炼到一定境界，便可以将人体这个小自然界，与真正的外部大自然界，相沟通、同步。落雨虽是自然界的现象，但因为内丹高深的道士，人体与自然相通，故而可以通过内丹作用于人体，从而引起外部自然界的相应变化。这就是茅山宗法术里求雨术的原理解释，你们自辨真假有无。”

郭美琪凝眉说道：“您的意思是，茅山求雨术与这枚贝螺能召唤暴风骤雨，原理是相通的？”

麦教授说：“确切地讲，不是原理，而是理念相通。因为今人多不信求雨术，所以我们只谈茅山术的理念，他们的理念便是——自然界的万事万物，全息关联，只要牵其中一发，便可动其全身。至于内丹，只不过是这种理念指导下的一种执行方法，或说道路而已。方法有多种，可能正确，也可能错误，路有多条，有的能走通，有的是死胡同，这都无关紧要，重要的是这种全息关联的理念。今天的科学家，解释‘蝴蝶效应’时所用的理论——基于混沌理论下的拓扑学连锁反应，说到底，就是自然界的全息关联理论。”

杜志发抹了抹脸，说：“教授，您的学问太深奥，什么混沌，什么拓扑学，什么全息的，根本听不懂。”

郭美琪喃喃着说：“没文化，真可怕。”

杜志发两眼一瞪，说：“我会说英文。”

郭美琪愣了片刻，然后微微摇头笑着说：“美国的乞丐讨饭时还说英文呢。”

杜志发指着自己的手腕，说：“我手表二十万。”

我没理会他俩斗嘴，说：“我有点儿明白了。为什么中国的一只蝴蝶扇动翅膀，能引起美国的一场飓风？

“那是因为这只蝴蝶在特定的地方、特定的时候，成了自然界的一个枢纽，这个枢纽产生了一个微小的变化，即扇动了翅膀，然后经过自然界这个科学家所说的混沌系统，层层放大，最终在千里之外，衍变为一场飓风。

“那么同样的道理，这只特定品种的贝壳，便也是自然界的一个枢纽，只要这个枢纽产生一个微小的变化，即某种激活其召唤暴风骤雨的方法，那么经过自然界的混沌系统，就能引发狂风暴雨。”

麦教授面带微笑地说：“杨宣，你悟性很高，但还不是很精确。前阵子你刚来时，我说过——构成世界的基础是天文和地理，好比两种坐标，当这两种坐标产生交集时，即在符合特定的天文、地理条件之处，便会有奇贝异螺迁居，孕产异珠，故异珠乃是自然能量的凝结，其本质是能量。记住这点，异珠是一种能量，一种极强的自然能量。全世界的异珠，通过在特定位置的分布，组成了一张巨大的能量网，这个网有两个作用：一是吸收天地精华，即自然能量；二是将吸收到的巨大的自然能量，凝结成异珠。而异珠，最终将能量，传给龙族。还记得我说的吗？龙是不需要食物的，他们需要的是能量。龙族守卫在整个异珠能量网最重要的节点处，也就是最强自然能量级别的异珠和奇贝异螺之处。

“这时，就回到你所说的‘蝴蝶效应’上了，你想想，异珠是一种极强的自然能量，而人体内丹也是一种自然能量，既然道士可以通过作用于自己人体里的内丹来求雨，那么龙通过作用于异珠这种极强的自然能量，它们能创造什么？”

我很努力地跟上他的思路，皱眉问：“能呼风唤雨？”

麦教授用手指点了一下，很神秘地笑着说：“呼风唤雨只是其中一种作用，所以传说中龙的一项职能是司雨水。但其他具体的能力还有很多，这个取决于异珠的具体种类，即这种异珠由什么样的自然能量凝结而成，自然界的能量是有多种的，所以中国的传统文化，将自然要素分为‘金、木、水、火、土’五种，这五种根据各自占比的不同，又可以组合成更多的能量类型。

“每一个符合特定天文、地理条件的位置，其内在的自然能量都是不同的，所以吸引的奇贝异螺不同，结出的异珠也不同，最后如果有龙守护并作用之，那么其在自然界引发的异象就更不同。可能有的会引起地震，有的会引发海啸，有的可以使火山喷发……不一而足。

“所以，讲到这里，你们可以知道，鬼雨法螺，之所以能召唤暴风骤雨，根子其实在它里面所结的异珠。我想，这颗异珠，应该称为——鬼雨珠！而鬼雨法螺只不过是将这颗珠子孕产出来的母体罢了。”

郭美琪拿着密码本，一边看一边嘴里念叨着说：“长江断流，鬼雨法螺。”然后转身，“莫非杨宣爷爷的意思是，鬼雨法螺就在长江断流处？”

我和杜志发都转头望向麦教授，他缓缓点了点头说：“可能这就是他研究出来的核心内容。”又皱皱眉，略微思索一下，“但应该不只这么简单，可能还包括了具体的位置，因为长江断流处就在泰兴，不过这么多年来，也从未见有人从那里捞出过什么奇贝异螺的。”

杜志发咂着嘴说：“我就纳闷了，长江为什么老在泰兴断流呢？里面肯定有古怪。”

麦教授说：“杨老这次的研究，说不定顺带破解了长江断流之谜，也未可知。”

“麦教授，我想去泰兴。”我竭力抑制住内心起伏，说道，“如果我们的判断正确的话，南珠王家族那帮人，肯定是去了泰兴，为的就是采摘鬼雨珠！”

麦教授看看我，没有立即说话。

我打了一下杜志发的胳膊，问：“你去不去？”

杜志发愣了一下，看了看麦教授和郭美琪，有些犹豫地说：“这个，这个，我还没回老家看我妈呢。”

我骂道：“你他妈的上高中时天天在外面疯玩，怎么想不到回家看老娘？从澳洲回国，来南京玩到现在，怎么没先回去看老娘？现在兄弟这边一有事，你就要回去了。能不能够点儿意思啊？”

麦教授语重心长地说：“这可不是儿戏啊，南珠王那帮人此时说不定已经潜进江下，你要想跟着，免不了也得去水府走一遭。他们采珠人行走各地，寻水觅珠，而且往往恶水出好珠，有异珠的地方通常凶险异常，九死一生。几年前我得到消息，有人去安徽某水域采珠遇蛟，一船十七人全部遇难，尸骨无存。而遇水兽，只是采珠最常见的一种危险，比这凶诡数十倍的情况也比比皆是。所以你要跟着他们，就必须也得对九死一生习以为常，每次上岸都得庆幸还活着，每次沉潜水府都得做好一去无归的准备。”

我问：“教授，你不是说异珠都是由龙守护的吗？那怎么还有蛟，还有什么水兽的？”

郭美琪说：“异珠不是那么容易让人采到的，就好像小偷进别人家偷东西，得先进大门，然后值钱的在保险柜里。那么龙就是保险柜，蛟或者其余凶猛的水兽，就是大门口看家护院的猛犬了。”

杜志发听得直咽唾沫，说：“这可不是九死一生，这是十死无生啊。”

“那你是不去了？”我追问道。

杜志发说：“宣哥，你不要太心急。其实你去了真要碰到那帮人，可能也没有办法，你又不是警察，咱们又没有证据，能怎么办呢？”

郭美琪也说：“这件事细细想来，其实很恐怖的，当然本身去江底就已经是很危险的事情，因为没法料到下面的情况，但我的意思是，这帮人要捞鬼雨法螺的目的，恐怕不只是想采珠赚钱那么简单……”

她话还没有说完，我气得扭头就走，撂下一句话：“你们不去，我自己去。”

Maggie在后面喊：“杨宣，杨宣……”

第9章　九渊世界

回市区的路上，我在车里气得拍了几下方向盘，想想杜志发那副龟孙子的模样就来气，骂道："什么狗屁兄弟，就是狐朋狗友，一有真事，原形毕露，奶奶的。"

这时手机有短信提醒，我拿起来点开看了下，是郭美琪的，上面写道："你这人脾气怎么这么差？回来大家再商量商量。"

我一把将手机扔到副驾驶座，说："商量个屁。"但其实那个时候，我自己也不知道，如果去了真碰到那些人，我能怎么办，打也打不过，他们肯定人多；杀又不可能。但我就是想去，如果不知道是谁、在哪儿，也就算了，但现在知道了他们的身份，知道了他们可能出现在哪里，如果就这么在南京待着，我可能一辈子也原谅不了自己，觉得自己就是缩头乌龟。

一时间，我脑子很乱，不知道去哪里，本来想去买潜水装备，买完后拾掇一下，就去泰兴。但到了路上，才想起来，南京这儿人生地不熟的，不知道该去哪里买。那时候不比现在，手机大部分都还是黑白屏的，可不存在手机上网搜一搜或者网购，买东西得靠找实体店或者厂家。

手机又响了，这次是电话，我无可奈何地伸手拿起来一看，是杜志发那个鸟人，想了想，接起来，问："喂，干吗？"

“宣哥，过来吃饭。”

我听了简直气得要吐血，说：“吃你个头，我这会儿去买潜水器材，买完就去泰兴，你自个儿慢慢在南京玩，以后也别跟我联系，当老子死在江底算了。”

“这儿有潜水器材，都是现成的。”

“哪儿有潜水器材啊？”

“博物馆啊，Maggie姐说等你来了就领我们去看。”

我很奇怪，不过还是说：“就算有，跟你有毛关系，你们又不去。”

“去啊，我去，Maggie姐也去。”

“真的？”

“骗你做什么？赶紧回来，边吃饭边谈。”

“行，行，那你等我，我马上到。”

挂了手机后，我摇摇头，想想觉得既奇怪，又高兴，不知怎的，他俩怎么都同意跟我去了？尤其是郭美琪，我真没想到，她也要去。

回到博物馆后，杜志发从屋里迎了出来。我问：“怎么着回心转意了？”

杜志发一边跟我朝前走，一边说：“吃人嘴软，拿人手短，吃了你一顿早饭，怎么也得够点儿意思吧？”

“少来。”

杜志发笑着说：“麦教授后来一句话提醒了我，他说鬼雨法螺在黑市上的价格至少值八位数，如果遇到合适的买家的话，出到九位数也不是没有可能，所以南珠王家族那帮人才不惜铤而走险，无论如何也要得到你爷爷的研究成果。如果我们能抢在前头，捞到鬼雨法螺，那岂不是发了？我直接就可以退休，周游世界了！哈哈。”

我心里大失所望，原以为他最终是出于兄弟感情，才不顾危险想帮我，谁知竟然是因为钱。我颇为不屑，嗤之以鼻地说：“人为财死，鸟为食亡，有命赚没命花，那就不好玩儿了。”

“我这可是帮你忙，兄弟，别这么咒我啊！”

“帮我？我看你是帮钱吧？”

“别介，这两者不矛盾啊。”

再次来到会议室后，郭美琪迎了上来，明显有些嗔怒地说：“你这人怎么这样？我们说不去了吗？就算对我和杜志发有意见，但你别忘了，这些日子，都是谁在帮你。你就这么对麦教授？”

“你……”

“我什么我？我说错了吗？我们只是让你冷静些，好好商量一下再做决定。愤怒会让人失去理智的。”

我一时语塞，情知自己不占理，于是索性等她发完牢骚后才说：“对麦教授我感谢还来不及呢，我只是心里急着想过去罢了。怎么，你现在喊我来做什么？对了，麦教授哪儿去了？”说着，我掏出一根烟点上。

Maggie看了我一眼，没好气地说：“跟我来吧。”

三人来到后院的库房里，在一扇金属质感极强的大门前站定，郭美琪输了密码，并刷过指纹后，门开了，里面看样子，大约应该是杜志发在电话里跟我说的那什么放潜水器材的地方。跟着郭美琪走进去后，只见麦教授正在里面，蹲着查看一个标牌，看见我们，站起身，说：“欢迎来到九渊潜水装备中心，看看有什么是你中意的。”

这时只有麦教授头顶的几盏灯亮着，光线有些暗，于是郭美琪打开总开关，房顶的排灯全都亮起，瞬间照亮整个仓库，我被眼前的景象给惊呆了：一排排金属陈列架上，摆放着各式潜水器材，最前面的架子上全是潜水服，从最老式笨重的，像是工业革命时期造出来的东西，到目前市面上最常见的，再到看起来像宇航服、概念感极强的。

旁边的空地上，摆着几个宇航舱一样的东西，凭我的潜水知识，判定那是潜水钟，但似乎又比普通意义上的潜水钟高级很多，因为里面似乎还有操作台，而且其后有螺旋桨推进器，莫非是微型潜水艇？

竖着码放得整整齐齐的氧气罐更不用说，罐体分为鹅黄和白色两种。

所有装备器材上面均有logo（标志）——九道泉水交汇之处，托起一颗明珠，配以两个草书字体“九渊”。

正在我和杜志发瞠目结舌之际，麦教授说：“我建这个器材中心很久了，最初的设想是招募潜水员，派他们去采集奇贝异螺和异珠，然后再收藏进博物馆里。可惜普通异珠的位置，只有通过南珠王那帮采珠世家的相水术才能判断，但相水术是概不外传的，我没法知道，即便打听到的，也只是皮毛。所以只能一边花钱收购异珠，一边打听每颗异珠的出水位置，然后建造出异珠能量网模型。”

说着，他慢慢走到架子前，拿起一只头盔，拍了拍，接着说：“另一方面，顶级异珠，即有龙守护的级别的异珠，比如鬼雨法螺，南珠王他们也没法知道位置，我更是只能从模型中去推断，但几乎毫无效果。因为谁能掌握这些异珠的位置，就等于破解了整个龙族在世界上的分布状况，那可是天大的事情。”

麦教授叹了口气，环视库房一番，说：“所以这些年，我虽一直在准备，但这些器材一直被封存，毫无用武之地。现在杨宣爷爷的研究，可能为破解龙族分布，破解顶级异珠的神秘面纱，揭开了一角，我想，是该它们上场的时候了！”

我震撼之余，也有些不解，问道：“麦教授，您之所以对龙这么痴迷，对奇贝异螺和异珠如此执着，甚至为此做了这么多准备，难道仅仅就是为了将它们统统收藏进博物馆吗？”

麦教授的声音一贯低沉而有异样的磁性，就像是揭晓魔术奥秘的旁白，他说：“你记得我曾经对你提到过地下水系这个概念吗？在讲殷芒贝的时候。”

杜志发因为是首次听说这些东西，有点儿晕菜，根本插不上话，只能在旁边听着。

我说：“记得。你说殷芒贝只生活在地下水系中，还说如果我们把目光聚焦在地下，就会发现，整个地下水系的复杂程度丝毫不亚于地表的这些江河湖泊。”

麦教授点点头，说：“每个人生活的目的都不一样，有人为钱而活，有人为爱而生，但我是为了探索未知。人类自从郑和、迪亚士、哥伦布、达伽马、麦哲伦等航海家完成了全球新大陆的探险和发现之后，地表世界对于人类，已经毫无魅力可言。我儿时因为家中做珠宝生意，无意中接触到珍珠，年长后又专业研究贝类。奇贝异螺、异珠以及龙，带我接触到了一个未知空间，带我进入了一个神秘的领域——地下世界，并且地下世界跟地表一样，也是由大面积的水系所组成和联结，那就是地下水系。

“我们今天研究地下水系和地下世界，等同于当年哥伦布他们发现新大陆，并且会比他们更伟大，因为世界上最神秘的力量——龙和异珠，就在那里。这是前无古人之事，从来没人能够弄清楚的。

“而现在你的爷爷，已经为我们打开了通往那个世界的一个入口，面对这样一个陌生而又神秘的空间，难道不值得一个人，一个男人，为之付出毕生心血吗？”

杜志发这时似乎理解了不少，问道：“您不是贝类学家吗？是研究奇贝异螺和异珠，以及龙的，怎么就跟地下世界和地下水系联系上了呢？”

麦教授说：“奇贝异螺和异珠，是地下水系和地下世界的路标，顶级异珠只会在地下水系，通过相水术可以判定的普通异珠，才生存在地表水域；而龙，守护顶级异珠，就好比是黑夜中海上的灯塔，它们为我们指明了探索那个世界的方向。”说到最后，麦教授对我诡异地眨了下右眼，“追逐魔力，是我活着的目的，金钱不是。”

杜志发在一旁插话：“教授啊，咱们可得提前说好，要是我们捞到了鬼雨法螺，那可就是我们的，您如果要，也得出个合适的价才行。”

我扭头看着他，问：“谁说要捞鬼雨法螺了？你要捞自己捞，我只是去找南珠王那帮人的。”

郭美琪说：“张嘴闭嘴就是钱，不过我奉劝你，眼里只有钱的人，最终反而会挣不到钱。”

“站着说话不腰疼，你们都是富家子，吃喝无忧，生活不愁，当然一个个跟圣人似的。我比不了你们，不谈钱，我吃什么？”杜志发酸酸地说道。

麦教授走过来，拍了拍杜志发的肩膀，说：“你如果有本事捞到，就说明你有能力拥有，那就是你的。放心吧，你的东西，我不会抢。”然后对我说：“杨宣，现在你的处境其实进退维谷，如果去了，即使发现南珠王那帮人，你也拿他们没办法，不去，你又不甘心。”

我点点头，叹了口气，说：“是啊，这就是我矛盾的地方，看着恶人却束手无策，真是，咳……”

杜志发说：“我给你出个主意，南珠王他们之所以害你爷爷，而且最后即便拿到了想要的，还是灭了口，说到底不就是为了鬼雨珠吗？那如果你把鬼雨珠给抢走，他们一定会急得发疯，这样，不就等于报了仇吗？”

我说：“别老怂恿我跟你捞螺，那东西就算再神奇，跟我有什么关系？我过去，是看怎么才能抓住那帮人，或者逼他们露出马脚。但现在还没思路，只能见机行事。对了，郭美琪跟着去干吗？她一个女孩子，恐怕不好吧？”

麦教授说：“我一把老骨头了，心有余而力不足，如果再早十年，我一定亲自去。美琪可算得了我的真传，像是我年轻时的翻版，她千里迢迢从美国到我这里，研究奇贝异螺、异珠和龙，决心打开地下水系的世界，现在大门就在眼前，她舍得不去吗？”

我很佩服，同时又很难以理解地看着她，问：“实在不懂你这么做是为了什么？”

Maggie笑着说：“那我问你，徐霞客为什么要耗尽毕生心血，游历探险中国，他在各地探险，可是没有一分钱好处的，他写《徐霞客游记》，也不是为了卖书赚钱的。你能解释，他用一生去游历探险的目的是什么吗？”

我想了片刻，还是摇摇头，回答不出。

Maggie继续说：“你还是没有懂我，也没有懂上次我对你说的Mark Twain的那句话。”

好吧，世界上最奇怪的动物就是人，人的想法真是成千上万，任何你自认为的奇思怪想，其实放眼全人类，你都一定会找到志同道合者。所以，我接受了郭美琪，当然也接受了杜志发，我们三个人，组成了一支奇怪的小分队：一个是为了给爷爷报仇，一个是为了捞螺采珠赚钱，一个是为了做她的女徐霞客，但共同的目的地是——长江魔三角！当然我们的背后还有一个老BOSS——麦思贤教授以及他创办的九渊博物馆。

当然，我说Maggie是为了做女徐霞客，其实这个描述是不太准确的，只是因为她当时用徐霞客举例，所以我才这么说。她真正感兴趣的所在，实际上与麦教授是完全一致的——奇贝异螺、异珠和龙，以及那个庞大的地下世界与地下水系！

我也是从那时起，才明白了麦教授之所以给博物馆取名为九渊的原因。九在中国传统文化中表示极限，比如九五至尊、九重天，而九渊代表极深之水、地下之渊，麦教授用九渊来象征他想探索的那个充满魔力的地下水系和地下空间，以及其中存在的奇贝异螺、异珠和龙，这整个体系，被他称为——九渊世界！

第10章　启程

我和杜志发两人的潜水技术是没得说的，而郭美琪虽然比不上我俩，但技术也不差，在美国时就考取了CMAS（世界水下运动联合会）的国际潜水员资格证。而我是考的是PADI的教练证，杜志发则在澳洲当了四年珍珠潜水员。

九渊的装备中心器材实在太多，想得到的都有，想不到的还有，但目前用不上太高级的装备，因为还没有进行实地勘察，也不知道我们的判断是否正确。所以，商量之下，决定先带着基本装备，去泰兴一趟。第一个当然是最重要的，找到南珠王那帮人的踪迹，第二个，摸清楚水下情况，然后再做定夺。

郭美琪从她家分公司调来一辆兰德酷路泽（越野车名），我们将所需要的器材搬了进去，然后与麦教授道了别，就此上路。麦教授反复交代，遇到任何情况，安全第一，自己性命要紧，留得青山在不愁没柴烧。况且这次只是先去勘察，摸摸情况而已，万不可贸然直接便和人杠上，只要确定了这个路子是对的，也就明确了我爷爷研究的具体内容入口，那么这件事就算成功了一半。

一路上基本是杜志发开车，他这人爱豪车，尤其偏好越野车，但无奈手头紧，所以看见郭美琪的这辆陆地巡洋舰，手痒得不行，我正好乐得清闲。那时候听音乐已经开始从装磁带的随身听转向CD机，印象当中似乎还没转型多久，不过郭美琪的这辆车上已经装上了CD机。我至今都记得，一路上放着当时周杰伦非常火的那三张专辑——《JAY》《范特西》《八度空间》，另外还有郭美琪精致的脸庞，戴着墨镜，被窗外的风拂过长发的模样。

我承认，那一刻我的心确实动了，虽然只是那么一小点儿甜丝丝的胸中荡漾的感觉。

到泰兴时，已是下午四点，我们找了一家酒店，开了两间房，把东西都安顿下来。那时哪有什么导航，什么手机地图之类的，彩屏手机都还没出现，全是黑白屏，依稀记得那时候我用的是夏新A4，好像是这么个名字，不过具体型号貌似已经没法查了，虽然连彩屏都不是，印象中还花了大概两三千。到现在不过十三四年的时间，但这个变化，实在是太大了。

虽说知道泰兴是长江断流处，但泰兴段的江面很长，范围很广，要想精确到是哪一块儿或哪一位置为当年断流处，却没人知道。而爷爷的那个密码，将鬼雨法螺与长江断流联系在一起，到底意思是鬼雨法螺在长江断流处的江底，还是别的什么意思，也不清楚，所以虽说来到了泰兴，但依然是一头雾水，摸不清方向。

吃过晚饭后，我们坐到一起，仔细研究着手里仅有的一份交通地图。郭美琪说："长江从泰兴往上游，基本为西南东北流向，但从这里开始，却陡然拐了个大弯，变为了几乎垂直往南，拐了有一百多度，很奇怪啊。"

杜志发说："咳，这有什么奇怪的，河道什么样，水当然就怎么流咯。河道绕圈，水也就绕圈走嘛。"

我想了想，说："河道又不是人工挖成的，你说为什么会天然形成这种陡然往南的河道，不合常理啊。"

郭美琪说："我没研究过水文，不过我觉得最原始的长江河道，还是江水给冲出来的。也就是说，不可能先形成现成的河道，然后等着水来，所以根子还是应该出在水流的流向上。而且这里都是平原，没有任何险峻的地形，能够促使江水改道的。"

杜志发叼根烟，往床上一躺，叹口气说："这个问题让地质学家来研究，都不一定弄得清。凭我们瞎猜，也没有什么用。况且我觉得，咱们现在重点不应该放在什么水文不水文，地形不地形上，而应该放在寻找南珠王那帮人的踪迹上才对。"

我忽然有个想法，说："他这话没错，不管美琪你想要找长江断流的真正位置，还是阿发想要鬼雨法螺，咱们都只需跟着南珠王那帮人就行，因为他们肯定从我爷爷那里，已经掌握了确切消息。”

郭美琪想了想，点头说：“可是到哪里找他们呢？”

“这还不简单，到江边问老百姓，最近一两个月有没有什么特别的人或者外地人，打听过地方捞过螺，一问不就出来了？”杜志发跷着二郎腿，晃着脑袋说道。

你别说，杜志发这人大部分时间不靠谱，但脑袋有时还是挺活络的，我和郭美琪又讨论了一阵子后，觉得还是他的这个提议比较可行。但天色已晚，又是一路开车过来，大家都挺累，于是郭美琪便早早回自己房间休息了。

她前脚刚出门，杜志发跟着就神秘兮兮地探过头来，对我说：“宣哥，良辰美景，你就让娟姐一个人去睡了？”

“人家累了要休息，那能怎么办？”我笑笑说。

“你去陪她睡啊！”

我嘴里一口茶差点儿没喷出来，然后一本正经地说：“进展太快，有点儿不大好吧？”

“这还算快啊？你们都认识两个多月了。宣哥，我看出来了，她对你有意思。”

我点上一根烟：“我自己都没觉得，你倒看出来了？”

杜志发二逼兮兮地说：“当局者迷，旁观者清。戴绿帽子的不都是同事朋友先知道，自己最后才晓得吗？”我随手拿了个枕头就朝他丢去，这哥儿们倒在床上，为他自己讲的这个笑话乐得不行。

第二天一大早，我们三人去街上早点摊，吃了几碗粯子粥加油条，杜志发说一辈子没喝过那么香的粥，还向老板打听怎么做，老板说粯子粥是他们泰兴的特产，很常见的，把元麦磨成细小的颗粒，然后煮成粥。那会儿我没搞明白元麦是什么，直到后来有次跟Maggie和杜志发去西藏，才意外发现，元麦其实就是青稞。当时我还挺纳闷，为什么西藏的青稞，会千里迢迢到了长江三角洲的泰州地区，并且成为当地的特产，实在很奇怪。

吃完早饭，三人便开车朝江边走去。泰兴的沿江段很长，我们看着地图，不知道到底该去哪一处才好。这时路边有个中年男子，骑着自行车，车后装着钓鱼竿等渔具，我连忙让杜志发停车，摇下车窗问：“师傅，你这是到哪儿去钓鱼啊？”

那男的愣了一下，然后刹车，用脚撑住，说：“到江边咯。”我说：“我们想打听个事儿。”然后掏出烟，给他递过一根，“你有没有听说过五几年这里长江断流啊？”

那男的把烟点上，吸了一口，说：“当然知道了。你们该不会又是科考队的吧？”

我一听这话有些不对劲儿，问道：“你怎么知道我们是科考队的？又是科考队是什么意思？难道已经有科考队来过了？”

“两个多月前，有条科考队的船，在这片江面上待了好久，整个沿江段四十多公里来来回回不晓得开了多少趟。只要平时欢喜在江边钓鱼的，都晓得这事。听说他们是调查五几年长江断流的事情的，你们是外地人，又打听这个事，还开了个这么大的越野车，所以我猜你们也是科考队的啊。电视上那些科考探险的人都开你们这种车子，我认得。”

他这话一说，我们三人来了劲，杜志发干脆下了车，走到那人面前，问：“师傅，那……那帮科考队的还在吗？船还在江面上？”中年男子说：“船应该是开走了吧，好久都没有看到了。”

杜志发朝我一瞅，说：“完了，肯定捞完走人了。”

那人问：“捞完了？捞什么捞完了？”

我说：“没什么。师傅，那你知道他们的船，最后在哪儿停的时间最久吗？”

这时中年男子低头用脚拨弄了几下踏板，有些顾左右而言他，说：“我还得赶着去钓鱼呢。”

杜志发一看这架势就明白了，于是绕到驾驶座那边，从他包里掏出一包软中华，然后走到那人旁边，把烟递给他的同时，说：“师傅，耽误你点儿时间，这儿有包烟你拿着。我们呢，不是科考队的，而是杂志社的记者。想做一篇关于这段长江的地理考察，所以有些情况得掌握清楚才行。”

中年男子顺势接过烟，认出是软中华，嘴角微微露出一丝笑容，随即便正了正色，将烟插进衣兜，说：“哦，地理杂志啊，我知道，那个什么国家地理，报摊上经常看到的。你们的照片可拍得漂亮啊！”

我心里不禁一笑，想：这哥们儿也真逗，还知道个国家地理杂志，嘿嘿。然后问：“他们的船最后停在哪边？”

那人卡了卡嗓子，说：“就在江心洲最南边，好像是找到了什么一样，一直到离开前都停在那块儿。”

这下可解决了大麻烦，杜志发乐得连忙说：“好嘞，谢谢您了，师傅。”那中年男子笑着说：“没事，有什么要打听的再来找我，我基本每天上午都到江边钓鱼，就是这条路一直走到头的地方。”我们三人在车里铺开地图，你别说，地图上显示这段长江的中下部位置，还真有一块江心洲，约十几公里长，对面就是镇江的扬中市。

第11章　黄泉

郭美琪指着地图说："既然在江心洲最南端，那我们得先找条船，到了那个地方，勘察确定之后再下水。江心洲倒确实是个好地方，那上面又没有人居住，我们下水也不会被人看到。"我说："那我们就先去那边的码头，看能不能租条船。"

半个小时后，我们来到预定地点，其实最好的情况是能有轮渡，直接连车带人都运过去，可江心洲只是浩浩江水中的一片陆地而已，没有人住，不是居民区，怎么可能会有轮渡呢？几个码头也都是供货船、客船用，而不是用来载人过江的。

正当我们把车停在码头，一筹莫展时，从调度室里走出来一个古铜色皮肤的壮汉，高大魁梧，虽然穿着衣服，但仍能感觉到他身上的遒劲肌肉，大大咧咧地说："你们几个干啥的？"

我一看，走上前说："想找条船去对面江心洲。"

"江心洲？去那里做什么？那儿全是荒地滩涂，一片野草。"

杜志发扮记者扮出了感觉，说："我们是杂志社的，想到那边拍些照片，采采风，把江苏境内长江上的江心洲放到一起，做期专题。"

听了杜志发的话，我心里笑翻了，只得强忍住。那壮汉横着眉毛，说：

“这里是货运码头，全是拉沙拉货的船，谁有闲工夫送你们去对面？没事赶紧走！”

我一听这口气就来了火，说：“喂，兄弟，话不是这么说的。这里是码头，不是你家鱼塘，我们想怎么待，就怎么待；爱待多久，就待多久。”

那人卷着袖子便走了过来，像只被惹怒的公鸡，嘴里说着：“你他妈的……”他虽然长得五大三粗，但我也人高马大，根本不惧，站在那里等他过来，两人眼看就要顶上。

杜志发连忙插进两人中间，向两侧推开，说：“和气生财，和气生财，有话好好说。”然后转向那壮汉，说：“大哥，我们就是来打听点儿事，你也别太激动，跟吆喝叫花子似的，换谁听了也不舒服。”紧跟着掏出包烟，递给那人一根，说：“来，来，大家抽根烟，消消气，心平气和坐下来谈一谈。一根烟过去，就都是朋友。”

杜志发这人还是比较会来事的，他这么一说，既顾全了我们的面子，也给了对方台阶下。那汉子也不是那种一根筋的人，虽然挡开了杜志发的烟，但还是缓了口气说：“我再说一遍，这里没船送你们过去。”缓了一下，然后说：“真搞不懂，你们要去那里干什么？还拍照片呢，全是草，有什么可拍的？感情杂志社和科考队整天都闲得没事干，尽喜欢到这些鸟不拉屎的地方来。”

他这话一说，我们都愣了一下，郭美琪问：“你知道有科考队去过对面？”那汉子见我们的表情，顿了顿，说：“是啊，个把月前，有条船停在对面，说是科考队的。”

杜志发来了劲，但这次学聪明了，没再说捞东西，而是问：“他们后来为什么走了？”

“没找对地儿，换地方了呗。”

我奇怪地问：“换地方？那这么说他们还没走。”

壮汉似乎觉察到了什么，警惕地看看我们，说：“你们不是杂志社的吗？怎么对科考队这么感兴趣？”杜志发搪塞说：“如果有科考队，说明肯定有新闻。杂志和报纸不就是追新闻嘛。”那汉子抱着双臂，将头扭到一旁，说：“我不知道他们去哪儿了。你们问别人吧。”

郭美琪笑着掏出一张名片，递过去，说：“我是南京九渊博物馆的研究员，如果你有关于科考队或者长江断流的线索的话，可以随时打给我们。有奖金的，比提供给一般报社的奖金多很多，考虑一下吧。”然后她对着我们，故意说：“咱们走吧，到别处问问，既然他们来过这里，肯定附近人家应该有知道的。”

我和杜志发两人会意，作势准备离开。

刚往回走了没几步，那汉子手里拿着名片，喊道：“你们等等。”郭美琪站住脚，回头。汉子问：“奖金有多少？”

“提供关于科考队的线索5000，带到他们转移的地方再加5000。”

我心里寻思：“嘿，这小妮子还真舍得花钱办事。”

那汉子说：“你们不用问别人了，我知道。”

这回轮到郭美琪发话了，先不着急问，而是说：“你是做什么的？”

“你管我干什么的。我只要告诉你科考队去哪儿了，不就行了吗？”

我说：“你这话可不对。我们可是出真金白银征集线索的，一万块钱就买一条线索，也算是大价钱了。怎么也得先问问情况，总不能随便乱扔钱吧。”杜志发说：“咳，不用问也知道，他肯定是码头的人，调度之类的。”

壮汉随即说：“我不是码头的，我搞内河运输的。刚好船停在这里，上来到调度室坐坐。”

我朝屋子里看了看，狐疑道：“那调度室里怎么就你一个人？”

“那人有事出去了，我临时帮他看一下。”

郭美琪跟着却问：“你有几条船？”

壮汉摸了摸下巴，说：“小本买卖，只有一条船，在内河拉拉黄沙，运运货。”

“多少吨位的？”

“1000吨的。”这时，壮汉似乎有点儿不耐烦了，说：“你们到底要不要打听科考队啊？怎么跟警察似的？”

郭美琪说：“没什么，先问问船的事，因为我们本来想租条船的。”

“用不着租船，科考队都弃船了。他们的船开走了，但是人留下了。”

我眯眼奇怪地问：“哦？不用船？那他们去哪儿了？”

“我这说了你们可就算是要了啊，不能反悔。”

郭美琪二话不说，直接掏出钱包，从里面掏出来一沓钞票，说：“这是3000块，出门现金没带那么多。回市区取了钱就给你。或者你跟我们一起去也行，绝对不会赖账的，放心好了。”

壮汉收下钱，稍微看了看也没细数，塞进兜里，说：“他们的船先是在泰兴这段江面来回开了差不多大半个月，像是在测量什么，又好像是在捞什么，每天还有潜水员下水。不过一无所获，后来船走了，我特意找人打听了下，原来船上留了不少人下来，都去了黄泉村。”

杜志发奇道：“黄泉村？这什么地方？他们怎么从长江里最后找到村里去了？”

我也皱眉问道：“是啊，听说他们是为了调查长江断流的原因而来，怎么最后反而离开了长江，上了岸？”

这时杜志发掏出烟，第二次递过去，那汉子这次接了过来，杜志发问：“大哥，你贵姓啊？”

汉子点上烟，说：“我姓赵，叫赵金生。那帮人到底是不是如你们所言，为了调查长江断流而来，我不清楚。但我大概知道他们为什么要去黄泉村。”

我和杜志发也点上烟，四个人走进调度室里坐下。赵金生给我们倒了点儿水后，继续说：“黄泉村之所以得名，是因为这村里有个地下溶洞，洞内有一处潭水，水是黄的，世代村民都说那是黄泉，是通往幽冥地府的，因此得名。那个溶洞虽然口小，但里面很大很大，据说当年张士诚有一部两万人马，最后都全藏进了洞里。”

杜志发惊讶地说：“两万人马？我的个乖乖，这洞该大成什么样啊？”咂咂嘴后，又问：“张士诚是谁？”赵金生不可思议地看着杜志发，说：“你不知道张士诚是谁？”杜志发愣了愣，又看看郭美琪，问：“你知道吗？”

郭美琪也摇摇头。

我说：“这名字挺熟悉，是不是……是不是当年跟朱元璋打仗的那个？”赵金生一拍大腿，说：“对了，还是这兄弟闻多识广。张士诚当年的地盘，横跨长江南北，无论是泰兴这边，还是南边苏州，老百姓都很爱戴张士诚的。你们知道老百姓烧狗屎香吗？”

杜志发问：“狗屎香？狗屎是臭的，怎么会香？”

赵金生说：“江苏这里，无论苏南苏北，很多地方每年阴历七月三十晚上，都会烧香，拜地藏王。这香，就称作狗屎香。其实这香并不是烧给地藏王的，而是假借地藏王的名声，烧给张士诚的。”

我奇怪地问：“那为什么要叫狗屎？”

“因为张士诚乳名叫作九四，谐音狗屎，而朱元璋建立明朝后，当然不准百姓祭拜张士诚这个当年的对手，所以百姓就假借地藏王之名，烧狗屎香，其实是把香火烧给张士诚的。”

郭美琪听完后，顿了片刻，说：“你还是继续讲讲那个地下溶洞吧。”

“别以为我跑题了。要讲那个洞，就得讲张士诚。这个朱元璋在进攻张士诚的时候，先是由徐达凿开了洪泽湖的大堤，结果水淹苏北；然后常遇春又包围泰州，使用火攻。这水火二法，是战前刘伯温的计策。结果，张士诚有一部两万人马，本是苏州城破后，护着财宝和军中家眷，退守到泰州这里来的。谁知水围火攻之下，常徐二人又合兵一处，将此部人马死死围住。包围圈越来越小，张士诚最后只能带着家眷、财宝等，退到黄泉洞里坚守，但死不投降。”

杜志发竟然有点儿听上了瘾，问：“然后呢？”

“你还真别说，这么个洞，口小腹大，易守难攻。在洞口烟熏火烧，都没用，任你大军千千万，就是没法攻进来。最后朱元璋火了，下令停止进攻，就死守洞口，没粮没草没食物，困在里面饿也得饿死。最后足足围了有九九八十一天。”

杜志发问：“里面两万人马终于死光了？”

赵金生喝了口水，幽幽地说：“不是死了，而是没了。”

“没了？”我们几个一起叫了起来。

“是啊，两万人马凭空消失了。”

杜志发又问：“财宝呢？”

“也没了。两万人马，加军中所有家眷，还有财宝，全都像是空气一样，蒸发了。”

我也不由得说道：“这也太玄乎了吧？村民们对此有什么流传下来的解释吗？”

赵金生眉飞色舞地说：“我前面不是说黄泉村之所以得名，一是因为洞中的那处潭水是黄的；二来据说洞中潭水极深，能通往幽冥地府，因此得名黄泉。而张士诚这部人马和家眷、财宝，村里历来相传是被阎王爷派牛头马面和阴差鬼卒直接拉进了黄泉，去了阴曹地府报到。”

我说：“这也太扯了吧？这些人如果阳寿未尽，阎王爷凭什么拉他们进去？”

“谁说阳寿未尽？那洞中虽大，却只有一个口。唯一的出口外面又被朱元璋派兵死死围住，九九八十一天啊，兄弟，早该死透了。既然都死了，偏偏又死在黄泉边上，那不正好拉进去吗？”说到这里，赵金生向前探出身子，稍微压低一点儿嗓子说：“听村里老人说，阎王爷要重修阎王殿，因此才要了这两万人马，拉进阴曹地府当鬼卒哪。”

杜志发呵呵笑了起来，说：“敢情跟秦始皇抓壮丁去修长城一样啊！嘿嘿。”

赵金生连忙做个手势，说：“哎，兄弟，有事没事可千万别拿阎王爷开玩笑。指不定牛头马面过来，牵住你的魂就走，这人说死可就死了。”

我说：“我×，兄弟，这都什么年代了。你看样子也不像是多大岁数的人啊，怎么还信这个？”

赵金生摆摆手，说：“听得越多，胆子越小。无论哪行哪业，都是新手胆子大，老手胆子小。你要是对黄泉村够了解的话，恐怕就不会这么说了。村里人专门在洞口修了一座庙呢，祭拜阎王。”

杜志发说：“这么个好去处，也没开发成旅游景点？我看别的地方的溶洞，可都是旅游风景区啊！”

“哎哟喂，那洞拿棒子赶着人进去都不进，还开发成旅游景点呢，得了吧。给你们说个实打实的情况，一点儿不带假话的，那个洞里，不要说人，连动物都不敢进。猪牛羊，狗猫鸡鸭鹅，你就算牵着它们进去，只消一松手，保管没命似的往外逃，牵到黄泉边上，连狗都会吓得尿出来。真的，我亲自试过，那狗尿我一脚。”

杜志发一个控制不住，捧着肚子笑了起来。

这时，郭美琪说：“看来那帮人八成是为了这黄泉，而去的黄泉村了？”

赵金生跷着二郎腿，说：“必须的。科考嘛，那村里除了黄泉有科考价值，别的没什么了。”

我有些奇怪，问道：“黄泉村离这里远吗？他们本是来调查长江断流原因的，难道……难道黄泉村的黄泉，跟长江断流有联系？”

郭美琪说：“如果那帮人真的去了那里，想必黄泉与长江断流之间，肯定有联系。”

“黄泉村离江边这儿三四里地，很近啦。你们如果想去的话，我随时可以带路。对了，兄弟，到这会儿还没问你叫什么名字。”

“我叫杨宣，刚才误会，你别介意。”

赵金生挥了挥手，说："咳，出门在外，混社会的，有点儿误会还不正常？"然后把我上下打量一番，摸着自己下巴颏说："你这身板儿看起来像搞体育的，人长得又帅，怎么都不太像杂志社的啊。"

我嘴角笑了笑，说："我是做潜水教练的，从小到大练游泳。"说着，朝郭美琪指了指，"她是博物馆研究员，名片你已经有了。"最后向杜志发指了一下，说："这位兄弟叫杜志发，原先也是潜水员。实不相瞒，我们是为博物馆来调查长江断流的。所以，对那帮自称科考队的人很感兴趣。"

赵金生说："哦……那咱们什么时候过去？"

郭美琪问道："你这里走得开吗？"

"咳，没事，这里又不是什么大码头，况且我只是帮人看一会儿。你们要是现在想去，咱这就走。"

我站起身，说："那行，我们就现在过去吧。"

于是几人起身，走出调度室，上了车。仍旧是杜志发负责驾驶，赵金生则在旁边带路，我和郭美琪坐在后头。汽车发动后，直奔黄泉而去。

第12章　阎王庙

路上，郭美琪说："一般来讲，江苏境内，喀斯特地貌通常在江南，无锡啊，苏州啊，太湖周边一带。我实在没想到，长江边上也会有。"

"喀什么？卡斯特罗？"杜志发在前头问。

我回应道："喀斯特啊，就是溶洞。"

"你不知道我没上过大学啊。真是的。"

我说："这是高中地理学的，好吧？"

赵金生嘿嘿笑道："你别说，这个我也没听说过。卡斯特罗我倒还知道，抽雪茄的那个嘛。"

杜志发转头朝他笑笑，说："啊，兄弟，兄弟。"

郭美琪说："能不能正经点儿，谈正事呢。"

我说："地质这东西，说不好的。要是每个地方都能弄得这么清楚，哪哪儿该有，哪哪儿该没有，那估计也没我爷爷的事儿了。"朝窗外看了一会儿，我又说："说不定，长江断流的秘密，还就在这个黄泉洞里呢。"

几人沉默了一小会儿，我问："赵金生，你不是做内河运输的吗？应该跑船才对啊，怎么今天有工夫上岸？"

"咳，别提了。现在船也不好跑，我三条船，今年只有两条能拉到货，一条停在码头很久了，我正准备看看，找人把船卖了转行呢。”他顿了顿，“几位有没有好交易，给我介绍介绍啊。”说着，掏出郭美琪给他的名片，看了看，问：“九渊博物馆是做什么的？算事业单位还是国家机关？”

我说：“这是家私人博物馆。”

“私人的？也就是说你们三个都是这博物馆雇的？”

杜志发说：“只有后面那位美女是，我们不是。我是来发财的，有没有兴趣一块儿？”

“怎么个发财法儿？”

我原本心里准备拦住杜志发不要说的，但转念一想，三个人对南珠王那一大帮人，恐怕实力有点儿悬殊，就算尽量避免正面冲突，多个人总归多分保险。况且，我对鬼雨法螺和鬼雨珠本就不是很在乎，而杜志发却是直接为此而来，因此就算他找个人，也是分的他的钱，与我无关。想到这里，也就由他去了。

杜志发说：“不跟兄弟你玩虚的。去黄泉村那帮人，其实根本不是科考队的，他们是来找东西的。”

“找东西？你们不是说是为了调查长江断流吗？怎么又变成找东西了？”

“这两者不冲突，因为找到了长江断流的秘密，也就找到了那东西。顺着长江断流这个思路往下查，才能找着那玩意儿。那帮人抢在我们前面查到了线索，所以，现在只要跟着他们，就有机会。然后我们暗中潜伏，等待时机，最后瞅准机会，突然行动，抢在他们前头，把东西弄到手。那就大功告成！”

我在后面，看着杜志发讲得唾沫星子横飞，他一头黑人风格的小辫发型，扎着短马尾，然后配上耳朵上的一颗钻石耳钉，那副样子简直潮爆了。

赵金生看样子估计比我们大一些，但也大不了太多，不会超过三十，跟美国职业摔跤手似的，说：“难道你们是找水底宝藏的？”

杜志发摇摇头，说：“不是，但也差不多。”然后咂了几下嘴，“一时半会儿说不清楚。这么跟你说吧，这长江底下可能有一颗很神奇的珍珠，值大价钱，天大的价钱，比什么宝藏都值钱。我就是来找那个的。”

“夜明珠？”

“嗯，比夜明珠还厉害，叫作鬼雨珠，有了那珠子，就能够召唤暴风骤雨。简直比核弹头还值钱啊！”

赵金生说：“是不是真的，听着有点儿玄乎。”

“你看我们像是开玩笑吗？那帮科考队的像是开玩笑吗？连黄泉他们都敢下，你自己想想，这东西得值钱成什么样，才会让这么多人不要命地过去找？”

赵金生不说话了，默默看着前路。过了会儿，杜志发在一旁撺掇，道：“嘿，哥们儿，怎么样？对了，你会游泳和潜水吗？”

“我他妈成年在江上跑船的，你问我会不会游泳？简直搞笑嘛。老子一个猛子扎进江里，两根烟的工夫才出来，你信不？只不过这事儿听起来忒危险，我得考虑考虑，暂时做不了决定，到了村里再说吧。”

几人在车上说着话，不一会儿的工夫就到了黄泉村。按照赵金生的指点，一路开到村后两处土包之间。

下了车，赵金生在前头边带路边说：“就在这后面。”果然从两个土包之间穿过去后，一座阴森森，但占地颇广，同时又很庄严的老庙，出现在我们面前。

来到庙前站定，抬头见牌匾上，蓝底金字，竖写着“阎王庙”三个字，大门两侧的墙上，则分别绘有张牙舞爪的两个鬼卒，左边着黄衫，右边着黑衫。门前东西两边，则各是一个石质的狴犴雕像，威猛恐厉，还偏偏刻得栩栩如生，真是大白天都叫人不寒而栗。

郭美琪冲大门里头望了望，问：“我在中国见过不少道观、庙宇，但供奉阎王的庙，还真是头一次见。”

赵金生说：“甭管是供哪位大神，什么大仙，一个地方只要能请到一方神仙保佑，就是福气了。阎王怎么了？阎王可是管人生死的，我还想求他保佑呢。”

几人边说边朝里走。

这庙除了看起来阴森恐怖，说实话，建筑布局倒十分齐整威武，一点儿不显落魄，反而很是气派，而且庙里树木成荫，除了老松苍柏，还有几株两人抱以上的银杏，没个几百上千年长不成。

这时一个小道士走了过来，打个稽首。赵金生连忙回了个礼，说：“小道长，我们去洞里看看。”小道士说：“几位请便。”然后就继续前行，离开了。

看着小道士的背影，杜志发说：“哎，这不是庙吗？怎么里面住的道士，不是和尚？”

赵金生说：“谁说庙就一定得是和尚？城隍庙里不也是道士？这阎王庙里主祀的是东岳大帝，是道教的神，当然是道士了。”

我有点儿不明白，问：“东岳大帝和阎王怎么就联系上了呢？”

这时我们进了副殿，刚好里面有十座神像，赵金生朝神像指了指，说：“阴曹地府一共有十个阎王，每个阎王一座殿，称作十殿阎君。我们常说的阎罗，其实只是第五殿的阎王，即阎罗天子——包拯。而东岳大帝乃主管世间一切生物的出生大权，阴曹地府自然归他所管，乃是十殿阎君的上司。所以阎王庙里主祀东岳大帝，副祀十殿阎君。”

杜志发走到第五个神像前，说：“我的乖乖，包拯是第五个阎王？这我还是头次听说啊。”

赵金生把两眼一瞪，朝四周看看，然后说：“你在这阎王庙里可不要大声喧哗吵闹，小心惹到神明，登时要你的小命。”随后接着说：“包拯因为公正严明，死后本是阴曹地府第一殿的阎王，但后来可怜屈死之鬼，屡屡放回阳间让他们申雪，所以被贬到第五殿。”

随后几人来到正殿，当中乃是一座高大威严的东岳大帝神像。我说：“东岳大帝除了是十殿阎王的上司，本身也是泰山之神吧？我记得古代的皇帝，经常要到泰山拜东岳大帝的。”赵金生说：“这我就不清楚了。不过东岳嘛，自然是泰山了。”

郭美琪喃喃地自言自语，说：“泰山？泰山的神东岳大帝主管阴曹地府，莫非这阴曹地府是建在泰山地下的？”

杜志发说：“民间传说而已，用不着太当真。”

出了大殿，我问：“洞呢？莫非黄泉洞在这庙里？”

赵金生说：“黄泉洞算是庙的一部分，但不在庙里，而在庙边上。就在前头。”

我说：“这阎王庙似乎香火不是很旺，来的善信也不很多，半天都没见着几人，怎么整个庙却气派得很？一点儿不像落魄小庙。”

赵金生边走边说：“这就是怪事一桩了。新中国成立前，就有这庙，据说古时候就有了，但小得很，完全是村里人因为对黄泉洞和张士诚那事儿的影响，说害怕也好，说相信也好，反正就建了这么个庙，没有外人来拜，就跟一般村里头的土地庙类似。后来八十年代末、九十年代初时，听说是从海外来了一个华人，捐了一大笔钱给村里，明确说，就是要修这个阎王庙，所以就这么建起来了。这么大个庙建好后，再加上本来就有黄泉洞，因此虽然没法开发成旅游景点，但好歹名气上来了，因此多多少少周边还有些人来敬香火。”

我听了咂咂嘴，说：“这人倒是很奇怪啊，捐钱建阎王庙，也真是够有性格的。”

赵金生说：“这种人多半是还愿的，天底下最奇怪的就是人的心思，什么想法的都有，人家就认为是阎王爷保佑了他，那你也没辙。”

说话的工夫，我们从后门出了庙，片刻后开始进入一片阴森森的林子，里面全是上年头的老树古藤，遮天蔽日。虽然地处平原，但不知为何，林子里却坑洼不平。走了不知多久，眼前陡然出现一座巨大的鬼头雕像，单纯的只是一颗脑袋，却足有两层楼高。石像上披着青苔，爬满藤蔓，掩映在阴森的树木当中。而既令人称奇又感到心惊胆战的是，这座巨型鬼头石像的血盆大口，竟是一个黑漆漆的洞口，也就是说，人若从这个洞口进去，就如同钻进了阎王鬼头的那张嘴里。洞口黑幽幽的，不透一丝光线。旁边立着一块缺了一角的石碑，上面刻着“黄泉洞”三个字。

杜志发抬头看着上方的鬼王脑袋，说：“我×，这他妈也太有创意了吧，什么年代的石像啊这是？”赵金生说：“这可有年头了，据说是朱元璋建明朝后，张士诚的后人偷偷来修的。这颗鬼头，是由一块巨岩整体雕成，单说这块巨石要运到这儿，就得费多少劲儿？”片刻后接着说：“好了，三位。我带路已经带到位，还兼职当了回导游，任务完成。你们要找的人，应该就是进了这洞里。除此以外，村里没什么有价值的地方。”

郭美琪抬起手腕，看了下表，说：“现在也不早了，回到市区刚好吃中饭，还得把剩下的钱给赵金生。要不，我们先回去，商量一下后，再做打算？”

我朝洞里稍微走了几步，然后出来，说：“里面乌漆一片，没有手电和火把不行，回去准备一下吧。”

杜志发耸耸肩，说：“我没意见，先吃饭喽。”

第13章　初探

四人回了市区，先取钱付了赵金生的酬劳，然后一起进了家小酒馆。杜志发铆足了劲撺掇赵金生入伙，但人家始终就是含含糊糊，只说考虑，就没答应。

然后吃到一半时，赵金生接了个电话，说："实在不好意思，船上有事，我得先走。你们慢慢吃。"

杜志发说："我开车送你过去。"

"不用，不用，你们吃。我打个车就行了。"然后便朝店外走去。

等他走远了，杜志发问："是不是他觉得我说的像是在扯淡？"

我说："那也未必，不过不是每个人都像你这样，要钱不要命的。"喝了口啤酒，我继续说："你也真逗，把这些告诉他，不怕人家抢啊？"

"我×，现在是我们得从南珠王那帮人手里抢，凭我们三个，抢不抢得到还悬得很，多个人多份力，到时候分他一份钱，总比抢不到要好吧？"

郭美琪说："我和杨宣可不是来抢东西的。不过呢，怎么才能替杨宣爷爷报仇，倒是很头疼。"

我喝了一口啤酒，说："先去看看吧，见机行事。"

吃完饭，几人去旅馆收拾了下东西，拿上放在房间里充电的手电，便又开车回了黄泉村。到林子边缘下车时，刚好又碰见先前的那个小道士，正提着一桶水，往庙后门方向而去。

我连忙上前几步，喊住他，说："小道长，你好，我想问下，前阵子是不是有科考队的，进了后面这片林子里的黄泉洞啊？"小道士朝我打量了一番，放下水桶，说："一个多月前，确实有不少人进了洞里，还带着不少器材。"

杜志发在一旁问："你们就没人拦住他们？"

小道士笑着说："这片林子不知什么年月就已经有了，占地极广，里面终年阴气不散，黄泉洞便在其中。一般人家不用你管，他们自然不会进去；真想进去的，就算管了，又怎么管得住？况且这里并非旅游景点，只是荒郊野外，谁进谁出，轮不到我们道士说话。"

郭美琪问："那这黄泉洞平时进来的人多吗？"

小道士摇摇头，拎起水桶，边朝远处走边说："平日里连狗都不进那洞，哪儿还有人愿意来？"

杜志发看着小道士的背影，说："这可奇怪啊，赵金生也说过，猫狗猪什么的，都不进洞里。"我说："是啊，他说他拉了条狗进去，结果狗吓得尿了他一裤脚。"

"看来黄泉洞一定有古怪。"郭美琪说。

我取出背包挎上，回头再朝四周看了看，望着远处依稀可见的长江，说："走吧，进去看看。"于是，三人便进了那片古林，深一脚浅一脚，摸索到了黄泉洞所在的那座鬼头大石像前。

一进洞口，就是向下的石阶，本以为会很长，岂料刚走了没几步，前面就是一堵石壁，石阶朝右拐去。继续前进了约莫两三分钟，又是一拐，如此这般，等真正下到洞中底部时，我们几个都有刚走完迷宫的感觉，幸亏没有岔路。

这时周围开始弥漫潮湿且带着水腥的气味，我们三只手电分别打向各处，在电光的交错照射下，黄泉洞的面貌逐渐显示出来。

与一般地下溶洞的空旷奇秀不同，这里像是蛛网蚁穴，刚刚下来的那条石路就已经快把人转晕，而此时前面的空间远远看去，更是令人望而生畏，熔岩石柱层峦叠嶂，交织错乱如蛛网，小道曲径四通八达，盘绕通幽如蚁穴。一束电光向任何方向照过去，根本照不了多远，必有一堵石壁或者石柱挡住前路。

看着这番情形，我不禁说：“难怪朱元璋怎么都打不进洞里来，也太险要了。”回头照照来路，“这洞口真是一夫当关、万夫莫开啊。”

杜志发一边用鼻子嗅着，一边朝左边走，说：“这里水腥气特浓，看来这黄泉小不了……”话还没说完，忽然啊地叫了一声，整个人掉了下去。

我和郭美琪赶忙将手电打过去，却发现杜志发忽然莫名其妙地掉进了水里。而这之前，我们三人竟然都没发现，一道大水沟就在身边。

幸好杜志发只是从岸边滑进去，虽然整个人全都栽入水中，但很快就扑腾着爬了起来。郭美琪赶过去拾起地上的手电筒，我一把将阿发拉了上来。

杜志发甩着满身的水，回头叫道：“怎么他妈的突然冒了条河出来？”

郭美琪将手电打向这条河，此时杜志发已经上了岸，河面渐渐恢复平静，三人惊奇地发现，这条河水的颜色，竟然与我们脚下的泥岩之色相差无几，在波澜不惊的止水状况下，当真让人辨别不出那是河水，还以为是平地呢。难怪杜志发刚才嗅到了水腥之气，只顾着往前走，却没发现眼前脚下是条河。

我看着这诡异的河水，说：“黄泉，黄泉，这名字还真恰如其分。”郭美琪蹲了下来，用手探探水，说：“估计水里泥沙含量很高，所以才会这种颜色。”

杜志发退了几步，坐到一块石头上，喘着气说：“这水还能下去吗？浑成这样，都快赶上泥浆了。”然后转头朝前方看看，“南珠王那帮人八成是走了，这洞里看起来连个鬼影子都没有。”

我没理会他，先是将一只手伸进水里感受了一下，然后上下摸起衣兜裤兜来。杜志发见我这样，问：“宣哥，你找什么啊？”

“找纸。”我说。

“找纸？我×，你想大便？”

我说：“大便你个头啊。”这时，我掏出烟盒，打开后撕下一小截锡箔，扔进水里，“我觉得这水在流动，所以想看看它的流向。”

锡箔落到水面，漂荡了片刻后，果然慢慢朝洞口方向流去。郭美琪说：“朝南流的。”

杜志发走了过来，拿过他自己的手电，照着说：“真的是在流啊。看来这黄泉不是死水？”

“谁说黄泉就一定是死水啊？往南流，能流到哪儿去？”我说。

郭美琪想了片刻，说：“南边不就是长江吗？会不会汇入长江？”

我摇摇头，往岸上走了几步，说：“有可能，但又有点儿不像。地图上这里是没有长江支流的。走吧，我们再往前看看。”

这洞里虽然四通八达，但有一个好处，就是黄泉在一侧贯穿南北，所以尽管地形复杂，但只要隔一段路，朝西边确定一下黄泉的位置，那就几乎不会走错。

随着往洞内纵深推进，我们对这个洞感到愈发惊奇，同时也才明白，为什么可以藏得下两万多人，因为实在太大了，当到达最里层时，那景象很是让人震撼——

黄泉在这里比先前陡然扩大了数倍，如果原先算是一条河，那么终点这里的位置就像一个近似圆形的湖，或者叫一潭水，只不过别的潭水幽绿，这潭水是黄褐色。

在潭水的上方，有一个天然形成的石桥，远远看去就像是游泳馆的跳水高台，由地下熔岩天然堆叠生成，直通潭水正上方，约莫有十米。

我们三人站在石台上，悠着劲儿朝下看去，那片黄潭仿佛像是一只巨兽的大嘴，要将人吞没，让人胆战心惊。再朝四周看看，已经再无进路，整个黄泉洞，到这里已是尽头。

我抬起手腕看看表，说：“走了差不多四十分钟。”然后在石桥上坐下，掏出根烟点上，歇会劲儿。杜志发靠着我旁边坐下，也抽上一根。

郭美琪往回走了几步，身子靠着几块大石头，说：“南珠王那帮人似乎已经不在了，水边找不到一点儿痕迹。”杜志发伸直两腿，嘴里叼着烟，两手撑在身后，说：“看来咱们来晚一步。”

我出神地盯着下面的潭水，片刻后说：“你们不觉得这里很奇怪吗？黄泉洞虽然大，却是个死洞，前面到出口那里，后面就到这里，没其他去处了。但这死洞里，却有条活水，从北面往南流，这说明什么？”

“是啊，这说明什么？”杜志发问。

“这说明黄泉在洞口以外的部分，是以地下河的形式流动的，因为地图上这里是没有明水的。”我说。

“那又怎么样？现在的问题是，南珠王他们已经卷铺盖走人了，鬼雨法螺看来已经到了他们手上。就算能把这条黄泉弄清楚，又有什么伟大意义？”杜志发说。

我一时词穷，但直觉却告诉我，这事儿没那么简单，于是回头看看郭美琪，说：“你觉得呢？”

郭美琪微微摇头，浅浅笑了笑：“我也说不好。因为你是来找人的，而我是来探险的，站在你的角度，如果南珠王家族已经走了，那就没必要再浪费时间；但如果站在我的角度，当然想下水看看。”顿了一下，“说不定，这里就是打开九渊世界的大门。”

正在我踌躇间，忽然从石桥后面冒出个陌生而粗犷的声音：“大门？这里就是送你们下地狱的大门。”

我和杜志发被吓得几乎同时跳了起来，郭美琪也惊得朝我们这边走来几步，三人同时朝后方看去。只见原本漆黑的空间里，亮起几只火把，四个人走了过来，站在石桥尾端的位置，而我们三人则在石桥顶部，也就是潭水上方，退无可退，再退只能跳进黄泉。

我稍微定了定神，问：“你们干吗？”

中间一人耀武扬威似的来回走着，说：“干吗？他问我们干吗？”那几人哄然大笑，这人接着说：“天堂有路你们不走，地狱无门非要闯进来。既然你们找死，那我们只好送你们一程了。”

在火把光的映照下，我看出来说话的这人是个光头，我突然回忆起来，这就是那晚开车撞我和郭美琪，然后将我们的车抢走的那个光头。

我惊讶地说：“你们是南珠王的人。”

光头怔了一下，然后说：“你小子还真是够聪明啊，眼力也不错，还认得爷爷我。”顿了片刻，“那晚没有一弩射死你，想不到，今天还是要落到我手里。只是那天在南京，不杀你们；今天在洞里，可就未必了。”转头朝后面几人说，“先绑起来再说。”

后面三个人里，一人拿火把站在旁边，一人手里仍旧像那天晚上一样，持弩对着我们，还有一人则手里拿着绳子走了过来。

杜志发看这阵势，朝光头说：“偷偷摸摸跟在别人屁股后面，现在才敢出来，算什么男人？有种过来单挑。”

光头走上前几步，说："我们本来就守在村子里，是你们自己不小心闯进来，怪得了别人吗？况且，上午来时我们也没动你们，可你们下午还来，还带了一车装备，这不是摆明了要在太岁爷头上动土？"

郭美琪说："你们……你们想干什么？"

"干什么？我们专门负责断后，防的就是你们这些不识好歹，尾随过来的蠢货。"

"断后？"我心里嘀咕道，接着瞬间便明白了到底怎么回事儿，说："南珠王他们还在水下，所以你们就在这里负责留守，防止有别人跟过来。包括上次在南京，也是同一个意思。"

光头朝我走来，蹲下道："没错。不过不是南珠王还在水下，而是南珠王的孙子的儿子。"说着，朝杜志发和郭美琪两人看看，又回头看我，"但是，我很纳闷，你们到底是怎么追到这里的，而且知道我们是南珠世家的人？"

杜志发哼了一声，说："要想人不知，除非己莫为。你把别人当傻×，其实自己才是傻×。"

旁边拿火把的人一听这话，提脚就踹，正中杜志发心窝，他双手被反绑，痛苦地一下子跪倒在地。

郭美琪见状，说："我们来之前报过警，而且我们住的酒店警察也备了案。你们别胡来。"

光头说："真当骗三岁小孩？你们上午从这里一走，我们就跟在后面了，到市区后先是到饭馆吃了顿饭，接着回酒店取了装备，再跟着就直奔这黄泉洞。报案？你做梦时报的吧？"

旁边一人也笑着说："这洞里空空如也，鸟不拉屎，你们去报案说什么？去说：'警察叔叔，洞里有妖怪？'人家会来吗？哈哈哈哈……"

我心想：这帮狗×的，原来一直就守在附近，从我们一进村子就已经被他们盯上了，一举一动都在掌握中，这回可惨了。嘴上却说："我们只不过进来看看，用不着这么大动干戈吧。"

"少废话，老实在这儿待着。"

我说："你们要关我们多久？"

"他们什么时候出水，我们什么时候走，到时再由老大决定怎么处置你们。不过，我可提前警告你们，要是给老子在这儿耍花样，我随时把你们扔到下面去。”光头说着，押着我们走向不远处的石柱。

杜志发说：“这回惨了，凶多吉少。宣哥，兄弟这笔买卖赔大发了。”我边走边轻声骂了一句：“他妈的。”郭美琪说：“现在怎么办？”我朝那几人看看，然后说：“咳，出师不利，听天由命吧。”

第14章　游蜂营

我们被反绑着双手，来到石柱处，这时不远的地方忽然传来咔嗒一声，像石头落地的声音。光头几个不由得回头看了一眼，侧耳倾听片刻，没了动静，正准备动手将我们绑到石柱上，咔嗒声却又再次响起。

光头坐不住了，对手下说："你们两个过去看看。"然后自己抓起了地上的弩。

那两人拿起火把，小心翼翼朝前走去。消失在拐弯处的黑暗中不多久，就传来惨叫，紧跟着便没了动静。光头和剩下那人也慌了，咽着唾沫焦急地注视着对面。片刻后，对面忽然闪出一个黑影，站在光头前面那人不禁吓得往后一跳，弓着腰，一边一手将火把举向前方，一边颤抖着说："你什么人？"

我们也紧盯着那边看，这时杜志发叫了起来："赵……赵金生！"原来闪进来的那个黑影，竟然是赵金生。只见赵金生站在那人对面，像个拳击手一样不时交换着步子，同时朝我们这边的光头瞄了几眼。

光头佬又是老一套，举起弓弩瞄着对面，说："你他妈哪儿来的，活腻了吧。"他正准备朝前走时，我看准机会，猛冲了过去，像枚炮弹一样，结结实实撞在他背后，光头佬一个趔趄，扑倒在地，弓弩摔到一边。

赵金生见状，旋转飞起一脚，正中对面那人手腕，火把转着圈掉到石柱旁，紧跟着一记临空肘击，砸向面门，那人如同蔫掉的草一样倒了下去。

光头刚挣扎着爬起来，摸向地上的弓弩，谁知赵金生已经左脚踩到弩箭上，趁光头抬头朝上看的时候，用右脚直接踢向他的下巴，只这么一下，光头便也昏了过去。

眨眼的工夫，四个匪徒全都被打晕。我简直惊奇到说不出话来，半晌才道："赵金生，你怎么来了？"

他一边给我们三人松绑，一边说："我回去想了想，觉得这活儿不错，想来找杜志发的。我猜下午你们肯定要来黄泉洞，所以直接就奔这边了。谁知不远处停了两辆车，我感觉有点儿不对劲儿，进了洞后就偷偷跟着。结果就撞上了。"

杜志发摸着手腕，说："嘿嘿，这叫什么来着，螳螂捕蝉，黄雀在后。"

我说："看起来你身手很厉害啊。"

赵金生弯腰捡起地上的那把弩，说："我年轻时练散打的，这几个毛贼算什么？"

郭美琪说："年轻时？我看你现在也不老嘛。"

"我是说跑船之前。散打练了五六年，然后凭那行吃不了饭，就去打捞工程公司做水鬼，最后才干的跑船。"

杜志发惊讶地说："你也做过水鬼？"

"是啊，你们潜水员也好，我跑船也罢，大家都是靠水吃饭的，这有什么奇怪？不是跟你们说过，我一个猛子扎进江里，两根烟的工夫才出来，可不是说大话。我最开始待的打捞公司，做过不少大工程，光我自己就参与过水下考古和古沉船打捞作业呢。"

杜志发转头朝我说："嘿，还真巧了啊，宣哥，又来一员得力干将。"

我笑着伸出手，说："欢迎入队。"

赵金生跟我握了手后，看着地下躺着的两人，问："这几个毛贼怎么处理？"

郭美琪说："还有两个人呢？"

"在那边拐弯的后面，一人一拳，全被我放倒了。"

赵金生将四人绑好后不久，其中一人醒了过来，我蹲下来问："南珠世家那帮人什么时候上来？"

那人惶恐地直摇头，就是不说话。赵金生两手跟铁钳似的揪住他肩膀，拉到石桥边，摁着他的脑袋看向下面那潭鬼水，问：“信不信把你扔下去？识相的赶紧说。”

地上的家伙竟然哇的一声哭了起来，号道：“我说，我说。他们已经下水一个月了，还没上来呢。”我蹲下来，盯着他说：“下水一个月还没上来，你当他们是水猴，住在水底的呀。”“我说的是真的，这个光头和我们只负责断后，防止有人追踪摸过来。简清明自己带了一帮人，一个多月前来到黄泉洞里，在河底勘察了几次，最后一次跟十几个潜水员下去，再没上来，直到现在。”

杜志发问：“死了？”

“应该没死，最后一次下水的一天后还跟我们用电台通过话，让我们一直候着，等他命令才能撤。”郭美琪凝起秀眉，问：“水里怎么可能用电台通话？”

“他们带了密封电台设备，至于他们在水底怎么能通话的，我也不知道啊。而且那次简清明还说过，再往前就要无线电屏蔽了，反复交代让我们留守好。否则他出来后，要我们好看。”

杜志发不信，说：“下水一个多月，到今天还没有上岸来，你当他们是龙王和虾兵蟹将，能在水里过日子啊？！”

那人小心翼翼地说：“说不定发现了什么水底洞穴？然后进去了？”

郭美琪说：“这倒是有点儿可能。”

赵金生问：“你们都不能确定南珠世家这帮人，到底死没死在水底，为什么还死心塌地替他们守在这儿？”

那人一见赵金生那凶神恶煞的模样就慌张，带着哭腔说：“他们已经给了工钱，而且说等他们上岸后，还有一笔钱。南珠世家的名头很响，百十年来延续到现在，已经是第五代，没把握的事情，简清明不会干的。”

我看他那胆小鬼样，不像是说谎的，便继续问：“你说的这个简清明是谁？”

“南珠世家第四代传人，五十多岁年纪。”

赵金生见这人已经开口招供，便松开手，问：“五十多的人还能下水这么久？”这人爬起来，坐在地上继续说：“他那身板好得很，听人说简清明不带氧气瓶都能在水底潜伏三天三夜。”

我说：“你当他是浪里白条张顺啊。”

杜志发说：“扯淡，除非他不是人。能像赵金生这样憋个两根烟的工夫，就算不得了了。”

那人也不敢还嘴争辩，只是点点头。

我问：“你把你知道的南珠世家的情况，统统说出来。”

“我只是被他们雇的，知道的也不多。只晓得简清明有个儿子，在美国，名字好像叫简歌华，也就是南珠世家的第五代。南珠王叫简云汉，是慈禧御用的采珠人，当时的官职是游蜂营都统，可在全国各地水域采珠，并且凭珠牒能调动当地水师配合。”

这下我可奇了，说：“游蜂营？这是什么？”

郭美琪说：“清朝的历史我倒是研究过，只有什么前锋营、骁骑营，韦小宝不就是骁骑营都统吗？”

杜志发笑着说：“Maggie姐，你真的好厉害啊，连韦都统都知道。”然后晃了晃脑袋，“不过这游蜂营，我还真是头回听说。”

那人说：“游蜂是早年间对在全国各地寻水觅珠的采珠人的称呼，而慈禧又是历史上顶有名的对于珍珠极其迷恋的大人物，据说因为当年她曾经一度重症病危，后来得到一颗神奇的东珠，握在手中数日竟转危为安，自此对珍珠的迷恋无以复加。所以专门建了游蜂营，封简云汉做都统，领游蜂营到处寻采异珠。”

我说：“那简清明这帮人是在国内活动，还是国外？”

那人摇摇头，说：“这个我就不清楚了，反正即便在国外，也是从中国出去的。听口音，简清明像是广东或者广西一带的。不过，有可能他们现在的据点在香港，因为我老听他们说什么快活谷、沙田之类的。”

赵金生说：“嘿，看来他们挺喜欢赌马。照这么说，南珠世家这帮人应该是在香港。”我站起来，说：“嗯。麦教授说南珠王家族的人，自从人工养殖珍珠兴起后，就离开了内地。”

“谁是麦教授？”赵金生问。

我朝郭美琪指指，说：“就是他们博物馆的馆长。”

这时，光头和另外两人也醒了，因为手脚都被绑上，在那里跟猪一样哼哼，并大喊：“你们要干什么？”

杜志发走了过去，故意吓唬他们，指着石桥，说：“等把那人扔进下面的黄泉后，就来扔你们。”

光头转头一看，见那架势，信以为真，立马跪着磕头号道：“几位大哥、几位好汉，饶命，饶命啊。”旁边两人也跟着哀求起来。

杜志发那小子坏笑几声，走到我身边。这时被我们拉到石桥上的那人，也哭着说：“大哥，大哥，我们都是被简清明雇的，不明真相，误入歧途啊。饶了我们这次，下次绝不敢了。”远处的光头喊道：“我上有老母，下有妻儿。大哥们发发善心，饶了这次吧。”

赵金生和郭美琪也朝我看来，似乎在询问怎么办。我将他们三人喊到一旁，商量道：“你们有什么想法？”

杜志发说：“听你的咯。”

郭美琪也说：“你拿主意吧。”

赵金生转头看看那几人，却说：“这几个只不过是外围的小喽啰，抓了也没用，真正重要的消息什么都不知道，我看，不如干脆放了吧。”

这话倒是出乎我意料，我说：“他们确实只是马仔，但如果放了，要是他们再来怎么办？”

赵金生淡淡地说：“不会的。”稍微顿了一会儿，“我在港口停着的船，上面有几个船员就是村里人，现在刚好没货拉，闲在家呢。我让他们每天来看着就是。”

我前后想了想，说：“抓起来是个累赘，既然你能确保他们不再来惹事，那放了也未尝不可。但你让船员来看住这里，要开人家工资吗？”

“不用，都是村里人，闲着也是闲着。”

见我似乎还是有些疑惑，赵金生接着说：“坏人自有天收，小人自有对头，用不着我们动手的。”郭美琪说：“赵金生说得有些道理，而且这些人抓了确实也没用，关键是那个简清明。”

我点点头，没有说话，但就这么定了下来。虽然我心里总觉得哪里还是有些不太对劲儿，但也没多想，便走到光头面前，蹲下来看着他。光头佬前几次的嚣张样全然消失，取而代之的是痛哭流涕，连连说：“兄弟啊，我们真不敢了。真不敢了。”

我说：“我信你一次，不过你们必须立马滚蛋，要是再在这村子里出现，别怪我们不客气。”光头连忙激动地说：“我们滚，立马滚。绝不再出现。我发誓。”

我又朝旁边几人问：“你们呢？”

“不敢再来了，保证不敢。”

赵金生抱臂站在后面，说：“我就是附近船上的，这村里全是我们的船员，你们自己掂量着点儿。”

就这样，光头带着三人，感恩戴德地跑出洞去，屁滚尿流奔出林子，然后跳上车，立马狂开出了黄泉村。我们站在林子边缘停车的地方，看着远处浩浩荡荡的长江。赵金生问道：“时间不早了，还进洞吗？”

我抬头望了望天，说：“明天再来吧，今天大家也都累了，正好有了新情况，回去再商量商量。”

于是几人朝车走去。赵金生说：“我住在船上，不跟你们去市区了。”杜志发说：“别介，今天你救了我们的命，怎么可能不请你喝酒呢？”

赵金生说：“正事要紧，明天说不定还得下水。今晚咱可不能喝，我回船上休息得舒服，习惯了。另外，让船员白天来盯梢守着的事儿，现在就得去安排。”

见他执意如此，我们也不好强求，反正现在大家都是一根线上的蚂蚱，等事情办完，再开庆功宴、感谢宴不迟。于是各自回去，约好第二天早上八点，准时黄泉洞口见。

第15章　首潜

次日上午，当我们三人气喘吁吁，带着部分装备来到洞口时，赵金生已经靠在一棵老树上等着了。所以，“头脑简单、四肢发达”这句话不一定对，就像赵金生，虽然强壮得像头公牛，不过头脑非但不简单，反而粗中有细，心思缜密。另外做事还特有谱，比如知道今天有正事要办，前一晚连酒都不出去喝，跟杜志发不同，阿发就是个混子，整日里不太想事，今朝有酒今朝醉。

赵金生走过来，看着我们搬过来的箱子，说：“只有这么点儿装备？”我喘着气，说：“还有呢，在车上，一次搬不完。林子里树太密，车又开不进来，只能再运一次。”

杜志发撑着腰，说：“哎哟，这累得我。”然后看看鬼头大石像，“天哪，还得从洞口再运到里面，真该雇几个人来干活。”

郭美琪搬着箱子往洞口边走边说：“少废话，赶紧干活儿。”杜志发看着从他身旁经过的Maggie，无可奈何地摇了摇头。

大概花了半天的工夫，我们才将车里的装备，运到了最里面，也就是前一天的石桥下面。那个地方距离洞口需要步行四五十分钟，大家可以想见此洞该有多大，而且这还只是沿着黄泉水边的直线远近，若向右边继续查探，迷宫似的也许更大。

之所以要将装备搬到最里面，而不是洞口附近，一是虽然洞里平时几乎没有人迹，但也不排除有时偶尔会有人进来的可能，比如赵金生那次不还专门拉了条狗进来吗？但最里面很深，普通人一般不会来；二是只有天然石桥下的水潭边有开阔的平台，其余地方都很狭窄，伸展不开手脚，摆装备也很费劲，所以干脆直接全搬到最深处了。

一切到位后，我们在潭水边升起一堆火，吃了些带过来的烧鸡和酒，因为洞里温度较低，下水后更冷，所以得提前稍微喝一点儿，暖暖身子。

我说："今天咱们先下水摸摸基本情况，如果简清明一伙儿真是从一个多月前就下水了，到今天都没上来的话，那这黄泉底下，一定别有洞天。"

杜志发咬着油乎乎的鸡腿，边嚼边说："宣哥，我就一件事，你和Maggie姐别跟我和老赵抢鬼雨法螺，反正你们也不是冲这个来的。除此一点，你怎么安排，我怎么做，绝对服从安排。"

我看着那堆篝火，喝了口酒，说："我只要简清明，能让他认罪。其他的，你们自己看着办，与我无关。"同时心里有些失落。为什么？说真的，我是把杜志发当兄弟的，但从这件事情由开始到现在的情况来看，杜志发眼里只有钱，如果不是麦教授说鬼雨法螺、鬼雨珠值大价钱，他一定不会来帮我。为兄弟两肋插刀？他也就只是嘴上说说罢了。郭美琪说："还是先找到线索再说吧，简清明他们下去这么久，说不定早得手了。"

赵金生说："我看未必，要是得手，肯定上来了。既然至今没上来，肯定没得手。"这话正合杜志发的意，说："老赵说得没错，还是有希望的。"

"能不能别喊我老赵，我比你们大不了几岁，把人都喊老了。"

杜志发哈哈笑了起来，拍了拍他的肩膀，说："行，再不喊了。倒不是说你老啊，只是你显得比较成熟。"

赵金生叹了口气，说："没办法，想混口饭吃难哪。跑船的有几个不显老？我前些年好不容易盘下条船，谁知现在不景气，不太拉得到货，船一直闲着，想卖又没人接手，否则我也不会来了。"

我点点头说："你先是练散打，然后当水鬼，现在又跑船，真是挺不容易。来，我敬你。"酒瓶子碰了一下后，各干掉一大口，赵金生说："咳，没办法，家庭条件不好，比不上你们都有好爹妈啊。"

这话说者无意、听者有心，见我似乎有点儿尴尬，杜志发将酒瓶子举起来，说："来，来，喝点儿小酒，谈什么家庭不家庭的。咱们四个，不都是自己在这儿，自己下水吗？跟家庭有个毛关系？"

过了会儿后，我说："我想这样，今天先我和杜志发下水，郭美琪跟赵金生就在这里守着。等把具体情况摸清，最后我们再四个一起下去。"

郭赵两人互相看了看，都点头同意，于是我和杜志发便开始准备潜水器材。一个小时后，两人从石桥附近下水。郭美琪反复叮嘱我们："只要有什么不对劲儿，立马上来，安全第一。"我背对着她，竖起大拇指，做了个手势，然后就跟着杜志发潜下去了。

虽然早有心理准备，但我们还是非常吃惊，也非常头疼，因为这里的水下能见度实在是太低了，大概只有十厘米左右。这让我和杜志发特别不习惯，就跟突然间成了瞎子一样。人在水下，如果看不见，恐惧感就会自然滋生，特别是对于初学者，那种感觉是致命的，因为它会令你窒息，让你浑身僵硬，就像被死神捏住了脖子。我一点儿都不夸张，有机会潜水的朋友，可以试试在泥沙含量较高的地方，保护措施到位的情况下，下水一趟试试，你如果最后不是被人拖上来的，我喊你"水神"。

没过多会儿，我们两人就都出来了，浮在水面跟岸上的郭美琪说了情况，水下根本啥都看不见，浑浊一片。这种情况下，是不敢贸然一直下潜到底的，因为你没法知道水底的状况，万一遇到特殊事件，碰着些不三不四的东西，或者被什么东西缠住，想上都上不来，方向也没法掌握。可既然下水一趟，如果连底都没碰着，又着实有些不甘心。他们都没了主意，我想了个办法，让赵金生跑到石桥上，从上面垂下一根铁链，铁链一头绕在石柱上，另一头绑块大石头，或者吊住个大网兜，网兜里装满石头，模仿船锚。这样我和杜志发就可以慢慢沿着铁链下潜，只要手不离开锚链，凭我俩的经验，一般情况下是不会有大问题的。

杜志发同意，于是郭美琪和赵金生两人开始分工，忙活起来。别小看就这么个玩意儿，倒也费了不少劲，光是拽着一网兜石头，从石桥上往下放，就累得赵金生一身汗，最后还出去取了滑轮、现地支了转盘，才按计划设好。于是我和杜志发游到从石桥上直直垂下来的锚链附近，再次潜了下去，阿发在下面，我在上头，垂直相距大概四米左右。有了锚链做引导，心里确实稳定了许多，就好比人坐过山车，或者蹦极，只要有东西将你固定住，绑住了，就不会太慌，但如果让你徒手站到那么高的地方，你真的会吓得腿抖到无法站立。

如果不是已经知道简清明一伙从这里下去，我想任何人都不会想从此处下水，实在太浑了，打着潜水手电，眼前一片泥沙翻腾，我甚至看不到杜志发，只能靠他手里的手电光来判断位置。

但黄泉的深度也出乎我们意料，原本心理预期觉得大概能有个七八米就了不得了，但我们一直潜到十米左右时，这黄泉非但没有丝毫见底的迹象，能见度反而比上层水面清晰了不少。如果说最表层的水像是黄河，那么此时十米左右的水质已经变为跟普通江河差不多，随着继续下潜，到达黄泉底部二十多米的深度时，水质已经好得出乎意料，非但没有泥沙，在潜水探照灯的照耀下，反而就像翡翠龙宫，怪石嶙峋、水藻浮荡，偶有群鱼游过。

有些朋友可能对深度没有概念，觉得二十多米不算有多深呀。但我告诉你，一般长江主航道水深都只有十米到二十米左右。

另外，潜水下沉的速度，如果你是使用水肺潜水（通俗点儿讲就是用氧气瓶的），得稍微慢一点儿，但其实还是很快的。二十多米的深度，压根儿什么也算不上，一眨眼就到了。如果像早年间的采珠人，完全是自由潜水（也即靠憋气潜水），那么速度可以更快。为什么靠憋气潜水反而可以更快呢？因为水肺潜水时氧气瓶里的氧气，是混合了惰性气体的，比如氦气，又是压缩了的。潜水时，随着深度不断加大，压强也会加大，惰性气体会溶解到血液中，这个时候如果上浮的速度过快，惰性气体来不及排出体外，人就已经到水面了，那么会非常危险，不及时抢救的话，是会死的。我一点儿没有夸张，这种上浮过快导致惰性气体无法排出的症状，叫作“潜水病”或者“减压病”，每年都有不少潜水者死于此症。

但最令人惊诧与不解的是，黄泉洞里虽然有没有任何光线的，但在这黄泉底部，水面之下二十多米的位置，竟然有一层绿莹莹的发光体，虽然光线不强，甚至无法穿过上半部泥沙含量较高的水层，却能将这水底照亮。再朝别处看，嶙峋矗立的怪石上，竟也都披了一层绿光，显得有些恐怖，如同鬼火一般。

前一天在洞里，我曾经先用手感受了一下水流，然后再用锡箔纸扔进黄泉，来看流向，之所以要这样，是因为表层水流较缓，加上水色与岩土接近，不易辨别。按理来说，在这黄泉底部应该更为寂静、平缓才对，可是除了能见度比刚才潜到一半时更为清晰了不少，简直可算清澈，水流速度也加快了很多。如果不是有锚链可以抓住，人不动的话，是会被冲走的。

杜志发还是很有经验的，毕竟这么多年珍珠潜水员没有白干，他趴在底部，先是朝四周观察了一番，确定没什么危险后，解开腰上的绳子，一头的挂钩卡住锚链，然后做了个他要巡潜的手势。虽然水底清澈，而且有那层绿莹莹的东西，但还是没法看出去很远，视野范围不会超过十米。十米的范围内，能观察到的东西实在太有限了，所以他得尽量朝外围再勘探。

而我则用手在水底抠出了些那种带绿光的土，然后又在附近的怪石上抠了一些，这才发现，原来这些散发着柔和绿光的东西，并非泥沙，而是一种植物藻类。

杜志发渐渐游远了，我开始朝四周仔细观察。现在回想起来，那时也真是傻大胆，我和阿发两人，在对黄泉水下水文状况一无所知的情况下，直接就这样潜进去，真是如同找死。不过呢，其实干任何行当都会有这种情况，叫作无知者无畏，不明白会有什么危险，自然不会害怕，这也是任何行当内老手总比新手胆子要小的原因。

第16章　对流

通过仔细观察，我发现了一个非常怪异的现象，在右前方不远处的一簇水草，它的叶子竟是往西北方向漂的。要知道，我前一天在洞里测出的流向可是朝东南流的，当时几个人还商量，黄泉会不会通过地下河的形式，最终往南汇入了长江。可是在这鬼城般的水底，那株水藻竟是朝完全相反的西北方向漂去。

直白点儿说，也就是我发现，黄泉的表层水与底部水，是对流的、方向完全相反的，只是此时在水底，我没法将这个惊人发现说给杜志发听。

过了许久，杜志发巡潜回来了，双手交叉做了个无的手势，意思是什么都没发现。我又朝四周环顾了一圈，想了想没什么遗漏的项目，而且急于上去把这个情况告诉他们，便跷起拇指，朝上举动几下，示意可以上去了。于是两人解开卡扣，顺着锚链向水面浮升。

我和杜志发上岸卸下装备后，一人倒了一杯烧酒，跟郭美琪和赵金生大致把情况说了一下。郭美琪听到水底竟然是清澈的，并且有发绿光的藻类植物的情况显得很兴奋，满脸的跃跃欲试；而赵金生听了我说的对流情况，皱眉问：“河底的水流方向和河面相反？”

我说：“是啊，河底水流是朝西北走的，水草的叶子全是往那边漂，这总不可能出错吧？”然后转身朝黄泉里扔了块木片，说：“瞧，上面的水却是向东南流的。”

赵金生皱眉抽了两口烟，说：“听你刚才的说法，黄泉不但上下对流，而且还分层。我们跑船的有句老话——含沙不同、泾渭分明；含盐不同、下不犯上。”

杜志发问：“什么意思？”

赵金生说：“泾渭分明，就是两道含沙量不同的水，并列而流，互不相融；下不犯上，指两道含盐量不同的水，垂直分层，互不相融。不过后者通常只有静态的死水才会出现这种垂直分层的情况，像黄泉这种流动的活水，倒是不太容易出现。”

郭美琪恍然大悟，说：“你的意思是，黄泉这里之所以出现上面浑浊、下面清澈的分层现象，有可能是因为河面与河底的含盐量不同？”

赵金生说：“如果是像西湖那种非流动水，出现分层现象的话，就几乎能肯定是含盐量不同。但是黄泉这里，有可能是有地下河形态延伸的，且是流动的，那就未必了。”说到这里他稍微犹豫了一下，随即又说：“不过也不绝对，因为杨宣刚才还提到了对流。本来若是同一流向，那么只要流动不是特别慢，不同含盐量的水最终还是会混合到一起的；但加上这个对流因素，或许就能发生改变，比如盐分高的水往北，而淡水往南，那么，尽管也是流动的，却也可能仍然保持上下垂直分层的情况。”

我听了，咂咂嘴说：“不对啊。虽然分层是分层，但上面的水浑，下面的水稍清，这就是含沙量不同的体现，但如果真是含沙量不同的话，那么应该是并列而流，而非上下分层啊。奶奶的，弄得我都糊涂了。”

郭美琪说：“其实赵金生的意思是，对流可能让两道流动的含盐量不同的水，继续保持分层；同时又能使含沙量不同的两道水，从常规的并列，变为上下分层。”稍微顿了顿，“所以，始终不能排除的是，这里江底的含盐量较江面为高。”

杜志发喝了口酒，摆摆手说：“我他妈头都快大了，说了这半天，不就两个意思吗？一是对流造成了含沙量不同的水却能上下分层，而非像泾水渭水那样并排；二是同时也不能排除还有含盐量不同的因素。”说完，叹了口气，把手里的烟头弹出一道弧线，扔进了水里。

赵金生一看不乐意了，很严肃地问："你烟头往水里扔做什么？"杜志发被问得莫名其妙，说："怎么了？"赵金生说："要是个个都这样，烟头往水里扔，船上的剩饭剩菜也往水里倒，如厕后直接冲进江里，这后人以后还能继续吃跑船这碗饭吗？"

杜志发说："这又不是江河，这是在洞里啊。你这么紧张做什么？"赵金生说："哪里的水不是水？天底下的水都是相连的，就算是死水一潭，也会渗到地下，通过地下水流到别处啊。"杜志发被讲得哑口无言，只得晃晃脑袋说："你嘴巴大，讲不过你。"

我把赵金生的话又想了一遍，然后说："现在的重点也就是为什么会产生对流？另一个副要素就是，为什么会含盐量不同？把这两点弄清，就彻底能解释这个现象了。"郭美琪接过我的话，说："只不过，即便调查清楚这个现象，对于我们找到简清明或者当年长江断流的确切位置，似乎也没有什么帮助啊！"

杜志发也跟着说："是啊，跟找鬼雨法螺也没半毛钱关系。"

虽然他们的话听起来有点儿道理，确实弄清黄泉上下水流分层与对流的现象，与我们确定断流处和寻找简清明、鬼雨法螺，这二者之间八竿子也打不着。但我总隐隐觉得这个诡异现象，是在暗示着什么。但究竟是什么？我不明白，当时的郭美琪、杜志发，包括赵金生，也没有能明白的。

杜志发靠在一块石头上，说："要不今天就先到这儿吧，忙了半天放装备，下午人这一趟水，我真是累了。"

我朝另外两人看看，问："你们说呢？"

"这活儿不能急，也急不了。今天开了个好头，明天再来吧。"郭美琪说。

赵金生站起来，朝水面看看，说："要不换我和郭美琪再下去探一探？"

我摆摆手，说："咱们事前分工好了，排查阶段，就是我和阿发来，你跟郭美琪负责后勤保障。等把水底情况彻底摸清后，我们再一起下。"

赵金生也不再坚持，于是装备都留在原地不动，四人收拾东西，出洞回城。

因为我有个习惯，不喜欢上午下水，因为小时候有一次大清早跑野沟里游泳时，刚下水就撞见一条水蟒，所以糊里糊涂心里就有阴影。特别是早上天刚蒙蒙亮那会儿，不到十分特殊、逼不得已的情况，我是绝不下水的。而装备器材等都已经到位，没必要提前去，所以第二天下午两点左右，我们才到黄泉洞。

这天的潜水任务和计划，前一天晚上已拟好，准备进行地毯式排查，因此准备要比头一次充分，特意带了麦教授从仓库里取出给我们的几副鲨皮携具，上面可以插挂一些应急品，比如一把53式四棱刺（并非常见的56式三棱刺，而是更早的53式四棱刺，血槽里刻着四个字“保家卫国”，这把四棱刺也是在九渊潜水装备中心发现的，我第一眼看到就超喜欢，泛着亚黑色暗光的刺身，简直令人爱不释手，每当看到“保家卫国”四个字，更是热血沸腾）、一把BUCK原厂的M9军刀（杜志发那小子喜欢）、指北针、两把潜水手电……一切准备就绪，我们哥俩就下了水，仍旧是到锚链附近，杜志发打头，干脆利落地扎进了水里，我在水面抬头朝郭美琪看去，她站在黄泉边的石滩上，旁边是火把，朝我喊注意安全。我在水里微微一笑，然后扎了下去。

有了前一天的经验，这次顺当很多，干脆利落地就潜到了泛着翡翠暗光的水底。杜志发两边指指，询问我，朝东南还是向西北。东南也就是洞口方向，而西北则是比黄泉洞更向里的位置。我下水前便已想好，顺着河底水流的方向，也即朝西北去。

于是我俩横向一线展开，间隔大约十几米，开始地毯式巡潜。虽然整个河底的距离非常之大，比水面上的黄泉两岸宽太多太多，也即黄泉的纵截面是梯形，口窄底宽，单凭我俩根本没法实现真正意义上的地毯式无死角搜索，但没有其他办法，只能先这么试试。

越往上游潜进，河底水流速度竟越来越快，同时也证明了先前的猜测——黄泉不但是活水，而且超出黄泉洞的部分，是以地下河的形式存在。因为下水的位置是洞里最深处的那片潭水，而我俩是继续朝西北潜进，也即现在的位置早已超出了洞内的范围，此时两人应该正置身于黄泉的地下河部分，而头顶上方，则是地面岩土。

我开始有点儿紧张起来，毕竟已经离洞很远了，而原本用来与锚链固定的绳子已经不够用，只能解开。我想喊住杜志发，稍微缓一缓，不知那小子是哪根筋搭错了，还是觉得根本不会有问题，一个劲摇手，然后示意继续前进。我只能在心里安慰自己说，河底的水流就算再快也淹不死人，还能省点儿力气，大概是我过于小心了。

当流速快到我们几乎不需用力，便可被推着前进时，面前二三十米处，出现了一团巨大的黑影，似乎占据了半个地下河底的宽度。黑影在绿色的幽光中漂荡、摇曳，显得诡秘莫测。

杜志发终于停了下来，我朝他靠过去，两人就像是风中树枝上被刮得摇摇晃晃的叶子。看着前面那团黑影，我不自禁地摸了摸腰上的四棱刺，杜志发干脆直接就将刀拿了出来，攥在手里。

两人不敢轻举妄动，偏偏水流很急，逼着人往前走，于是只能调整方向，将身体横过来，费劲儿地保持在原地。这时黑影中突然冒出一支触角，直直朝我们伸过来，那速度快得惊人，几乎是刚看见，转瞬就到了眼前。

我本能地拔出军刺，用力挡刺了出去，整个头皮惊得全麻。谁知竟然刺了个空，如同扎在虚无里，与此同时周围忽然暗了下来。

过了片刻，我惊奇地发现，一大群鱼正极其快速地从我俩眼前穿过，诡异的是这些鱼身上都带着隐隐的黑气，像是被一层幽暗物质所笼罩。而刚才以为的触角，其实就是这群猛然窜出来的鱼群，因为速度太快，所以乍一看，似乎是黑影中伸出的触角一般。

直到鱼群走完，我的心跳才慢慢缓下来。而那一大群鱼随着游远，慢慢褪去浓墨，让人感觉似乎是因为从那团黑影中穿过，才染上了颜色。

这时，我俩基本可以肯定，那团巨大的荫翳并非什么怪物，而是水底的一团黑色浓雾，并且不是实心的，因为有鱼群能从中完全穿梭过来。至于为什么会如此，且占据着几乎半个江心底，谁也不知道。

既然已经来到了这里，没有理由退回去。我重新插回四棱刺，朝杜志发示意，慢慢游过去。来到幽影边缘时，低头无意中发现，竟然有七个精铁做成的圆环，下部死死打进了河底，一溜排开，每个之间隔了大概五六米的样子。我心里大喜，伸手使劲拉了拉，非常牢固，纹丝不动，心想这明显是人为的，那么除了简清明一伙人，其他还有谁会从浑浊的黄泉潜到水底，并前行到这个位置？于是连忙拍拍杜志发的身子，让他看这个，然后两人将腰间安全绳的卡扣各挂在了一个圆环上，这才重新有了安全感，任凭河底水流再急，也冲不走我们了。

开始进入暗黑区域，我们只得取出潜水手电，向前推进的同时，不断朝四周交叉探照。约莫两分钟后，我们被眼前突然出现的景象震撼住了：一道巨大的裂缝赫然横在河心底，从我们当时所处的位置，往左往右几乎都看不到裂缝尽头，用手电照着朝前看，宽度可能足有两三百米。而笼罩河底的黑色浓雾，正是从这道巨缝中缓缓向外漂溢。

到这时，我俩基本能猜到，鬼雨法螺想必就是生活在这道巨大的河底石缝中，或者至少这里是通往鬼雨法螺的必经之路，因为那七个精铁圆环就是简清明留下的证据，南珠世家那伙人，一定是经由这里，去了某处，根据眼前的情形推测，他们几乎百分百是进了这道巨大的水底石缝中。说是石缝，实际上体量几乎可与陆地上的峡谷相比。而黄泉的地下河部分到了这里，其宽度凭我和杜志发的肉眼，根本无法测量，因为几乎看不到两边的尽头在何处。我俩仿佛置身于一个被绿色幽光笼罩的山中机场，而面前横着一道恐怖且巨大的峡谷裂缝。

绳子还有很长，如果愿意，可以继续朝这道水底峡谷进发下潜。但是幽黑的谷口，似乎能吞噬一切，让人感觉那里通往黄泉终点——地狱，如果能从高处往下看，会发现我和杜志发两人，趴在谷口边上，真的是比蚂蚁还要渺小。

两人对视很久，都举棋不定。这时，昏暗的峡谷下却显现出一点红色亮光，但是随即便又熄灭。我立马趴下，一手拽住绳子，然后慢慢将上半身探出谷口，目不转睛朝这无底洞下看去。谷口处的水流速度非常快，如果不用卡扣挂住那个固定在水底的精铁圆环，人完全无法定住，而且河底的水之所以逆流，我感觉全是被这个无底深渊吸了进去，也就是说黄泉表层的水全都流向了长江，但是河底逆流的水却最终全都流进了此处峡谷。

过了片刻，那点红色亮光再次出现，仍在同一方向、同一位置，但是距离较远，看不清是什么，仿佛漆黑夜色中不时闪着的红光萤火虫。

这一次，杜志发也看到了。根据目测，那里的深度，估计应该在我们腰上绳子长度可及的范围之内，虽然再往下或许水流更急，但有绳子另一端卡在谷外江底，最后怎么着都能上来吧，自己双手拽着绳子往上爬也行啊。

那忽明忽暗的红色亮点，虽然极大地激发了我们心底的欲望和好奇，但最终两人还是决定先上岸，跟郭美琪与赵金生商量后，再做出决定。

第17章　黑路

听我们说完这次的重大发现，赵金生和郭美琪都显得很震惊，谁也想不到，在这浑水之下，竟然真的别有洞天，而且竟然是超出想象的峡谷般的水底裂缝。

郭美琪盯着水面，朝两边看看，说："这黄泉，表层的水向南，以地下河形式，流到长江下面，成为江底的地下含水层，或者承压水。然后黄泉下层的水，却逆流向北，全都被吸进了你们所说的那个峡谷。"说到这里她不禁摇摇头，感叹道："这个当真难以想象。"

赵金生说："我船上的轮机长跑船经验十足，他曾经说长江的江底有很长一段，属于沙砾石层，透水性和含水量极高，地下水可以轻易通过那段江底渗上来，同时江水也可以经由那段泄入地下，全看地下水位的高低。所以我看，黄泉往南流的水，八成最后通向那段沙砾石层的江底。"

郭美琪微微点头，说："有道理，渐新世的洪水冲击以及冰水沉积，可能形成这种沙砾石层。"

杜志发问："渐新世？渐新世是什么？"

郭美琪说："是地质中的一个年代，距今大约3000万年。有种说法是，长江形成于那个时候。"

我说："不管黄泉往南流向哪里，但至少河底的水是全进了峡谷，并且那下面还有红光闪烁。南珠世家那帮人，毫无疑问是潜进峡谷了，因为还有七个他们钉在水底峡谷边缘的精铁圆环，是用来固定安全绳挂钩的。"稍微顿了顿，我朝郭美琪与赵金生两人看了一眼，"现在要做的决定是，你们下不下去？"

郭美琪说："下，当然下。要不然我跟来干吗？"然后转头朝向赵金生，"你呢？"

赵金生苦笑着说："我就是来赚外快的，逼上梁山，谁让现在没货拉，船都闲了大半年呢。当然干。"

我又看向杜志发，杜志发说："看我干吗？老赵都说下去了，我能不去？捞到那颗螺，老子一辈子不愁了。""不要喊我老赵，行不行？我还没结婚，老什么老？"赵金生在一旁说。"得，得，得，不好意思，一时嘴快搞忘了。赵金生，OK？"

我喝了一口酒，说："最后一个问题。什么时候下？"

郭美琪说："速战速决，现在就下。"

赵金生已经开始整理装备，说："我同意，省得夜长梦多，又得拖上一晚。只要你和阿发体力没问题，我们现在就换潜水服。"

我将一瓶烧酒倒在四个杯子里，分给各人，说："下水之前一杯酒，龙王见了绕道溜。来，干了！""干！"四人碰杯之后，开始穿戴装备，郭美琪被酒呛到，皱眉问："下水前要喝酒，是什么惯例？"

"宣哥他就喜欢遵循些旧例，以前的人没这些潜水装备，而水下又冷，所以不管是潜水的，还是跑船的，都喜欢喝酒，一来加快血液循环，祛寒祛湿，身子暖和，二来，酒壮尿人胆嘛，哈哈。"杜志发一边整理着腰上的携具，一边说道。

赵金生也问我："杨宣，你年纪不大，这些老规矩倒还知道的不少嘛。"我稍微笑了笑，说："干一行钻一行嘛，我从三岁不到就开始玩水，到现在也二十几年了。再说了，我相信任何一行传下来的规矩，总是有道理在里面的，有时表面看来令人费解，其实只是现在的人不懂罢了。"

说话间，大家都穿戴齐整，赵金生和郭美琪也都带了刀具防身，一切就绪，于是我和杜志发领头开路，四人慢慢走进黄泉，消失在水面。岸上，只剩石桥下的一堆篝火，仍在噼啪燃烧，照亮洞穴。

顺利来到水底峡谷边缘，每人将腰间卡扣挂到一只精铁圆环上后，两把潜水手电、两个潜水探照灯，四道光交投射进深渊，但光线却如同被黑洞吸收，不见尽头。

因为下水之前已经商量过，先潜到峡谷中的那处诡异红光处，查明是什么。所以我确定每人腰间的安全绳，都牢牢卡在水底圆环上后，做了个手势，于是四人伴着四束光，在极快的水流冲击带动下，跳进了那幽暗无底的深渊。

下沉的速度非常快，如果有机会可以再来一遍的话，我可能会选择像从悬崖攀下时那样，用手抓住绳索，沿着崖壁一点点下降，可当时四人竟就那么直接跳了进去。耳边没有忽忽风声，取而代之的是冰冷的水流，刀子般削过脸颊，下沉过程中根本无法控制方向，更别提潜到哪个位置停下，因为整个身体完全是被吸进深渊的。

我脑袋一片空白，在恐惧尚未来得及升起时，腰部陡然传来剧痛，身体瞬间直直停住，绳索到头了。幸亏在潜水服外采用了三角宽边固定装具，极大分散了压力，否则这时直接被勒断脊椎骨或骨盆，都有可能。但剧烈的疼痛还是让我瞬间麻木僵直，几乎无法动弹。

杜志发在一旁跟我情形类似，郭美琪和赵金生也差不了多少，四人仿佛是被吊在水里的死尸，随波漂荡着。我忍着剧痛看了看右手手腕上的潜水电脑（一种集成了压力表、深度表、时间计算等功能的电子设备，由于内置CPU，因此称为潜水电脑，外观类似电子手表），此时深度六十五米，压强接近八个大气压。

渐渐缓过来后，我们发现，那个红色的亮点竟然就在头顶上方不远处的崖壁上。真是好运气，如果在脚下，哪怕只是脚下两三米远的地方，那都没办法，因为不可能解开保险绳继续下潜，解开绳子的后果就是彻底坠入深渊，再也无法出来，而此时虽然已经潜了六七十米，但这峡谷的底部在哪里还无法知晓，至少用手电朝下照，看不到尽头。

我拍了拍杜志发，看他有没有问题，他示意OK，再向另两人看去，做个向上的手势，他们也OK。于是大家借助安全绳，缓缓朝上攀去。由于是逆流而行，且水速很快，所以上浮极为费力，到达那个红点闪光处时，其实只不过上升了五米左右，却感觉跟跑了五公里一样累。至于为何黄泉底部的水，会逆向被吸进这峡谷中，那时我们还不明白。另外还有一点，虽然河底的黑色迷雾全都是由这里溢出，但等真正潜进峡谷，却发现里面并非漆黑一团，而是与上面的翡翠色绿光类似，同样也是因为那种发光水藻，但这里的分布要稀疏一些，在亮度上比河底暗了一个数量级，且有黑色雾气漂荡，所以从谷口向下看觉得里面是黑的。

将多出来的几米绳索收紧后，我们用手电朝那个红点的方向照去。只见崖壁上生着如同女尸长发似的水草，甚至比那还要蓬茂，而红色亮点，就隐藏在其中一簇内。

杜志发和赵金生伸手将茂盛的水草拨开，发现胳膊竟然不及水草长，于是两人用整个身子将水草压住分开，我用手电向根部照去，随后展露出来的景象，让人震惊——通体翠如碧玉的一只法螺，点点流云状黑斑竟在螺身上流动，整只螺足有足球大小，而如萤火虫般在明暗间闪烁的亮点，则隐藏于螺尾内部，穿透琉璃螺身和女妖水草，在峡谷的黑暗中现出一星红光。

这个意外出现的贝螺，令我们四人愣在那里，虽然没法直接用语言交流，但我能感觉到大家的困惑。因为南珠世家那帮人是为了寻找鬼雨法螺和鬼雨珠而来，杜志发与赵金生也是因为此目的，但我们却不知道鬼雨法螺到底生成什么模样，这一点连麦教授都不知晓。

而此时这颗硕大的法螺，不但外表形状令人称奇，壳身上的斑点竟能流动，并且螺尾内部如萤火虫般发光，显然是一种极为稀有的贝种。郭美琪在九渊博物馆这么久，一般的贝螺是难逃她法眼的，此时竟也不能识别。所以，这只贝壳究竟是不是鬼雨法螺，便成了当时四人最大的疑问。

但很快我就想到一个成语——道旁李苦。如果路旁有一棵李子树，上面竟然结满了李子，那么这棵树上的李子一定是苦的，为什么？如果是甜的，可以吃的，那么早就被路人摘光吃完了，哪轮得到你？

那么同样的道理，如果这个就是鬼雨法螺的话，想必简清明那帮人早捞走了，岂会等到现在？而且最重要的是，他们一个多月前便已下水，至今还没出来，所以显然，他们不是停留在此处。在有他们打头阵的基础上，我便能够相对轻易地判断，这个应该不是鬼雨法螺，虽然它生得确实够大、够奇怪、够稀有，也够漂亮。

另外，螺尾内部闪烁的红光，我们后来才知道，原来竟然是这只法螺孕产的一颗夜明珠，真正的珍珠夜明珠，可不是什么扯淡的石头。但那时我们哪里知道，只以为跟萤火虫一样，生物电发光呢。至于郭美琪，说起来好玩，连她在这之前，都没有亲眼见过夜明珠，所以当时也没判断出来。

但万幸的是，我做了一个事后沾沾自喜的决定——虽然觉得这个不是鬼雨法螺，但仍然准备将其捞出来，毕竟那样子实在太令人震撼了，真的，如果不是亲眼所见，当真无法想象，一只螺，竟然能那么精美，仿如玉雕。

杜志发将手朝螺身伸去，想直接拿起来。不过令我们意想不到的是，这只螺的下部软体与岩壁吸附异常紧密，而且吸附力极强，杜志发先是用一只手，接着双手齐上，最后甚至用脚蹬住岩壁借力，那只螺依旧纹丝不动，尾端内部仍然平静地散发着红色冷光。

这时我急了，推开杜志发，先是自己试了试，发现行不通，转念一想，便将四棱刺拔了出来。因为害怕伤到螺的软体部分，所以让阿发扶着螺身，微微往后拔，我几乎贴在岩壁上，先是打着探照手电，仔细观察软体底部与岩壁接触的情况，毕竟岩壁不可能像玻璃或者瓷砖一样光滑，一定会有褶皱，然后摒弃杂念，极其小心地将四棱刺尖端，顺着一处褶皱，慢慢插进去，虽然软体是陷进褶皱的，之间并没有空隙，但在那种环境条件下，唯有这一个办法是能尽量减少螺的受伤程度罢了。

四棱刺的尖头，还没开始铲进，只是微微碰到了软体而已，这只螺却像触电一般，瞬间便松开了岩壁。杜志发一下子便拔了出来，接着用双手紧紧捧住，放在眼前，旁边赵金生和郭美琪则用手电从侧面照着，在近距离的强光聚照下，整个螺身似乎都已通透，甚至能够看清内部的脉络、血管、软体，黑色的鬼脸结疤或者说斑点，不断在翡翠般的螺身上变幻着形状，让人惊奇到匪夷所思。而此时通过手电的穿透照耀，螺尾内部暗含的发光体轮廓清晰——是一颗浑圆的珠状物，足有鸭蛋大小，在如同碧玺的表壳下，向外散发出萤火般的红色冷光！到这个时候，我的脑海中就已经开始渐渐萌生出，这个发光的会不会是夜明珠的想法了，只是在水下，没法将这个疑问说出来。

大家足足盯着看了有两三分钟，杜志发才舍得放下，之后将怪螺小心翼翼装进网兜中，收紧袋口，然后准备扣到鲨皮护具腰带上。我想了想，拦住了他，示意交给我，杜志发稍稍犹豫片刻，还是递了过来，扣在我的腰间。之所以我执意要自己来装这只怪螺，倒不是想抢，而是出于一个很重要的原因，大家看到后面就知道，到时我再说。

由于水下沟通不便，所以一次下水的任务不能太多，每次都提前订好计划，一个计划完成后，下一次再来。而这次的下水前就商量好，主要是摸排峡谷，重点是弄清红点来源，现在目标已经达到，所以应该上岸，商量制订好下一步计划之后再行动。此时刨去黄泉本身的二十多米深，剩下的峡谷四十五米，都得靠我们拉着绳子慢慢上，这个体力消耗恐怕不是一点点，再往下探的话，要想上去就悬了。另外还有一点最重要的，就算没有水流阻力，也还是没法上浮过快，还记得我以前说过的吗？上浮过快会导致减压病，会死人的。水肺潜水的世界记录，大概是用十几分钟下潜了三百多米深，可上浮却足足用了十五个小时，所以深度潜水最怕在水底遇到特殊情况，因为即便你能逃脱危险事物，你也没法直接快速上浮。直接逃上去，等于让体内的惰性气体杀了你；不上去又无法逃脱，左右都是死。

所以潜水是一件重计划，需要详细策划的事，并且多人潜水时，得选好队长，听从指挥，而且这人得经验足，能够通盘考虑到所有情况，包括根据潜水深度，计算上浮所需时间等等，否则真的会很危险。

就在这时，原本就很昏暗的峡谷，似乎陡然间更黑了，感觉好像有片乌云，挡在了头顶。我们不禁抬头看去，在狭长绿黑的谷口背景映衬下，在我们头顶右前方，多出了一个黑影，并以极快的速度下沉。

由于当时离得比较远，而且光线很弱，我们没法瞬间判断出那是什么，轮廓有些像是一艘被吸进峡谷的沉船，但黄泉里是不可能有船的，因为那是洞啊。四个潜水探照灯的光线朝它射去，瞬间黑影明显地大幅扭动了一下，就像是在调整方向，从原先垂直向下，变成了侧身，这时借着峡谷内部自身的光线，我们看清了黑影的轮廓，那根本不是沉船，而像是一条超长的鳄鱼或者鲸鱼的形状，准确地说，应该叫作鱼龙状。

接着光束照在了黑影的侧身，两只鱼鳍状的爪子，就像霸王龙的两只前爪，以及既像巨蟒又像鳄鱼的皮肤，或者说二者皮肤的混合体。最后出现在灯光前的是一颗大如重卡车头、蜥蜴鳄鱼般的三角脑袋，就像一块巨岩，悬在我们头顶斜上方大概十几米处，满口锋利的尖牙，露出嘴外。整个身子极长，像是龙、鳄、鲸三者融合而成。

那一瞬间，我被眼前出现的这一幕彻底震呆了，心底深处发出声嘶力竭的惊叫狂喊，浑身汗毛如被雷击般，全都竖了起来，甚至全身刹那失去了知觉，发自灵魂肺腑的恐怖震颤，电流一样穿透了全部骨骼。

这个怪物在如此快速剧烈的水流速度下，摆动尾鳍，拨动身体转了个向，居然能将身体逆流斜斜稳住，在侧上方斜冲着我们四人。大家此时吓得完全不敢动弹，也根本忘了动弹，人在陡然间遇到极恐惧之事时，第一反应就是大叫，比如你夜里醒来，一睁眼，却看到眼前一个鬼脸，你第一反应是歇斯底里地大叫，伴随身体剧烈抖动，但不会想到逃走，这是所有人的本能。

在这千钧一发之际，我从惊恐中恢复了一丝理智，此时上上不去，躲躲不掉，如此强的水流下，停也停不住，唯一或许还有一线生存希望的方向，便是借助水流，向峡谷底部下潜。从黄泉洞石桥的潭水底，到峡谷边缘，再到此处谷下四十多米深的地方，水流速度是逐渐不断加快的，而且这里的水速已经宛如瀑布之流，只要能保持这个规律，越往下水流将会越快，再加上自身坠潜的速度，那么说不定可以凭此逃过一劫。

但峡谷底部在哪儿？这个怪物会不会、能不能一直追到底部？底部有什么？到了底部如何才能再上来？什么都不知道。唯一能够肯定的是，其他方向一定必死无疑，唯有向下、向下、再向下，或许还有一丝丝渺茫的生存希望。

我强忍着浑身的震颤，抬头盯着那个怪物的同时，悄悄伸手握住腰间安全绳的卡扣，借着另一手的手电，死死盯住那条巨兽，只要它张开满嘴刀锋般的尖牙前冲，我便直接打开腰间的锁扣，脱离安全绳，借水流飞速下潜。

或许有人会说，你们不是有军刀、军刺吗？在水中肉搏一下，说不定也有一丝生存希望。但如果你当时能够亲眼看到，就明白了——足有坦克大小的脑袋，光是一只眼睛就抵得上两个人头，全身几乎有二十米长，也许那时我已经吓破了胆，但至今，我依然认为当时留下只有死路一条，并且其后发生的事情，佐证了这一点。

第18章　沃焦岛

正当我想着如何通知其他几人也做好准备，随时脱钩下潜，并紧张得只听到自己的喘息和心跳声时，杜志发忽然低头朝自己腰间摸去，手忙脚乱打开卡扣，然后整个人瞬间便被深渊猛地吸了下去。

这实在出乎意料，郭美琪、我、赵金生，三人还停在原地，而阿发已经火箭一般坠下去了，这立刻打破了四人与那只巨兽之间原本保持的对峙状态。

只见斜上方那只巨兽，在阿发脱钩后，立刻一个大幅扭动，如此庞然大物，竟然灵活得像条转向的鱼，一个猛子便朝我们剩下的三人冲了过来。杜志发出人意料地逃跑，耽误了我两秒钟用来判断，紧接着这只巨型水兽的突然出击，又占用了我大脑一秒钟的时间来反应，这三秒钟之后，我狠狠一咬牙，也打开了卡扣，几乎与此同时，郭美琪和赵金生在稍远一点儿的地方，同样开始坠潜。

顿时，整个人嗖地便被吸了下去，甚至还有电梯猛然下降时的那种失重感，并且很强烈很持久，令人肾上腺素顿时飙升，汗毛尽立。

我是面朝上下降的，所以速度稍慢；而赵金生是以近乎高空跳伞的姿势，头朝下、身体流线型下潜的，此时已经超过了我，到了更下方；郭美琪则几乎与我平行并肩。然后我又转头看了一眼杜志发，发现他在我下面差不多七八米远的地方，逃得最快，因为我们的手电都是系在携具上的，不会掉落，所以比较容易判断位置。

接着我左手摸出手电，回头朝上打去，那条巨兽瞬间便已经冲游到了我们面前，而首当其冲要与之遭遇的就是我和郭美琪，我们俩相当于是殿后的。原本十几米的距离刹那就被赶上，我隔着面罩甚至都能看到其如恐龙般鼻孔下冒出的尖牙，人死到临头脑袋却反而比之前更加清楚，我右手直接拔出四棱刺，管他三七二十一，便朝前刺去，谁知一是因为在水下，动作会慢很多，另外更令人费解的是，那只巨兽竟突然转向，脑袋擦着我的脸，从我左侧游过，我刺了个空。但其掀起的水波，将我和郭美琪朝右侧方向推了很远，两人直接重重撞到了崖壁上。

我急忙转身打着探照灯向下看去，此时恶龙的脑袋已经完全游到了我下方，几乎紧贴杜志发的屁股，只见巨兽像狂蟒一样张开巨口，上下两排利刃样的尖牙，一下子就朝杜志发咬去，铡刀一样瞬间合拢。我心里大叫一声，脏腑猛揪，但不幸中的万幸，片刻后发现杜志发还在，不过其背后的氧气瓶等装置全都被咬碎掉落了，只剩穿着潜水服的光身子。

赵金生此时在杜志发左后方，水兽的正侧面，见状抽出腰间匕首，直直就刺了过去，正中那怪物长着鳄、蟒般皮肤的侧身。水中瞬间刺出一缕血花，巨兽吃痛，上半身扭转，一个回头，张开鳄嘴，逆流便朝赵金生蹿了过来。

眼看正下方的赵金生躲闪不及，我心里一横，掉转成顺水方向，双手直挺四棱刺，借助极速水流，如炮弹般朝前冲了过去，及至赵金生身旁时，刚好遇到那巨兽的脑袋，四棱刺从其下颚插进，口中穿出，立刻刺了个透明窟窿。

吃了这一刺，巨兽瞬间掉头，像龙一样蜷起，整个身体来了个一百八十度大转弯，我原本死抓着四棱刺不松手，但巨兽这一下子转得实在太快，最后我被甩了出去，因为手里抓得太紧，以至于人被甩出去时，四棱刺也跟着从巨兽下颚拔了出来。

顿时我失去了方向感，杜志发因为身上的装备全被刚才那一下咬碎，手电也随之掉落，所以我看不见他的位置；而我自己此时七晕八素，连面朝下下沉，还是面朝上都分不清楚，眼前景象时隐时现，好一会儿才能分辨出周围绿幽幽的光线，但其余三人在何处，我已经看不到了。

巨兽似乎对我产生了极大的仇恨，黑影随即又游冲到了我面前，此时我已感觉不到害怕，握着四棱刺再次向前插去，不知道刺没刺进，模糊中只感觉，巨兽如刹车般戛然而止，而我却继续往下沉，继续被吸进那无底深渊，因为那个黑影离我越来越远，越变越小，谷口那如一线天般的光明，也逐渐模糊，直至消失。

我的最后一个动作是抬起手腕，看了一眼潜水电脑，背光灯上映出的深度数值已达极限——300米，爆表了，也就是说现在的实际深度，已经超过300米，并且似乎还在不断地飞速下沉，越来越快地下沉。

而郭美琪、杜志发、赵金生，他们三人在哪里，活着还是死了，我不知道，另外我的意识逐渐模糊起来，朦朦胧胧中，眼前浮现出儿时爷爷慈祥地笑着送给我龙牙，并戴到我的脖子上的景象……到了最后，眼前幻象被黑暗所替代，能记得的最后一刻，也只有一片黑暗……

我再次醒来时，映入眼帘的竟然是茫茫白云，我不知身在何处，同时觉得有些不可思议，不会是已经死了，置身于阴曹地府了吧？可是地狱不应该是黑暗的吗？怎么会如此明朗？我不由得使劲儿眨了几下眼，但看到的却仍然是白云，不过天空很奇怪，很诡异，最特别的地方是，没有蓝色，并且这些绵延不绝的云，看起来与平时也有很大不同，更加稀薄细腻，如雨雾氤氲。

这时我周遭侧身和后背，感觉很温暖，就像儿时被母亲温柔地搂抱在怀里的感觉，并且似乎有什么东西在不断轻轻拍打着我。脑海里还满是深渊峡谷中那只水下巨兽的影像，所以此刻虽然很舒服，但我还是一下子惊得坐了起来，警惕地打量着周围。

前一刻我分明是在黄泉底部的深水峡谷中，而这一刻，我竟然躺在一片沙滩上，海浪不时涌上来，轻柔地冲刷着我的身体，这便是刚才温暖的来源。

“这他妈是哪儿？”我双手撑着湿润的沙滩，将上半身支了起来，嘴里不禁骂道。醒来的头一句话，以及那一刻的场景，我印象非常深刻，就像是昨天刚发生的一样。因为当时突然之间醒来就到了一个奇怪陌生的地方，极为吃惊或者说震撼，而且还相当匪夷所思、百思不得其解。

我低头看了看，身上依然还是穿着潜水服，除了面罩掉落下来，身上的一切装备都完好无损。我皱着眉头，实在想不通到底发生了什么，再朝旁边一看，连四棱刺都还在身旁，想必原本是攥在手里，醒来后撑起身子坐起来时，滑落下来而不自知。

海水顺着头发滴到脸上和眼睛里，我伸手抹了几把，忽然我想到了什么，整个人愣在原地——面罩掉了，也就是说我现在呼吸的是空气，是陆地上的空气，而我是从水底三百米以下上来的，还记得我提过水肺潜水的世界纪录是三百多米，但出水上浮用了十五个小时吗？以我的氧气瓶储备根本没法在水中待十五小时，既然我能活着在岸上，证明在水下的时间肯定远远小于十五小时，所以上浮速度一定过快，体内的惰性气体无法排出，一定会死的。

我吓出一身冷汗，双手将浑身上下摸了摸，但没有哪个部位不舒服。又深呼吸了几口气，自我感觉心肺功能也很正常，没有任何不适。

“真他妈邪了门了。”我满脸惊讶，边摇着头，卸下潜水装备，边踉跄着爬了起来，“我竟然既没被淹死，没因氧气用光窒息而死，也没被那巨兽咬死，甚至还没被体内的惰性气体杀死，我×。”看着周围一幅海滨沙滩的景象，不远处生长着茂密的树林，说不出名字，但就是那种热带，比如夏威夷海边及岛上树林的感觉。不时吹来的柔和暖风，又仿佛回到了老家。“他娘的到底怎么回事？这是哪儿？”我对着空旷的沙滩喊了起来。

站起来后，我陡然发现，腰间系着一个网兜，正往下滴着水，这才想起来：“我×，这玩意儿还在呢。”说着，提起网兜，仔细看了看，螺身完好无损，但在白天的光线下，几乎看不到螺尾发出的红光了。

正在我被这一切搞得几乎崩溃时，不远处的海滩上，隐约有个黑影躺在那里。连忙走上前几步，似乎是个人，我跑了起来，远远看上去，地下的人似乎穿着潜水服，我心里开始激动，直直奔了过去，跪下后扶到怀里一看，竟然是郭美琪！

此时她面色铁青，牙关紧锁，我连忙又将她放倒在沙滩上，顶住其下颌关节，用力向前推，同时朝下扳颌骨，费力掰开了郭美琪的牙关，稍微犹豫一下后，便开始做人工呼吸。开始她没反应，我急了，加大心脏按压的力度，感觉她的肋骨都快被我压断了，过了良久，她却依然没有反应。

就在我几乎快要绝望时，郭美琪突然吐出几大口水，微微睁开了眼，迷茫地看着四周说：“这……这是哪儿？”我轻轻拍了几下她的脸，喊着：“嘿，嘿，郭美琪。”

“杨……杨宣，我们死了？”郭美琪一脸疑惑，小心翼翼地问道。

我见她没事儿，彻底开心起来，说：“没死，我们还活着呢。”“但这是哪儿？回南京了？”我一边把她拉起来，一边看着周围说：“我还真不知道这是哪儿。南京？南京哪里有海？”

“海？”郭美琪惊讶地撑起上半身，看着面前不断涌过来、冲刷着沙滩的细浪，说：“我们不是从长江边的黄泉洞下水的吗？怎么到了海边上？”

“我也刚醒，你看，咱们身上都还穿着潜水服，还湿着呢。”她一脸迷茫，长发被水浸得全湿，脸色已经逐渐恢复，娇嫩的皮肤有了些血色，我继续说：“既然你还能被救过来，证明从坠入黄泉峡谷到现在为止，还没有多长时间，否则早淹死了。”

郭美琪陡然惊恐地摸摸胳膊，说：“不好，我们恐怕要得减压病了。”然后盯着我。

“你有哪里不舒服吗？”

郭美琪一边继续摸着左右胳膊和腿，一边说：“没，这倒没有。”然后惊讶起来：“我竟然没事儿？”然后不解中带着一丝惶恐，对我说：“这不可能啊？！”

我朝天空指了指：“怪事还多着呢！你看这里的天，有白云，却没有蓝天，一丝蓝色都见不到。云也不像云，更像是雨雾的感觉。”

郭美琪先是指着我腰间网兜里的那只怪螺，说：“这个很奇怪，看样子是法螺，但法螺一般生活在海水里，可它却是在黄泉峡谷的淡水中，而且这么大。”然后朝左右看了看，继续说：“我们该不会是在地下吧？”

“地下能有海？”我指着眼前那片一望无际的大海，“地下能有天空？还能有跟白天一样的光线？”接着又朝不远处的茂密树林指去：“地下能有树林？还是热带的？从江苏一下子跑到热带了？”然后我自言自语道：“总不可能是穿越了吧？”

郭美琪缓缓站了起来，笑着说：“帅哥，你《寻秦记》看多了吧？是不是过几天再弄个三妻四妾，最后给你生个儿子叫杨过？”

听了她这话，我哈哈笑了起来：“杨过？啊，你这个美国妞确实很厉害啊，不但知道韦小宝，还知道他是骁骑营都统，现在连杨过也知道，甚至还晓得《寻秦记》？”

郭美琪朝旁边走了几步，说：“我一直就喜欢看小说看故事，在美国，小时候超爱看马克·吐温的《汤姆·索亚历险记》，大了后迷上了斯蒂芬·金；

在中国，金庸的小说当然也必不可少了，黄易的也挺好看。”她回头眯眼盯着我看了一会儿，“你这样子演杨过还真挺像。”

“难道你知道杨过长什么样？那是小说啊，傻妞。”

“我是说你像古天乐。”

我有些得意：“你上次在车上时说过啦。不过嘛，我觉得我比古天乐还要帅那么一点点。”

过了会儿，郭美琪缓缓说：“谢谢你。”

“为什么？”

“救了我啊。”

我微微笑了笑，片刻后说：“也谢谢你。”

“谢我？为什么？”

“谢谢你活了过来。”

郭美琪脸颊现出一抹红晕，微微低下头。片刻后，她瞥见我脖子上露出来的龙牙，说：“啊，我明白了，难怪那条鱼龙总是绕着你转，却又不咬你，看来龙牙真的能在水下护身呢。”

我拿起龙牙，说：“我爷爷是说过龙牙可以护身，有了龙牙，水中的妖邪、水兽就不敢侵害。所以小时候我妈不让我下水，他就送了这个给我。我从小到大，多多少少有那么点儿相信，这次看起来，似乎还真有用。”然后举起腰间的那只怪螺，“所以采这个螺时，我执意要装在自己身上，怕你们拿着不保险。”说到这里，想起爷爷，我叹了口气，“简清明啊简清明，你他妈死哪儿去了？”

“龙牙很珍贵的，而且用处很神秘，麦教授曾经说龙牙的用处之一就是辟退水兽妖邪。”

“用处之一？那除此以外，还有什么用？”

郭美琪摇摇头：“他没说，可能还在研究吧。不过这个作用是千真万确，刚才在峡谷，要不是你，恐怕我们几个都得没命。”

“什么意思？”

“那怪物几乎一直绕着你转！好像跟你有深仇大恨，但又奈何不了你，急得乱窜。你自己不知道？”

我摇摇头，说：“不记得了，我只记得用四棱刺插穿了它的下颚，然后最后又刺了一次，其他就不记得了。”

郭美琪说：“我在最后面，看得一清二楚，开始那鱼龙是冲我们俩来的，然后快到面前时，估计因为龙牙，突然就闪开了，我们俩被水冲得撞到了岩壁上。然后赵金生刺了一刀，接着你挺着四棱刺，直接就坠下去了，插进了鱼龙的下颚，再后面那东西就几乎一直缠着你，而我们三个则全被吸进深渊下面去了。”说到这儿，郭美琪突然想起来，问：“对了，杜志发和赵金生呢？”

我叉着腰，又将四周环顾了一遍，说：“不知道，阿发身上的装备几乎都被咬光了，咳，恐怕有点儿悬。”

“会不会冲到了别的地方？”郭美琪左右看了看沙滩，“要不我们往前再找找？”

于是两人收拾起能用上的工具，缓缓沿着沙滩往前走，希望能像我发现郭美琪一样，找到杜志发和赵金生。但走了不知道多久，不要说杜志发和赵金生两人，岸上甚至半个人影都没有。只有旁边那一大片树林，偶尔发出轻微的沙沙声，似在诉说什么。

这时郭美琪问：“几点了？”我说：“手表和潜水电脑都进水坏了。”“咳，咱们这该潜了多深哪？连潜水表和潜水电脑都进水了？”“我看最后一眼时，已经超过三百米，最终多深，我也不知道。真是……真是很难想象。而且我朦朦胧胧中觉得那只巨兽，似乎追我们到了一定深度后，就突然停了下来，估计再往下的水流速度，连它也不敢潜。下去之后就甭想上来了。”

这时，郭美琪忽然停了下来，低头看去。我问：“怎么了？”“我觉得这海浪好像越来越热了。”她说。

“似乎是比刚才烫了不少，莫非这会儿太阳烈？”我下意识地抬头看向天空，但是忘了，这里没有太阳，天空连蓝色都没有，只有雾气一般的无边白云。

就是说了这两句话的工夫，海水的温度猛然急剧上升，郭美琪说话时还只是有些热，我说话时已经变成微微发烫，语音刚落，已经快要成开水了。我们两人龇牙咧嘴大叫着赶紧朝岸上跑，直到那片热带树林边，完全沾不到海水的位置，才停了下来。两人坐到一棵树下，低头看脚，竟然已被烫到发红，如果再晚几步的话，被烫出血泡也不是没有可能。

第19章　地狱熔浆

我和郭美琪坐在树林边，一边歇着脚，一边望向眼前这神秘的大海。两人正讨论着，为什么海水会突然变得如同开水般滚烫，这时，更令人惊奇的事情发生了——原本怡人的海风，渐渐变暖，最后似乎成了从火堆旁吹过的风，带着浓浓的硫黄味；一望无际的海面上，先是突然喷出了一道火柱，从最初的一米来高，不断喷升，最后直至冲天不断；接着那道火柱的四周海面，接连不断开始出现新的喷薄而发的火焰熔浆柱，放眼望去，整个海面似乎成了森林，一片由熔浆火柱组成的森林。同时，原本平静无垠的大海，渐渐成了一口煮沸的油锅，海水翻滚着、跳动着，似乎要将一切全部融化。

熔浆喷射声、海水翻滚声、掉落海面的熔浆遇水冷凝发出的嗞嗞声，混合充斥了整个海滨。热带风情的沙滩岸边，转眼间就变成了可怕的炼狱。

我和郭美琪不禁站起身，扶住树干，被眼前这一幕惊得目瞪口呆，胆战心惊。

这时，地面开始晃动起来，接着砰的一声巨响从背后方向传来。两人回头一看，树林背面很远的地方，冒起冲天浓烟，接着如同连环爆炸一般，周围不断传来类似的巨响，这种响声似从地底发出，沉闷无比，却又震撼人心，四面八方全都冒起冲天浓烟，但因为隔着一片茂密的树林，我们无法知道那些地方发生了什么。

地面持续剧烈摇晃，以至人几乎无法站立，更为要命的是海中喷射出的熔浆，力道不断变猛，最后竟然如同燃烧弹一样，朝树林洒来。眼看就要落到跟前，我一把拉起郭美琪的手，转头就像林子深处狂奔。

身后像是落雨一般，沙沙作响，不断有火焰融化物从头顶的枝头四散落下，烧得树林一片焦味，只要有一块稍大些的落到身上，那就真是不死也得掉层皮了。

两人如同兔子一般狂奔，东躲西藏，一气跑出二三里地，头顶才渐渐不再有东西掉落。

我和郭美琪两人长舒一口气，瘫坐下来，各自靠到一棵树上大口喘气。又过了约莫十几分钟，脚下的地底震动才慢慢减缓，周围恢复成热带雨林的静谧模样，不过空气中仍旧充斥着刺鼻的硫黄味。我有些担忧地说："看来这海底下有火山啊。"

"不但有火山，而且似乎还是环形火山。刚才周围冒烟的地方，几乎各个方向都有。"

我咬着嘴唇，摇摇头，说："但愿阿发和赵金生两个已经到了岸上，否则要在水里的话，恐怕……"说到这里，我长长叹了一口气。

"吉人自有天相，你不要太担心了。"

"关键杜志发不是个吉人，他是个鸟人。"

郭美琪稍微怔了一下，然后朝我扔过一颗石子，娇嗔着说道："这时候你还有心思开玩笑。"

"我不是开玩笑啊，他是无利不起早，要不是因为这里有鬼雨法螺，他会来帮我？峡谷里遇到那什么鱼龙，他跑得比谁都快。我把他当兄弟，他当我钱多人傻，他妈的，这还不叫鸟人？"说到这里，我有点儿气呼呼的。不过说实话，我嘴上虽然这么讲，但心里却还是把他当兄弟，因为我明白，人都是有私心的，不可能要求别人舍生忘死地帮我，也许自己可以做到，但未必人人都能像我这样。

"你也别把人想得太坏了，人都是有秉性的，杜志发天生胆小，那也是没办法的事儿。"

"啊，你还帮他说话？"

“我就问你一句，你希不希望他还活着。”

这话问到症结了，我愣了片刻，说：“希望，于公于私都希望，至少到目前为止，我还认他这个兄弟。”

“那不就结了！我看你这人是刀子嘴，但心里还是重情重义的。”郭美琪顿了顿，接着问：“现在我们怎么办？”

我朝周围细细看了起来，刚才的沙滩譬如热带海滨，让人感到明亮、温暖，但林子里却暗了下来，且树木比先前茂密许多，估计这片森林靠近海边的部分，经常受到刚才这种火山喷发的袭扰，因此稍微稀疏，一旦脱离了熔浆溅射区域，便异乎寻常地茂盛起来，且其中似乎有种哀怨之力，缭绕其间。

我说：“海边暂时还是不要去了，一不小心要是再遇到海底火山爆发就惨了。”

“还找不找他们？”

“找。但去海边已经没必要了。如果他们在海边没有逃或者没能逃的话，刚才一场熔浆下来，肯定活不了。如果像我们一样进了林子，那去海边也找不到。”我站起身，朝林子里面看去，“往前走走看吧。”

这时两人都已经很口渴，但海水没法喝，林子里还不知道何处才有水源。另外最要命的是，我们没有鞋，原本潜水穿的是脚蹼，现在只能光脚，幸亏地上的落叶厚实潮湿，并且不是针叶林，否则可就有的受了。

郭美琪说：“小时候有次跟大人上山去打猎，谁知半路我看见一只兔子，然后就中邪了似的自己追过去。眼看追到了，可兔子又跑远了一点儿，就这么一直追，清醒过来时，已经不知道身在何处了。直到现在回想起来还觉得后怕呢！”

“后来呢？”

“我在山上一共迷路了七天，到夜里就躲在树上不敢下来，幸好最后被我爸带人找着了。”

“哇，你命真大。看来跟你一起有好运。山里有些事情还真不好讲，你要说那只兔子是山精鬼怪吧，可它又没现身什么的；你要说不是吧，但怎么就能让你撞邪似的追过去呢？”我看了看周围，哪边都还是一个样子，叹了口气：“咱们还是少说点儿话吧，不知道什么时候才能找到水呢。” 然后蹲了下来，捏了捏地上的落叶，又抬头看看树上，“不过似乎刚刚下过雨，你看地上和树叶上的水都还没干。”

我掏出指北针，定了下方位后，说：“虽然咱们不知道该往哪边，但得沿着一条直线走，免得来回绕圈子。”我回头看了看来路，然后转身说：“就朝这边吧，远离海岸。”

走了许久，因为没有水喝，所以口干舌燥，而脚上又没有鞋穿，血泡没磨出来，但已经疼得快走不了路。郭美琪停了下来，说：“歇一会儿，歇一会儿。”这时，我突然看到前方树丛之间，似乎掩映着什么东西，便向前走了几步，看清后指着说：“郭美琪，看，那儿有个棚子。”然后，两人惊奇地走过去。

来到近处，发现这棚子虽然极其简易，只是一个用树枝扎成的顶盖，斜着固定在树干和地面之间，但毫无疑问，是人搭的。这个小小的发现，挺令我们欢欣鼓舞，毕竟从醒来到现在，已经过去了几个小时，但此处却是我们发现的头一个与人有关的东西，至少证明，这个地方有人来过，不是什么永世隔绝的地方。

郭美琪走进棚子，坐了下来，揉着脚说：“这热带雨林，怎么会没水？”我搬来一块大石头，放在她面前，让她将脚放上去，“是不是热带，是不是雨林，还不知道呢，只是看起来像。你想想，我们从长江边潜水，再怎么也不可能到热带啊。”

郭美琪指着我搬过来的石头，问：“这是什么意思？”

“走路时间长了，休息时得把脚架高，能缓解疲劳，舒服一点儿。”说着，我自己也一屁股坐下来，手里握着一根树干做成的拐杖，“林子这么大，一点儿动静也没用，连条小溪也遇不到，见鬼了。”说完，舔了舔干裂的嘴唇。

“你说这会不会是简清明他们搭的棚子？”

“我觉得有可能，看来他们确实没死。不过，之前那光头佬说，简清明下来后还曾经用电台通过一次话，说再往前无线电就要被屏蔽了，估计就是指这里。”

我不禁又抬头望了望天，继续喃喃道：“这究竟是什么地方？真在黄泉底下？”看着郭美琪，“可地下又怎么会有海，怎么会有森林，还有天空？”郭美琪摇了摇头，不知该如何回答我的问题，只是补充道：“别忘了，还有龙守护的鬼雨法螺。”

两人沉默片刻后，我忽然发现棚子里的地上铺着一大块塑料布，连忙蹲下扯了出来，哈哈大笑："有了，有了。咱们可以有水喝了。"

郭美琪愣了一会儿，明白过来："你是说用塑料布，垫在树下面，然后摇晃树枝，让上面没干的雨水往下落，滴在这上面，然后卷起来，就等于采集到水了？"

我笑着点点头，然后绕着四周转了一圈，拍着其中一棵树，说："就这棵了，美琪，我爬上去摇，你在下面把塑料布铺好。"说完，我活动了一下胳膊腿儿，便朝上爬去。我从小喜欢在野沟里游泳，除了捉鱼摸虾，干的最多的就是上树掏鸟窝，所以爬树对我而言，是仅次于游泳的技能。

郭美琪在树下铺好塑料布，然后抬头等着我。这棵树很高，枝叶也很茂盛，我忍着脚痛，三两下爬上去，不一会儿就消失在枝丫树叶当中。

"好了没？"郭美琪在下面喊道。

我朝各个枝丫看看，说："等会儿，我得找个可以晃动又不容易断的地方。" 就在这时，我抬头看见树的顶端似乎有个鸟窝，心想："反正也要找吃的，正好去掏下来，真是天助我也。"于是又朝下喊道："上面有个鸟窝，我先爬上去掏下来，你等着。"

"小心点儿。"郭美琪焦急地喊。

那鸟窝很高，几乎在这棵极为茂盛的大树的最顶层，等我使出浑身解数，爬到那里时才发现，鸟窝大得惊人，虽然我没见过老鹰窝什么模样，但当时我觉得，即使老鹰窝也不可能有这么大，四个绿皮带花纹的蛋躺在中间，我解开腰间的网兜，将四个鸟蛋轻轻收入其内，小心翼翼地跟那只怪螺放在一起，然后系到腰后。

这时，我拨开眼前的一簇树枝，将头探出树冠，准备从高处观察下地形，随之展现在我眼前的景象，真是令人震撼无比——原来我们所在的这片土地，竟是个岛屿，虽然大到感觉不出，但从高处极目远眺，却能依稀辨别出远处四周的海岸线；整个岛屿被浓密苍郁、绵延不绝的森林覆盖，除了海边沙滩，全是高低起伏，千变万化的绿色林涛；而海天交际处的尽头，则是环形的山川大陆，不过却幽暗凄厉，用阴山鬼城来形容似乎恰如其分，隐隐的闪电，不断劈在那些不知多远的黑色群山中；也即这个岛只是海湾中的一片孤立地，海湾之外，才是真正的幽暗山陆，如同环形，包围这片海湾，以及这个小岛。后来，我们才知道这个小岛，在中国自古以来的名字便叫作——沃焦岛，也叫沃焦石，或者沃焦山，因为整个岛屿其实是一块整体的巨岩。之所以得名，是因其处于一座巨大的海底活火山的正上方，这个情况，大家之前已经看到了。

然后还有一点儿很奇怪，这里整体光线是海边最亮，然后越往北就越黑，及至海湾之外的幽暗山陆，便像是黑色油画中的鬼城一般了。实在搞不明白，为什么会出现不同的光线亮度？难道这里不分白天黑夜吗？

我缩回身子，开始往下爬，就在这时，四周忽然响起沙沙声，我连忙停住，侧耳倾听，声音还在继续，又过了一会儿，我才意识到，原来下雨了，只是我身在茂密的树冠之下感觉不到。心里一乐，朝下面喊去：“郭美琪，下雨了！”

这次，郭美琪没有回答我。

雨声更大了，我又喊：“美琪？！”

还是没有回答。

我开始有些焦躁起来，顾不得会不会碰碎腰后的几个鸟蛋，以最快速度下了树，站在棚子前，四处看看，连个鬼影子都看不到。

这下我是真急了，心里担忧她别是被什么猛兽给直接拖走了。突然，我的后背被什么东西猛挠一下，吓得我跳了起来，回头一看，却是郭美琪。

“吓死我了，你干吗去了？”

“我到那边找了个灌木丛，把雨布铺上去了，正好可以接点儿水。”

于是两人坐到棚子下面躲雨，说是躲雨，其实也躲不了多少，因为棚顶是漏的，但也有好处，我们每人凑到漏雨的地方，张嘴喝了些淋下来的雨水，稍减燥渴。我说：“现在回头想想，我知道为什么猫狗猪都不会进黄泉洞，也明白为什么那条狗会尿赵金生一裤脚了。”“为什么？”“因为黄泉峡谷里有水兽啊！动物能感觉到危险，人却没法发现。”顿了一下，我说：“看门狗。”

“什么？”

我说：“我曾经问麦教授——‘你不是说异珠都是由龙守护的吗？那怎么还有蛟，还有什么水兽的？’然后麦教授回答——‘异珠不是那么容易让人采到的，就好像小偷进人家偷东西，得先进大门，然后值钱的在保险柜里。那么龙就是保险柜，蛟或者其余凶猛的水兽，就是大门口看家护院的猛犬了。’所以，在黄泉峡谷遇到的那个怪物，就是麦教授说的看门狗了。”

“嗯，应该是。但这里这么大，龙到底在哪儿？”

“南珠家族世代采珠，既然他们拼了老命来到这里，那龙肯定会有，鬼雨异珠也一定有，只不过，可能一般人难以想象。”

两人陷入沉默，过了会儿，我说：“咱们得找个别的地方过夜，这里感觉不保险，而且也没法生火。”

“别的地方？去哪儿？”

于是我先把在树顶看到的情况讲了一遍，然后说：“另外，我看见往东北方向不远的地方，有个小土坡，上面似乎有房子。咱们不如去那里？”

“有房子？你不早说？有房子就有人啊，有了人咱就能知道这是哪儿，说不定还能打听到简清明。”

“但我不能肯定就一定是房子，看不清楚。而且，我们得做好简清明他们一伙儿在那里的准备。”

郭美琪说：“我总感觉哪里不对劲儿，这地方怎么可能有房子？咱们是从黄泉下来的，即使要有，也是有龙，有鬼雨法螺才对。”她双手抱膝，过了一会儿，说：“不管了，咱们就去那儿。”

当她站起身时，脚下踩着的落叶里，隐隐露出一块大石头，我随意拨开看了看，却吓了一跳，那石头上模模糊糊刻着几个字——“我能回得去吗？”

简简单单六个字，却让两人浑身冷汗直冒。这块石头很大，底部嵌在土里，上面露出一部分，应该是原本就生在这里，并非被人搬过来的。如果在上面刻字，那一定是当时住在这个棚子里的人。也就是说，那个搭棚子的人，他在极度迷惑、孤独与恐惧中，自言自语着在这块石头上刻下了这么六个字——“我能回得去吗？”

郭美琪指着石头，说：“这是简清明刻的？”

我摇摇头，说：“似乎不像，南珠世家这伙人，为了鬼雨异珠，连人都敢杀，他们好不容易到了这里，不达目的不会罢休，怎么可能说出这话？而且他们既然来了，想必对这里已经充分了解，又怎么会自问——我能回得去吗？”

两人带着惊恐和震惊，慢慢朝前走，一路上，我反复思考着这句话到底该如何去理解？如果是某个正常的地方，那么就不存在回不回得去的问题。之所以说出这句话，只有一个解释——这里是怪异之地！那人是谁？这里到底是什么鬼地方？简清明和鬼雨法螺究竟在哪里？最后要怎么才能回得去？我快疯了。

终于到达我所看到的那个小土坡时，我们两人的脚都已经磨破。昏暗的光线下，伴着雨水冲刷，这座土坡显得孤孤零零。远远看去，坡顶平坦，上面似乎确实有些奇怪建筑，我们忐忑不安，又有些紧张，悄悄地爬了上去，出现在眼前的场景，却令人惊惧不已——整个坡顶，堆满了各式各样破旧的船只，大到如江轮一般，小到渔船、潜水钟，甚至有很多船只叠罗汉一样，垒起五六层。整个山坡，在雨中发出微微号叫，夹杂着船上门窗被风吹动的阵阵嘎吱声，宛如沉船坟场!

第20章　航行日志

在雨水的浇淋下，两人脚下的伤口生疼，迫使我们从震惊中醒来。郭美琪说："赶紧先找条船避会儿雨吧，要是脚上伤口发炎就惨了。"我做了个嘘的手势，轻声说："小点儿声音，万一里面有人。"郭美琪点点头，我先是猫着腰，将整个沉船坟场几乎逛了一遍，没有发现异常，然后回到郭美琪处，于是两人爬上中间一条大船，船身上有几个斑驳的繁体字"和盛号"。

进了舱里，虽然年代久远，但至少还能挡风遮雨，与先前那个棚子相比，真是天差地别。我们两人翻箱倒柜，想寻找一些有用的东西。借着微弱昏黄的光线，我竟然从一个抽屉里找到了张泛黄的报纸，凑到窗户前，只见右上角的边栏印着繁体字"中华民国二十五年五月六日"，我嘴里小声惊呼一下，郭美琪凑了过来，问："怎么了？"

"这报纸竟然是1936年的。"我不禁抬头看了看舱内四周，确实不像现在的船，然后我就奇怪了，使劲儿挠头，"你说如果这是沉船的话，怎么里面报纸还没坏？"

郭美琪说："报纸坏没坏倒不能证明什么，沉船被捞上来，放在阴处，里面的报纸说不定也会阴干。但关键是，如果是沉船，那么谁把它们捞上来并且运到这山坡上的？"

我想了想，点头说：“有道理。这么多船，绝对不可能自己飞到坡顶上，肯定是人工运过来的。也就是说，除了搭棚子的那人以外，一定还有别人，并且数量还不少，否则没法完成这么大的工程量。”

“只不过这些人是好人还是坏人呢？又为什么做这脱裤子放屁的事？非得把沉船搞到这里？”

这时，我又想到了一点，说：“还有，我们是从黄泉峡谷下来的。那么这些沉船，又是从哪里来的？总不可能跟我们一样吧？黄泉洞里连车都开不进去，更别提船了。”

郭美琪说：“先别管了，反正咱们小心为上。继续找找别的。”

最终我们在起居舱里，不但找到了民国样式的衣服、鞋子，而且还在餐厅发现了一箱葡萄酒，密封很好，包装也没坏，不过上面似乎不是英文，而且字母很潦草，所以我们也不认得是什么牌子的。

船艉有一扇铁门，不知里面是什么房间，但门上挂了一把大锁。郭美琪拽了几下没拽开，说：“也不知道这里面装的什么？”

我找了一把凳子，用包着铁皮的凳角，对准锁猛砸了数下，哐啷一声，锁掉了。

郭美琪在一旁笑着说：“你这手法挺专业啊！”

我说：“咳，砸东西还有什么专不专业的？”说着，使劲一拉，门开了。打开手电朝里一照，里面各式木箱散落一地。我蹲下来，打开脚前一只木箱的卡扣，掀开一看，只见箱子里的木托上，卡放着三支步枪。

“我×，这是一屋子军火啊！”我有些兴奋地叫了起来，然后从里面拿起一杆枪，在手里来回看看，“这是M1啊。”

郭美琪问：“M1是什么？”

“美国二战期间的标配半自动步枪。《拯救大兵瑞恩》看过吗？那里面士兵就是用的这种。”说着，我用脚将木箱盖子翻回去，指着木盖正面印着的字母——“United States Rifle，Caliber.30，M1”，说：“看见没？美国点30口径M1式步枪。”

郭美琪略显惊讶地看着我，问：“你怎么这么了解？”

“嘿嘿，本人外号除了飞鱼，还有一个就是——枪王之王，《轻兵器》杂志一期不落。游泳潜水是我主业，军迷就是我的副业，对这些太熟悉了。”说着，我左手持枪，右手从腰间抽出那柄四棱刺：“否则，我怎么会挑选这么拉风的兵刃？哈哈！”接着，我又开始翻其他的箱子，发现竟然还有Mark II手榴弹，以及整箱整箱的子弹，另外配套的维修工具也都一应俱全。

郭美琪越看越奇怪，说：“这应该是艘民国时候的民用轮船，怎么会运军火？”

“这有什么奇怪的？当年国军征用民船运输军火或者士兵，这太正常了。他们最后从大陆走时，还曾经征用民用江轮过海去台湾呢。”这时，我找到了一把点45手枪，装满7发子弹，上了保险之后递给郭美琪。她不解地问：“给我枪做什么？”

“防身啊。到现在都不知道这鬼地方是哪里，我从树上下来时，没找到你，吓坏我了，以为被老虎拖走了呢。”我演示了开关保险后，她笨手笨脚接了过去。

之后我们找了几块餐布，将弹夹、子弹、手榴弹等尽量多拿了些，全都扎成了包裹，带在身上，这才暂时离开了军械室。最后又摸到船长室，竟然翻出一本航行日志，由于是用钢笔书写，且明显被水浸泡过，字迹已经无法认清，但封皮上的字却是铅印的，航行日志下面一行的横线上，清清楚楚打着航线——“南京—南昌”。并且第一页是从南京的下关码头开始记录，长江一线下来每站都有，最后到了鄱阳湖一页时却是空白，再往后的南昌页面，自然也无记录。

我合上本子，说：“怪了。”

“怎么了？”

“根据这本航行日志，这艘和盛号应该是从南京的下关码头起航，通过长江，驶向南昌。但沿线所有码头都有完善记录，唯独到了鄱阳湖后断了，后面的南昌也没有。”

“你的意思是，这条船是在鄱阳湖沉掉的？”

我站起身，说：“嗯。应该是在鄱阳湖沉的船。但我奇怪就奇怪在这里，鄱阳湖在江西啊，我们呢，我们是从江苏泰兴的水下峡谷潜到这里的，两者距离远了去了，简直匪夷所思嘛。”

郭美琪说：“如果按照麦教授的理论，倒可以解释，因为整个世界的地下水系是相连通的，至少区域性连通。假设我们现在确实是在泰兴黄泉峡谷的下面，也即江苏地底，那么鄱阳湖的沉船，说不定也可以通过地下水系，最终漂到这里。”犹豫了一下，“只是，如果我们在地底，那又没法解释这里的大海、天空、森林……”然后摇摇头，“实在是超出我的学识范围了，如果有个地质古生物专家在这里，说不定能够弄清楚。”

“我爷爷，我爷爷就是搞地质古生物的，他一定是通过研究长江断流之谜，推断或者实际发现了这里，以及这里会有鬼雨法螺和龙。”

“可长江断流，跟这里又有什么关系？”

我说：“你问我，我哪里知道，但直觉告诉我，这两者之间一定有因果关系。”

两人走出船长室，心里有些高兴，因为这毕竟只是一条船，要是休息一晚，明天把整个山头那么多船搜上一遍，还不知道会发现多少好东西呢。只不过，船里的东西遗留了很多，按理来讲，如果是沉船的话，应该还有很多尸体也留在里面，但是从船头找到船艉，从甲板找到机舱，一具尸体都没有发现。

来到餐厅舱后，我将腰上的几个怪异鸟蛋、怪螺，以及找到的葡萄酒放到桌上，准备找东西生火。郭美琪则向舱门处走去，向外观望，突然一个巨大的黑影扑到舱门口，郭美琪生生被吓得向后跌坐到地上，三魂吓掉了两魂半。

我扭头一看，也被吓愣。一只鸟头蛇身的怪物，长着四只粗壮的脚爪，如同龙蛇一般长长的身上，却披满了羽毛，两只巨大的翅膀收在身侧。体形大过舱门，殷红的双眼似要射出火焰，尖锐的鸟喙里，上下长满倒刺。而那颗鸟头细细看来却又如同迅猛龙一般恐怖。

就在这一瞬间，怪物便蹿将进来，头和利爪直直朝郭美琪伸去。我连忙飞身往前猛扑，将完全吓傻的郭美琪连拉带拽到旁边，躲过这一击。

蛇形鸟怪由于体形太大，头和上半身虽伸进了船舱，但后半身和翅膀却卡在门外，此时进退不得。我抄起桌上的M1步枪，转身便射，同时喊道：“打啊！”

郭美琪如梦初醒，慌慌张张拔出我给她的那支点45，抬手射去。谁知连扣几下扳机都不响，我大喊：“开保险。”人在慌乱中，越着急越不行，郭美琪本就毫无枪械经验，虽然我刚刚教过，但她此时却甚至连保险在哪里都找不到。

而舱门处的怪物，吃了我的几颗子弹，看起来不但无关痛痒，反而愈加激发了其狂性，不要说舱门，连整堵钢铁墙壁都已经变形，似乎要被整个儿掀翻。

眼看怪物的身子又挺进了不少，我一看不对劲儿，忙拽着郭美琪朝里舱跑，两人前脚刚踏进里舱，怪物后脚就完全蹿进了餐厅舱，发狂般朝我俩追来。

我连忙转身关中间的铁门插销，哪知怪物速度奇快，此时已经到了门后，向里乱撞。我和郭美琪使出全身力气，抵住铁门，但门根本合不拢，插销也就插不上。两人没挨得住第二下，便被直接撞飞，摔到几排床架中间。

这大概是间船员休息室，几排铁床全都跟船体固定在一起，很是坚固。蛇形鸟怪直直冲来，我们只得绕着床架，极快速地移动、躲闪、周旋。

郭美琪一个不小心，摔倒在地，怪物瞬间就紧跟着抢到她身旁，眼看只消一爪子下去，她可能就凶多吉少，我情急之下，忽然想到一个主意，于是直直站到怪物身后，举枪连续射击，并大喊大叫，想吸引它的注意力。

这招果然有效，怪物被子弹激怒，立马转头，我不顾一切沿原路朝餐厅舱跑过去，怪物一个扑腾，跃到过道，跟在后面狂追。到了餐厅舱，我扑到桌旁，一把提起装鸟蛋的网兜，然后撞破舱门对面的窗户玻璃，飞身跃出。

那怪物跟了过来，但无奈窗户太小，比之舱门要小了一半以上，此时只露出一只既像鸟又像恐龙的脑袋，以及长长的脖子。

我站在船舷上，左手提着装有鸟蛋的网兜，然后转身直面窗户，那怪物拼命伸着脖子，朝鸟蛋疯了似的狂叫，我随即右手扔掉M1步枪，转而从腰间拽出一颗手雷，跪到甲板上将网兜放下，而后左手拔掉插销，右手握着手雷，便朝那怪物正张大的嘴里直直扔了进去，随后抓起网兜，拼了命地朝船头狂奔。

不一会儿，身后响起一声爆炸声，跟着有些许碎肉掉落到我身上。这时，我停住步子，转过身去，看着被炸出一个窟窿的餐厅舱，长长吁了一口气。

第21章　孽镜台

如果没有推断错，这只怪物，应该就是先前我掏的鸟窝的主人，它是来找鸟蛋的。天知道，它怎么能跟到这里。郭美琪惊魂未定，投入我的怀中许久。我静静搂着她，感受着她的心跳和气息，一时间，有种幸福的甜蜜荡漾胸中。

一旁生着的火，是我用钳子将子弹头夹开，倒出其中的火药引燃的。船上可以烧的东西很多，原本除了鸟蛋以外，没有其他吃的，现在好了，那只怪鸟虽然胸口脖子处被炸得粉碎，但其余部分还在，正好烤着吃。

我们用雨水冲洗完伤口，换上找到的衣服、鞋子，将自己的在火堆旁烘干，怪鸟肉被烤得冒出油脂，看起来不错，另外还有在船上找到的那箱葡萄酒。两人坐在火旁，情愫暗生，水乳交融，浑然忘却了身在何处。

许久之后，外屋忽然传来一阵轻柔的歌声。我不禁心中一惊，立马坐起来侧耳倾听。歌声还在继续，婉转空灵，并且这个声音似乎既熟悉又陌生。

见郭美琪正甜美地睡在一旁，我便没有喊她，自己穿好衣服，皱着眉头，满腹狐疑地走出去，来到外间。却看见一个年轻姑娘，背对着我，一边哼着歌，一边在餐厅舱的桌椅间缓缓走动。

我惊恐至极，吓得倒退几步，贴靠在墙上，问道：“你是谁？”年轻姑娘转过身，脸上露出一对熟悉的酒窝，朝我浅笑着柔声道：“杨宣，你还好吗？”

盯着那秀丽的脸庞，我无法相信自己的眼睛，她竟然是曾与我相处四年的前女友——陈霜。

我使劲儿揉了揉眼睛，又掐了自己一把，能感觉到疼，不是在梦中："你……你怎么会在这里？"陈霜朝我款款走来，说："我知道自己错了，想来陪你。"说着，伸出手抚向我的前额。

我挡开，朝旁边让了几步，靠在桌子上，说："当时毕业不过才一个月，你就简简单单的一声分手，然后便电话不接，QQ不回，最后干脆换了号码，人间消失，要跟我老死不相往来。你知道那时我的苦吗？你知道当时你是我的唯一吗？四年的感情，最后抵不过两地分开一个月，连分辩的话都不给我机会说一句！"我情绪激动起来，转身捏住她的双肩，"爱情对你根本就是儿戏！你心里根本就没我！现在为什么还要来？为什么？良心发现了？啊？还是现在回头想想，才觉得还是我好？"

大概自从分手后，从来不曾有机会将这些话亲口对她说出来，而我当初又用情极深，此刻情绪接近失控，眼中涌出泪来，在舱里来回踱着步子，继续说："陈霜，我告诉你，有些错误无法弥补，我现在有自己的感情、自己的生活，你已经把我的生活毁了一次，还想再来把我现在的生活毁一次？你错了。错过的终将永远错过，我不需要靠你来证明什么！不是有了你，我才有意义；不是有了你，我才能证明自己的价值。有你或没你，我都将会取得我应有的成就，做成我应有的事业；有你或没你，我都会拥有我应得的地位；有你或没你，我都还是我——杨宣，我不会因为你而改变。如果你现在后悔，只是为你曾经的错误付出的代价。"

陈霜现出哀怨的眼神，似乎万念俱灰，轻轻将我脸上的泪水拭去，然后把头靠在我的胸口，幽幽地说："我知道这是老天在惩罚我，但是，真的没有可能了吗？"

我说："错过的终将错过，否则谁会珍惜眼前人？"

舱里沉寂了片刻，这时忽然寒光一闪，陈霜手上忽然多出一把匕首，劈手就刺了过来，我死死捏住她的手腕，但不知一副娇柔的身躯哪里来的那么大劲，陈霜竟然将我死死压住，眼看刀尖离我越来越近，情急之下，我抽出右手，迅速拔出腰间的四棱刺，横向刺了过去，正好插在她拿刀的手掌心。匕首掉落到地上，当啷一声，但当我再朝她看去时，陈霜却变成了郭美琪，她此刻捂着自己的手掌，疼得蜷缩成一团。

我看看自己手里的四棱刺，又看看地上的匕首，拼命揉了揉眼睛，地上躺着的，确实是郭美琪，疼痛呻吟声也确是她发出的，陈霜不见了踪影。这下我顿时慌了，什么也顾不上，连忙将郭美琪扶起靠在墙上，用刀子从衣服上割下一条布，给她包扎。

许久，郭美琪才渐渐止住了呻吟，脸色也由苍白稍微回了一丝血色。我有些不知所措，不知该从何说起，谁知郭美琪却先开了口，断断续续道："对不起，我……我刚才快崩溃了。"

"你怎么了？怎么会拿着匕首？"我问道。

"你还记得我跟你讲，小时候在山上迷路了七天吗？每天夜里吓得只敢躲在树上？"

"记得，在棚子里时说的。"

"那时候我才九岁，一个九岁的小孩儿，在山上一个人过了七天，走了七天，怎么转都转不出去，真的，那种感觉没法形容。没有一个人陪你说话，山里死一样寂静。我想爸妈，想家人，哭到最后眼睛都睁不开。到了夜里，四周漆黑一片，一个小孩子那么绝望，困在迷宫一样，走到脚底满是血泡，却仍在原地打转，对于小孩子而言，那种崩溃、恐惧、绝望，你能想象并体会得到吗？"

我想了想，点点头，说："应该是挺害怕的，我在公园有时候看到小孩子哭着找妈妈，都感觉可怜，但那种感觉可能抵不上你当时的零头。"

"没人能真正体会到我那时的感觉。那次事情，给我留下了阴影。我经常会做梦，梦里会出现一个小孩子，孤零零地在山里，一个人，走啊走啊走啊，接着便会出现那只兔子。刚才，我又看到那只山精一样的兔子，我想喊，它却慢慢变成一只恶魔，捂住我的嘴，所以，我摸到了匕首，然后刺了出去……"

听到这儿，我后背凉气直蹿。我刚才看到了陈霜，与此同时，郭美琪却看到了兔子，两人虽然不是在梦里，却在一个同步的真实幻觉中。接着我把刚才我所见到的情形跟郭美琪讲了，她同样也觉得有些不可思议。

好一阵沉默过后，我说："美琪，这个地方咱们不能再待下去了，一定有诡异，能诱发人产生幻觉。这次算咱们命大，要是再来一次，说不定就挂了。"郭美琪点点头，说："只是我这手，如果没有消炎药的话，一旦开始发烧，恐怕撑不了几天。”

我叹了口气，心中充满愧疚，说：“美琪，你福大命大不会有事的，在林子里一个人七天都没事，这次也一定不会有事。”郭美琪点点头，费力地爬起来。我将几袋东西合到一处，在外面包了层塑料布，打了个包裹，扎到身上，扶着郭美琪下了船。

外面的雨停了，天色依旧昏暗，两人走到坡顶中央，我最后一次环顾四周，却瞥见正北面的几艘船中间，立着一块高大的石碑，之前上来时，由于只顾找船躲雨，没看到。我心里很奇怪，这里竟然有人立石碑？说不定上面写了这是哪里呢！

于是两人走到石碑前，却见白森森的碑面上，刻了几个黑色大字——孽镜台前无好人！配合着周围满坡的沉船，像极了坟地前立的墓碑。这一切，让我们惊呆了。“孽镜台前无好人”？这算什么意思？也就是说，这座小土坡叫孽镜台？这个沉船坟场叫孽镜台？另外，又是谁立的石碑？

虽然有太多诡异的未解之谜，但有一点却能肯定，那便是一定有很多人生活在此处，但似乎不在林子里。想弄清楚这是哪儿，简清明在哪儿，龙和鬼雨法螺在哪儿，最后如何回去，那就非得找到这些不可。

带着满脑的疑问和惊魂未定，我与郭美琪下了坡，来到林地，心有余悸地回望了一眼这处沉船坟场，或者按石碑上的说法——孽镜台。而后头也不回地扎入密林。

当置身于一大片未知区域中，确定一个中心点，然后以此为参照物，才不容易重复勘探。所以我们按原路返回，来到原先的小棚子。

郭美琪的手又开始流血，我们不得不先停下来，看着棚子里石头上的那几个字：“我能回得去吗？”我的心开始有些颤抖，这几个字，化为一个声音，反复出现在耳边。

郭美琪半躺着，说：“林子里没有干燥的地方，所以根本没法生火。如果这里确实有人，那他们肯定在北面，海那边的陆地或者山里。”

我看着已经被血渗透的布条，说：“我明白，等你血止住了，咱们就往北走，看能不能有法子找到船。”其实说这话时，我自己心里很没底。船？这里似乎只有孽镜台上的那些沉船。

就这样，我们走走停停，剩下的怪鸟肉早吃完了，手里虽然有枪，但打猎不是那么好打的。在船上遇到了一次怪物之后，我甚至打心眼里希望不要再遇到任何野兽。而郭美琪手心的血，断断续续，不知流了多久，最终虽然完全止住了，但伤口迅速化脓发炎。

更要命的是，这里真不分昼夜，永远是一样的光线，所以连走了多久，还是走了几天，都无从分辨。另外，这里降雨极多，两次降雨之间的间隔，不会超过三个小时。对人而言，没水喝干旱是种折磨，但雨水多了也很痛苦，虽然脚上有了鞋，但因为长期浸泡在雨水中，最后两人的脚掌几乎全都泡烂。

我们唯一的希望就是能尽快穿过这片森林，运气好碰到生活在此处的居民，那些将沉船拉上孽镜台、那些立下石碑的人，遇上他们，或许还有一救；又或者能够到达北面的海边，发现码头，发现船。否则，无处避雨、无法生火、没有食物、没有药物，一定十死无生。

一次靠着树干休息时，我无意中掀开一处落叶，发现下面的土壤上，有许多奇怪的甲虫，虽然极其瘆人，但人饥饿起来，连观音土都吃，所以这种甲虫就成了我们除了雨水以外，仅有的食物来源。

第22章　遭遇战

人有时越怕什么就越来什么，郭美琪的手，真如她最初担心的，因为感染引起了发烧。无论我如何鼓励，如何想办法让她抱有希望，说再坚持一阵子就能出林子了，就会遇到人救我们了，最终，她还是烧到无法继续前进，整个人神志不清，斜靠着一棵树瘫了下去。

该死的雨又开始下了起来，我使劲用手拍打着郭美琪的脸颊，想让她醒过来，但徒劳无功。我明白，如果不在极短的时间里找到消炎药，她可能再也不会醒过来。瞬间，强烈的愧疚感涌上心头，我抬头仰天发狂般地大喊，泪水跟雨水混合交织到一起。

这时，忽然从四周传来一阵窸窸窣窣声，还有灌木摇动的声音，我惊得身上飞起一层鸡皮疙瘩，连忙转身，握紧手中的枪，屏住呼吸，凝神细看后，发现确实是有东西，但那些从周围过来的东西，却不是冲着我们而来。我把已经接近昏迷的郭美琪扶到一棵树下坐好，而后自己提着步枪，悄悄跟了上去。潜伏到一块巨石后，探出头来见到的景象，让我倒吸一口凉气！灌木丛尽头的空地上，一壮一瘦两个人正背靠背站在中间，他们的四周半圆弧内，出现了七八只超大的蜈蚣模样的怪物，每条都比人长，约有三米，扁平超宽的身体覆盖着金黄色的硬甲，火红的圆头上，一对大如镰刀般的腭牙不停摩擦着，发出令人战栗的声响。我再细细一瞧，那两人竟然是——杜志发和赵金生！此时他们面对突然出现的这么多恐怖巨虫，惊得几乎窒息，握着匕首的手臂不停颤抖。如果只是一条，说不定还有生还的希望，此刻被七八条同时包围，十几二十对锋利腭牙，昂头挥舞着朝向两个肉靶子，看着眼前这一切，杜志发和赵金生的眼中，明显露出绝望。

我悄悄在石头后面看着，牙齿不住打战，却又不敢大声呼吸。这时，其中一条最大的怪虫，扭头朝左右发出几声怪吱，余下的巨型蜈蚣，纷纷翘起触须，而后摩擦着腭牙，便朝前疾速拥来。

我的心跳到嗓子眼，紧咬牙关，瞄着打头的怪物便开了枪，登时那怪虫就脑浆迸出，仰翻在地。我哪里敢停，趁剩下的几条被枪声稍微震住之际，连续开火，足足打光了五个满仓的弹夹，那些怪虫纷纷被打得如同筛子，横七竖八仰翻在杜志发和赵金生周围，内脏体液溅了他们满脸。

看见怪虫全部被灭，我从灌木丛的石头后钻了出来，杜赵两人见了我，先是一惊，而后惊喜地喊了起来。杜志发捧着我的脸，说："宣哥，你还没死？！"赵金生将匕首插到腰间，说："我他妈以为自己死定了。"然后过来紧紧拥抱着我，"兄弟欠你两条命。"

就在我简单说了一下自己的情况，准备将他们带往不远处郭美琪躺着的那棵树时。从刚才怪虫过来的方向，突然又响起了同样的窸窣声，转眼的工夫，七八条，十几条，越来越多，最后密密麻麻的金甲镰刀巨型蜈蚣，将我们四周围得水泄不通。

赵金生重新抽出匕首，看着怪虫，说："完了，刚才只是打头阵的，这才是大部队。"杜志发两腿直打战，声音都变了调，说："宣……宣哥，你还有多少子弹？"

"快光了，这么多肯定打不完。"

"那怎么……怎么办？"杜志发问。

还没来得及回答，四条怪虫就冲了上来，我开枪打翻两条，但另有两条分别扑向杜志发和赵金生。赵金生毕竟是练家子，死死抵住怪虫下颚的同时，由下往上，一匕首刺穿巨型蜈蚣的脑袋。杜志发则被扑倒在地，双手护住颜面，那怪虫挥舞着钢铁腭牙就咬了上去。

我见状一手持枪，另一手抽出四棱刺，从侧面反身反手刺出，直透虫甲，四棱刺的尖头穿了过去，与杜志发的脸相距不足一厘米。

此时，剩下的群虫躁动起来，昂首磨牙，吱吱如潮水般开始进攻，我们三人看着面前的景象，惊得不知所措，心知任何抵抗都已徒劳。在这最后一刻，我却下意识地朝旁边郭美琪的方向看了一眼，眼前浮现出她的模样。

眼看金、红、黑三色混合的怪虫潮水已经近在咫尺，从眼前两侧却突然蹿出两股巨大的火焰，交叉喷向虫群，紧跟着无数的怪虫似乎油桶被引燃一样，噼啪作响，瞬间烧了起来。紧跟着，密集的枪声响起，怪虫死翻在地无数，那奇怪的火焰再次从两侧出现，喷向剩余虫群。

而我、赵金生、杜志发三人，则趁势将近前的几条巨型蜈蚣解决。在机枪与火焰的毁灭性攻击下，怪虫群的进攻陡然化解，四散逃窜而去，不一会儿眼前便只剩下烧焦泛着恶臭的虫尸。

接着五个男人，其中两人身上背着火焰喷射器，其余三人手里举着轻机枪，从四周丛林里钻了出来。我瞪大眼睛看着他们，惊呆在原地，手里还握着那把四棱刺。

一个中年男人走到我面前，蹲下身用手捏住离我最近的一条巨型蜈蚣的触须，将虫子的头部拎起，查看了一番后，站起身，指着那些怪虫，语速很快，如同机关枪般对我说："知道这些是什么吗？远古蜈蚣虫，出现于石炭纪，二叠纪时期灭绝，距今三亿年。你们运气实在好得不得了，如果没有碰上我们，你们现在已经被大卸八块了。不过不用谢，在这里多一个人，多份保险。"

直到此时我还没能缓过来，咽了几口唾沫，想说什么没说出来，只能盯着这个男人，通过眼神表达我的感激之情——男人中等个头，发际线很高，换句话说，可能有秃顶光乃至秃瓢的风险；四十多岁，既不苗条也不壮，给人一种在大学里为了评职称而奋斗的中年讲师的形象。

杜志发双腿已经全软，爬了几次才站了起来，问："你们是谁？"中年男人笑了一下，说："不先说谢谢，倒反而查起户口来了？"

这时我心里隐约泛出疑惑，说："难道你是简清明？"

"简清明？"中年男人啐了一口，"那个王八蛋。"

见他这么说，我心里立马放了心，说："老哥，还有几位，多谢多谢，要不是你们，恐怕哥儿几个已经去了。"

那人狐疑着上下打量了我一番，问："你怎么会知道简清明？"

赵金生说："我们是来抓他的。"

这时我想到郭美琪，连忙说："老哥，我们还有个朋友受了伤，现在伤口化脓发炎，已经晕了过去，就在旁边，能不能帮我们救救她？"

中年男人考虑了片刻，说："带路。"我连忙领着他们来到不远处郭美琪休息的地方，此时她已完全昏迷，倒在树下不省人事。那人蹲到郭美琪身边，摸摸她额头，接着显然看到了她手上的伤口，仔细检查一番，然后转头对着他们其中一人打了个响指，说："草药。"

我左手边一人便走了过来，从挎包里掏出一团东西，递了过去，中年男人蹲在地上，抬头看看我，说："赶紧来帮忙啊，愣着干吗？"

我反应过来，连忙蹲下，解开郭美琪伤口上包扎的布条，露出已经化脓糜烂的手心。这人先用随身水壶里的水将伤口清洗一遍，然后从那包东西里挑出一些已经切碎成浆的紫黑色植物根茎，抹到郭美琪手心，用新布垫住，继续给手背上药，最后全部包扎起来。

看着他麻利地干完，我说："实在太感谢你了。不过如果没有消炎药，恐怕……"

"这里没有消炎药，一切西药都没有。凭我的经验，可以负责任地告诉你，这种植物能够起到很好的消炎作用，如果没法救回来，那就算立刻给她打青霉素，也没用。"语速仍旧很快，这似乎是他的一个特色。

听他这么说，我心里对郭美琪的担忧稍微减轻一点儿，然后忙问："老哥，你们是什么人？这是什么地方？"指着毙翻在地的几条大虫，"距今三亿年的虫子，又怎么会在这里出现？"

这人向后抓了抓本就不多的头发，说："第一个推测此处存在的人已经不在人世；我们五个和简清明他们十个，是第一批实际发现此处的人；而你们四个，算是世界上第二批过来的。"

我问："你们是和简清明一起下来的？""是。但我是被逼的，他们抓了我。"赵金生问："那简清明在哪里？""他们已经去了对岸的陆地。"

杜志发问："对岸？什么对岸？"

我说："这里只是一个岛，真正的陆地，在海那边。你和赵金生怎么到的这儿？"

杜志发说："从沙滩上走过来的。赵金生说得穿过林子才可能遇到人，所以到了这儿，却招惹了那些怪虫，幸好遇到了你们。”

中年男人说：“我们恰好在附近，听到了枪声，就赶了过来，正好遇上。”我看了看他们的装备，甚至还有火焰喷射器，问道：“你们的装备怎么这么好？我的枪是从一艘沉船上捡的，你们也是从那里找到的吗？”

“不是，是从潜水艇上带下来的。”

我们三人几乎不约而同地惊讶道：“潜水艇？”

“是啊，潜水艇，不过是微型的，每艘载员十人，一共两艘下来的，我们几个一艘，简清明他们一艘。”

杜志发惊喜着说：“在哪儿？”这时，一个小伙子扔过来两双靴子，因为杜赵两人到此刻还是光着脚。

中年男人说：“在海边，不过柴油已经被简清明他们全都抽走了，开不了。因为他们潜水艇的油不够返航，所以到了这儿后，就把我们的油和药品全都带走了，而每艘微型潜艇只够装十个人，所以将我们五个扔在了岛上。”我皱眉有些想不明白，问：“你们不是从黄泉洞里下来的吗？怎么可能有微型潜艇？根本运不进去啊。即使运进去，那还不搞得人尽皆知了？还有，你说你是被简清明逼着下来的，这些，到底怎么回事？”

那人叹了口气，说：“我有个老师，他在研究长江断流时，推断出这里应该存在一个人所不知的空间，也就是我们现在身处的地方。并且他还预测，这个空间里会有许多地表世界已经消亡的上古物种，以及龙和鬼雨法螺。这个研究成果，他只跟我提过，并且明确了勘察计划，就是泰兴长江段，并重点关注黄泉洞。但不知为何，可能他所在的研究所里有人泄密，南珠世家的简清明一伙人得到了消息，就找到了我的这位老师。不过他老人家到死都没讲，但简清明却通过老师的手机记录，发现几乎全是与我的通话，所以找到了我这里。”说到这里他又是一声叹息，“我没有那种风骨，比不上老师，所以我带他们来了。”

我越听越激动，说：“你说的这位老师，是不是叫杨子衿？”那人吃惊地看着我，问：“你怎么知道？”

“他是我爷爷。我就是因为爷爷的死，才一直追踪到这里。”“你……你是杨宣？”我点点头，继续问：“那微型潜水艇是怎么回事？”

“简清明兵分两路，一路人马通过龙牙号，在长江江面进行勘测，一路人马进了黄泉洞水下勘测。在发现了黄泉峡谷之后，觉得靠人潜水进去实在过于危险，于是在黄泉的另一侧，也即长江的底部，进行水底工程作业，掘开了江底的沙砾石层，使得黄泉与长江直接连通。”

赵金生在一旁抱着粗壮的双臂，说：“看来我们在洞里时的推测是对的，黄泉上半层的水全都以地下水的形式，透过那段沙砾石层，汇入了长江。”

杜志发问：“龙牙号？龙牙号是什么？”

“就是他们在长江的勘测船，对外宣称是科考船，装备十分精良，并且底舱可开合。两条微型潜水艇，就是从龙牙号底舱暗中下水，然后通过江底掘开的缺口，进入黄泉，最终通过黄泉峡谷，到了这里。不过简清明这人极为阴险，他在事前便已想到，可能此行微型潜水艇的柴油不够返航，因此特意让我们也一并下来，权当是带着一艇备用柴油。一到这里上岸后，趁我们不备便缴了我们的械，将柴油与药品全都带走，只是艇里的装备带不了，只能留下。”说到这里，他问：“你们是怎么来的？”

我说：“潜水进来的。”

中年男人朝另外几人对视了一下，然后说：“×，你们也太强了。这都敢？”

我想了想，问：“这么说来，我们确实是在地底了？黄泉下面？但我曾到过一个土坡，坡顶全是沉船，上面还立了一块大石碑，上面刻着——孽镜台前无好人。如果这里是在地底，那怎么会有人立下石碑，并把沉船全都拉到坡顶上去呢？”

“此事说来极为复杂，我们慢慢讲。”这个人指挥其余几人搭起似乎是自制的极为简易的帐篷，像个塑料屋顶，挡住头顶的风雨；在地上，也开始挖无烟灶，生火烧水，并在周围设好警戒线和暗哨。

我看着这一切，心头莫名有些激动，似乎从原始人时代回归了人类社会。

众人靠火坐了下来，他递给我们几根看起来很像雪茄的东西。我吓了一跳，接下后看见他自己叼了一支，然后拿起一根烧着火的木柴，斜着脑袋点上，抽了起来。

我有点儿难以置信，问：“这是什么？”

“雪茄啊！你不认识吗？”

“但这里哪来的雪茄？”

那人看了看四周，指着其中一簇植物，说：“那就是红花烟草。”然后又抬头找了一会儿，指着一根挂有很多暗色叶子的枝条，“这里有一种鸟，很喜欢啄红花烟叶，经常将烟叶子带到树枝上，挂在那里，时间长了，就被晾成这种暗色模样。你手里拿的，就是我用这些被挂在树枝上天然晾成的烟叶卷起来自制的雪茄。抽一口，就会发现虽然味道截然不同，但口感简直比Cohiba（古巴雪茄中比较著名的一个品牌）还要好！”

我们三个将信将疑地点上，这时，一旁的郭美琪竟然动了几下，然后睁开了眼睛，看着周围，显然吃惊不小。我乐坏了，看她惊奇的样子，我将刚才发生的事讲了一遍。郭美琪不可思议地摇着头，那人从锅里舀了些开水倒在一个瓶子里，递过来，说：“多喝些水，再持续上几天药，你应该不会有大事的。”

我感谢再三，郭美琪捧着水瓶，我又给她披了条这人递过来的毯子。他吐了口烟，定了定神，说：“刚才你讲的那座满是沉船的坡头，我们也去过，石碑上刻着——孽镜台前无好人，而传说中的阴曹地府里，也有一座孽镜台，并且上面就是刻的这句话。”

杜志发说：“你是说，这里是阴曹地府？”

“阴曹地府肯定不是，这些石碑也好，沉船也好，肯定是人弄的，但不是我们。那就说明，这个地方，在我们到来之前，就已经有人存在和生活了。”

第23章 图灵

“地下有人生活？”赵金生不可思议地问道。

“是啊，这有什么奇怪！我们现在不就在这里吗？我都在这儿活了快两个月了。”

“火焰喷射器干吗用的？”杜志发问。

“杀龙用的啰。这还是我提议的呢，我早就推测到这里的物种，普遍体内含油量较高。比方黄泉水下的那些发光绿藻，你们如果用显微镜观察，就会知道，那些微藻简直就是油葫芦，含油量比油菜籽高十几倍。再比如刚才的那些远古蜈蚣虫，用火焰喷射器杀起来不要太快哦，一个烧一个，跟火烧连营似的。所以我猜如果有龙，肯定也是这样。”

我觉得好奇，问：“老哥，你究竟是做什么的？为什么对这些东西这么了解？是我爷爷的学生？可是您这年纪，似乎比学生要大很多吧？”

“这就说来话长了，我叫梁丕，原先是在大学里搞地质古生物研究的。”

郭美琪慢慢恢复了些精神，问：“凉皮？陕西凉皮？”

“梁启超的梁，上‘不’下‘一’、曹丕的丕。另外，我的外号也不叫凉皮，道上的朋友喊我——图灵。”

猛一听到“道上”这词，似乎立马联想到高大凶恶的绿林好汉，但是眼前的梁丕，只是一副知识分子、研究员的模样，头发还快要谢顶，与道上还真联系不起来。唯独语速很快，另外眼神里透着十二分的精明。

我说：“丕这个字，似乎很少有人做名字啊。也就只听说过曹丕了。”

梁丕叹了口气，说：“告诉你们也无妨，反正现在大家同坐一条船。

“其实我本名叫梁大红，谈恋爱时，我信誓旦旦承诺我老婆，结婚时一定给她买彩电，结果买了个收音机，那时候是1987年。后来我说，五年内一定分到单位的楼房，结果五年后还是住在单位筒子楼宿舍里，每天早上跟人排队挤厕所；过了两年开始有商品房，我就说分不到算了，三年内咱自己买套商品房，不求人。但你们也知道，做学问搞研究能有几个钱！所以一直到1997年，我们还是住在筒子楼宿舍里。再后来我说，没钱归没钱，咱感情搞融洽，比人家幸福也成啊，所以承诺每天由我接送小孩，每周陪她逛一次街，每个月陪她看一场电影。结果那年因为处于我研究课题的关键阶段，所以搞得我，孩子三天两头忘带，更别说逛街、看电影了！最后我说，算了算了，没钱没时间，但我一定在学术上事业上取得成就，课题年底一定出成果，到时候我就是享誉全球的生物学家。结果到年底时，上面告诉我，我的课题被毙掉了，因为没有价值。

“终于我老婆实在受不了了，跟我离了婚，孩子归她，临走前甩我一嘴巴子，留下四个字——言行不一！

“我一点儿不怪我老婆，回想这么多年，我他妈确实是个浑蛋，所以我发誓，不但要把以前的承诺全都兑现，而且要加倍补偿他们母子。为了牢记我老婆留下的四个字——言行不一，并且警醒自己，所以我把名字改了，叫梁丕！丕嘛，就是言行‘不一’的意思。然后发狠辞了职，从1997年做到现在已经六年了。”

梁丕这一大通说下来，我很佩服他的口才，尽管觉得挺啰唆，想直奔主题，但人家救了你，又是去找简清明、从这里出去回去的向导，你总不好不让他说吧。

杜志发倒是听得一头劲儿，等他讲完，忙问：“你当时研究什么课题的啊？怎么会被毙掉呢？”

“我的研究方向是——生物学中，以达尔文进化论无法解释的断层现象的存在论证，暨以分期突变论，全面取代进化论的适配性研究及应用分析。”

我和杜志发两人面面相觑，几乎同时说："听不懂。"

梁丕耸了耸肩："简单来说就是，进化论是错的。这个世界上的生物是一批批突然出现的，而不是慢慢逐步进化出来的。好比你们玩网络游戏，每一次版本更新，下载补丁包升级后，程序都会修改、删除一些原有怪物，增加一些新怪物。这些新增的怪物，就是我所说的突变产生的；而所谓分期，指的就是每一次的版本升级；所谓断层现象，就是指在生物学考古上，无法发现新怪物与旧怪物之间的过渡品种。有些人说，考古发现不了过渡品种的化石，并不代表就一定不存在，但我深信，所谓的过渡品种是不存在的，这就是我致力去证明的。"

我倒是听懂了，但心想这老哥八成是被离婚给刺激疯了，还是让他少扯点儿淡，赶紧讲些正经的，于是笑着说："大哥，你这理论也太超前了，怪不得要被毙掉。但是，你跟我爷爷，具体是个什么关系呢？"

梁丕丝毫不受我的话题引导，仍坚定地说："自然界是一个超级系统程序，经过无数次补丁包，增删修改地图和物种，最终升级成现在的世界版本。我知道你们不会相信，不过这也没什么，反正在1997年时，课题已经被毙，科研经费当然也没有了，然后我老婆又跟我离了婚。年底时，我辞了职，从此走上现在的这个行当。"说完这段话，他才回答我的问题，"你爷爷是我在大学时的老师，但毕业后我们并不在一起工作。一年多前，他告诉我这个关于长江断流的研究。"

"我爷爷认可你的课题？"

梁丕两手一摊，说："杨教授也不认同我的课题，他觉得我是瞎胡闹。"

我朝杜志发和赵金生笑笑，然后回头说："既然我爷爷不认可你的课题，那他为什么会联系你呢？"

"虽然长江断流跟我的课题无关，但长江断流关乎地质、古生物，而且最关键的是，我的团队在实地勘察测绘方面的功底与技术，是国内数一数二的。另外，他虽然不认可我的课题，但很欣赏我，尽管毕业后不跟他一起工作，但这么多年，一直都有联系。最重要的是，这次的长江断流研究，在杨教授看来，可能会揭开地下世界的冰山一角，特别是有可能解开龙和异珠的神秘面纱，所以他想秘密进行，不想给业内人士知晓，所以必须得找个信任的人选。最终，找到了我。"

杜志发问：“大哥，你说你的团队的什么玩意儿的技术很牛×，你到底是干吗的？”

梁丕瞥了一眼我仍旧挂在腰间的那只怪螺，似乎毫不惊讶，说：“简清明他们是采珠的游蜂、贝商的捞螺人，但我不是干这个的。我的客户包括——游蜂、贝商、科考队、盗墓者、考古队、海盗、走私犯……一切需要‘标的地点和路线’服务的行业，我是他们的上游供应商。全中国，乃至放眼全球，一切下落不明的标的，只要你想去寻找，我都可以为你提供其所在地点和到达路线。不管你从事的是哪行哪业，我只负责提供地点和路线，好比地图商店，入行这么多年，道上的朋友给我个外号——图灵，所以我的公司也叫作——图灵咨询。”稍微顿了一下，然后梁丕模仿电视上打广告时的口气：“找不到地方，来问图灵！”

杜志发以一种既难以置信，又相当滑稽的表情盯着他看，那神态似乎在说：“太你妈疯狂了吧？！”

赵金生说：“你刚才说游蜂？这个似乎很耳熟。”

郭美琪在一旁披着毯子说：“游蜂营嘛，南珠王简云汉是清朝游蜂营的都统。”

梁丕说：“那会儿管采珠的叫游蜂，现在很少有人知道这个叫法了，除了简清明他们这些世代做这个的，一般人没人这么喊。不过简清明是个疯子，他想创建一支游蜂营，重现他祖宗南珠王的辉煌。”

我喃喃地念了一遍：“游蜂？这名字确实有点儿意思。在水里游的蜜蜂？”梁丕说：“蜜蜂寻花采蜜，恰如他们寻水采珠，同时采珠又是潜水游泳，所以便叫游蜂。不过不是所有采珠人都可称为游蜂，只有通过相水术，在各地寻找符合条件的各种水域，潜入其中寻采异珠的，才能称游蜂。寻常下水，按部就班采普通珍珠的，只能叫采珠人，人工养殖珍珠兴起后，叫作珍珠潜水员，算不得游蜂一族。”

郭美琪说：“听说简清明他们南珠王世家，从人工养殖珍珠兴起后，就离开了中国？”

“嗯，是的。因为珍珠的价值主要在珠宝市场，而国际高端的珠宝市场，基本都在欧美，所以南珠世家移民到了美国，不过因为受到美国本土一派采珠家族的打压，不太立得住脚，所以将大本营安在香港。”

我说：“美国也有采珠家族？”

“何止美国！全世界主要的采珠势力有三个，日本的板仓家族、美国的维文家族、中国的南珠世家。板仓家族做得比较大，除采珠外，还有别的行当；美国的维文家族，最初源于英国，19世纪才到美国。除此以外，还有很多，但大部分在人工养殖珍珠兴起后，都销声匿迹了。”

我想起麦教授说过这三家，但没有提到具体名称，不过却说这三家都掌握了贝类毒素提取技术，便问：“他们都会使用贝类毒素？”

梁丕努努嘴，说：“贝类毒素提取，这个并不是什么太高端的技术，我也会。比如有种海螺叫作织纹螺，根本用不着提取，就能让人中毒。用一些稀有的有毒贝螺，可以轻易萃取出毒素，不过最厉害的是从无毒贝螺中，提取出有毒物质，因为极其罕见，且致命原理跟毒药不同，所以很少会被检测出来，或者说根本无法检测。有时在中毒期间，如果去看医生，再怎么化验，都只是感冒症状，最后死，也是感冒引起的并发症，你怎么查？”说到这里，他长叹一口气，“杨教授就是被他们这么灭口的呀，直接导致心肌梗死。”然后又盯着我看，“不过你确实很聪明，竟然能想到这点，并且最终查到这儿。”

郭美琪看着自己的手，问：“孽镜台到底为什么会让人产生幻觉？”

“因为坡下的矿石，会散发一种射线，对人脑神经产生干扰，勾发出每个人心里最为恐惧，或者最无法释怀的悲痛之事，并且多人之间会互生幻觉。我们本来一共八个人，找到沉船坟场后，想看看有没有剩余的柴油，结果不知不觉中便有了幻觉，互相残杀，死了三个。于是我们剩下的人赶紧跑回林子里，搭了个棚子。”

郭美琪惊讶地说：“原来那个棚子是你们搭的，那石头上的‘我能回得去吗？’也是你刻的了？”

梁丕笑笑，点头说：“没错。”然后站起身，朝前走了几步，看着远处说：“这片地下大海，与黄泉峡谷的底部相连通，两者之间的路线，就如同英文的J字母。并且这里的空间非常之大，据我估计，足有江苏、山东、河南、安徽四省加起来的面积大小，也处于这四省之下，而我们现在的位置在江苏下面。”

我问：“你说你和我爷爷是因为研究长江断流，才推测到这里存在的，但我不明白，这里与长江断流有什么联系？”

“你们是从峡谷下潜的，最后却从海里冲上来，这说明这片大海与黄泉峡谷是相通的。并且这片地下大海的含盐度非常高，高到惊人，你们被冲进来之后，基本是没法被淹死的，跟死海似的。原因是海底大面积的活火山使得海水温度很高，蒸发相当强，所以你在海边时海水冲刷在身上都是温暖的；而海里蒸发的水，最后全都因为压强问题，转到岛上林地，包括西北面的陆地山川，形成降雨了，所以这里的降雨基本不停，两次降雨之间隔不了几个小时。”

我恍然大悟，醍醐灌顶般说：“我明白了，这片地底海水盐分异常高，又与黄泉淡水相连，最终连通长江，所以长江淡水自然形成倒流现象，朝黄泉峡谷而去，最终流进这片海。这就是为何黄泉底部的水会与上半层的水形成逆流和分层现象，最终都统统被峡谷吸进来的原因，根子原来在地底盐海上。”

梁丕说：“基本正确。随着海里水分的蒸发，地底盐海的盐度是不断上升的，长江淡水流进来的速度也会逐渐加快，当到达一个临界值时，就会形成江水大倒灌现象，天文巨量的江水会灌入这片几乎成为盐碱的地下海，从而在江表形成断流现象，直至地下海的盐分降低到正常范围，那么江表才会重新浩浩东流。到达临界值的过程非常漫长，所以历史上一共只有两次断流记录。”

杜志发听得下巴都快掉了，问：“那为什么我们被冲上海滩后，没有得减压病？”

第24章　望气术

梁丕说："因为无压可减，到哪里得减压病？黄泉峡谷的深度为1000米，也就是水压一百个大气压，你们这时如果突然上浮到地表海面，也就是从一百个大气压，瞬间变为了一个大气压，那么百分百会得减压病死掉，但你们到的是地下海的表面，那里的气压与峡谷底部没有区别，几乎也是一百个大气压，所以你们所承受的压强没有改变，得什么减压病呢？"然后他在地上用树枝画了个J字母，说："J的头部是江底，垂直部分是峡谷的深度，而弯钩的钩的位置，就是地下海的海平面位置，其海表压强与峡谷底部几乎是一样的。整个这里的地下空间，压强最大的部分就是海边，越往北面，压强会逐渐减小，海里蒸发的水分也是逐渐往北移动的，不停降雨。"

赵金生摇着头，难以置信地说："饱和潜水的世界纪录是701米，但我们这次竟然潜了1000米？"

我笑着说："赵金生，你确实很厉害嘛！一般人，就算是潜水员对这些可能都了解不到这么清楚。不过既然说到这个，你别忘了，理论上生物可以承受120～190个绝对大气压，也就是还可以再深一倍，到2000米都可能。"然后我转头朝向梁丕说："简清明的这两条微型潜水艇也够可以，能到这么深。"

"他是花了血本了，从荷兰定制的微型潜艇，最大深度可以到1500米。十座，每艘200万美元。”

杜志发喊了起来：“我×，光两艘微型潜艇就花了400万美金，这哥们儿够狠。”

梁丕继续说：“我知道你们还有很多疑问，比如，这里为什么有光线？据我推测，这个空间的穹顶，是一层可发光的矿石，也就是我们常说的冷光源，跟太阳、火等热光源完全不同，当然也可能是高气压导致空气电解而发光。另外比如这些从几亿年前，到目前21世纪，各种各样的生物，怎么都会在这里出现？因为这里估计早在有生物出现之前，就已经形成了，并且与外界相对独立，地表有的生物，这里也会有，并且没有经过地表的变化，也即没有发生过地质史上的五次生物大灭绝事件。而黄泉峡谷中，生存着始新世时期的龙王鲸，距今3900万年的物种，想必你们一定是碰上了的，否则也不会掉到这里来了。不过你们竟然没被吃掉，真的是福大命大，所以我觉得你们的出现，一定是福星！”

杜志发叫了起来：“那玩意儿叫龙王鲸？差点儿咬碎我的屁股！”

梁丕说：“龙王鲸生活于海水中，黄泉的盐分太低，地下海中的盐分又太高，黄泉峡谷中的盐分对于龙王鲸是最适宜的，所以龙王鲸不会进入黄泉、长江，或者地下海，只在峡谷中生存。而你腰上的那只怪螺，属于法螺类型，是不会出现在淡水里的，所以你应该是在峡谷中发现的它，因为黄泉峡谷中，其实是咸水。”

这时雨停了，我走出帐篷，抬头望了望天，皱眉说：“高气压能导致空气电离？还有这种说法？”

梁丕也走了出来，说：“空气电离通常是受射线、电磁场、辐射等作用而产生，我们假设是因为构成穹顶的矿石所带有的射线，那么高气压的海边穹顶处，因电离而产生的荧光效应就会比低气压的西北方向要强，所以海边最亮，越往北是越黑的。而白云其实只不过是地下海水分蒸发形成的雨雾与穹顶某种微尘颗粒、无机物等的结合体罢了。”

杜志发在里面说：“你整个儿一科学狂人啊！”

“我只是个研究地质古生物的，这些只不过是我的合理推测罢了，跟什么科学狂人沾不上边。我倒是更希望你们能记住这句话——找不到地方，来问图灵！”

因为这人太能侃，所以我不得不想法子让他只挑最紧要的讲，否则还不知他能天南海北侃到哪里去，于是只能引导着说："那究竟是什么人造的沉船坟场？目的呢？沉船上又为何一具尸体都没有？最紧要的，怎么找到简清明，然后怎么从这儿出去？"

梁丕从兜里掏出几个果子，递给我一个，扔给杜志发一个，然后自己猛咬一口，嚼了几下咽进肚后，说："难道你们看见孽镜台几个字，就没有一点儿感觉？"

我朝杜志发看了一眼，两人摇摇头。

梁丕边吃边说："传说中阴曹地府一共有十个阎王，称作十殿阎君。其中第一殿的阎罗原本是包拯，但因为经常私放一些冤死或者阳寿未尽的亡魂返回阳间，所以被贬到第五殿。后来第一殿的阎罗叫作秦广王，专司夭寿生死，统管幽冥吉凶；第二殿的阎罗叫作楚江王，司掌活大地狱，又名剥衣亭寒冰地狱；第三殿，宋帝王，司掌黑绳大地狱……以此类推，直到第十殿。其中在第一殿里，有座孽镜台，台高一丈、镜大十围，向东悬挂，上有横匾写七字——孽镜台前无好人！但凡在阳间作恶多端的恶鬼，他生平所犯罪孽，就如同电影纪录片一样，展现在孽镜之中、自己面前，然后秦广王便以此为依据，将你定罪发配下一狱！"

说到这里，梁丕一双眼睛瞄了瞄我俩，说："所以，你们想一想，民间传说中关于十殿阎君的这描述，是不是跟沉船坟场发生的现象很是贴切？"

杜志发声音颤巍巍地，再次说："难道我们几个人已经在阴曹地府了？这里真是地狱？"

梁丕咳了一声，说："你胆子不要这么小好不好？刚才我都说了——肯定不是阴曹地府，石碑也好，沉船也好，肯定是人弄的。那些一直在这里生存和生活的人，他们根据阴曹地府的传说，建造了这个地下世界。沉船坟场只是那个孽镜台，而我们现在所处的小岛，应该就是沃焦岛，或者按照传说中的名称，叫作沃焦石、沃焦山。"

我皱眉问："沃焦石？这是什么？"

"传说中，除了第一殿是在沃焦石外、正西的黄泉黑路上；以及最后第十殿，是在沃焦石外，正东方，面对五浊世界；剩下来的八座阎殿都是围绕沃焦石分布。也即沃焦石是阴曹地府的中心点。而沃焦石之所以得名，是因其处于地狱火焰之上。你们想想，我们脚下的这个岛，四周海底火山经常爆发，可不就跟沃焦石一样吗？如果那些人，真的是按照阴曹地府的格局，来建造这里的话，那么黄泉峡谷，便算是第一殿；这个岛，就是沃焦石；其余八座阎王殿则应该在海那边的陆地黑山上，并且陆地是围绕着沃焦岛的，即环形大陆。”说到这里，梁丕面朝东方伸出手臂，“如果最终要出去的话，只能是通过正东方的第十殿，过奈河桥，出地狱，回到地表世界。”

我有些被震撼到了，说：“不可思议，这里的环境，竟然能和传说中的阴曹地府对应起来。”

梁丕斜着眼，说：“未必，说不定你本末倒置了，不是这里的环境能和阴曹地府对应，而是或许有人到过这里，或者这里有人曾经出去过，将这里的情况传到地上，传到我们的世界，于是渐渐变成了阴曹地府的传说。谁知道呢！”

杜志发挠着脑袋，说：“到底这地底下生活的是些什么人？这么闲得蛋疼，还造出个阴曹地府？”

梁丕摇摇头，看着远方，说：“不知道，我很想到那边的陆地去看看，究竟是些什么人。咳，可惜啊，被他娘的扔到这里了。”

赵金生问：“你们不是说去了什么沉船坟场吗？那最后找到柴油没有？”

“没有，要是找到的话，我们怎么会还困在岛上？早就开微型潜艇去那边了。”梁丕回头朝我们看看，“但如果那样，也就遇不到你们了。”

杜志发说：“游啊。你不是说这片地下海，比死海盐分还高，淹不死人吗？那就游过去呗。”

“小兄弟，你先弄清楚那里离这儿有多远再说吧。游过去，游死你啊！”

郭美琪问：“那能不能造只木筏子，上面储备些食物？”

梁丕答道：“这个可以，我考虑过。但得先摸清海底火山的爆发规律才行，别刚到半路，被地下熔浆喷出来烧死了。”我说：“那简清明他们开着微型潜水艇，没遇到火山喷发？”

“好人不长命，坏人活千年。简清明个狗×的，运气就是好，开走的时候没遇着火山爆发，而且他甚至连这个岛周围有海底火山，并会周期性爆发都不知道，就这么大摇大摆开走了，真他妈没话说。”

我苦笑道：“不知者无畏。”

“是这话，我们知道有火山了，现在当然不敢。不过据我两个月的观测，似乎每个月只有一次。我们可以现在就做筏子，等下次火山喷完之后，就下海走人。”

赵金生问：“你的潜艇没被火山烧坏？”

“没有，停在一处湾区，那里至少到目前为止，下面还没有喷出来过熔浆。水温虽高，但烧不坏钢铁，只是唯独没油，愁死我了。”

“那简清明怎么知道去哪儿找龙和鬼雨法螺呢？”我问道。

“他们南珠王世家的人会望气术，以前找刚由蛟化为的龙时，这帮人就是通过相水术、地理堪舆，以及望气术提前锁定。”

郭美琪朝我看看，说：“这个麦教授也讲过。”我点头嗯了一声。

梁丕接着说：“所以到了这儿后，简清明一下子便认定了方位。我猜，他是朝东边第十殿的位置去了。”说着，梁丕眯起眼睛，声音轻了下来，“如果没猜错的话，想必这条龙的巢穴，应该就是第十殿。”

我浑身打了个激灵，说：“你刚才说第十殿就是出去的地方，现在又说龙的巢穴就是第十殿。那意思就是，龙穴是连通地表世界的通道？除了来时黄泉峡谷以外的，另一条出去的路？”

梁丕说：“黄泉峡谷水流太急，潜艇下来容易，上去几乎不可能。如果还有出去的路，那么一定是在第十殿，有极大可能就在龙穴。当然，这一切都是我的推断，是建立在孽镜台，以及此处沃焦岛基础上的。另外还有一点依据，就是简清明根本没提过如何回去的问题，想必他心里应该很清楚怎么回去，唯一的解释就是，他们游蜂又号称屠龙者，对于龙应该有不少了解，说不定知道，龙是镇守地下与地表两个世界之间通道的神兽。”

到此时，我们心中的疑惑大部分都得到了解答，众人沉默了许久，各自想着各自的心事。最后我问：“老哥，你给这个地方取名字了吗？要不然提起来不方便。况且你又是第一个实际发现的人。”

梁丕笑了笑，说：“其实这个成就应该给你爷爷，不过他已经不在了。我看这里既然跟阴曹地府那么像，就叫十狱阎殿吧。”

“怎么讲？”

“传说十座阎王殿，每殿都有一个大地狱，一共是十个地狱，所以叫‘十狱阎殿’。”

第25章　鬼卒

这时一个小伙子过来灌开水，揭开锅盖，杜志发看了一眼后说："怎么这么久还没开？"小伙子笑笑说："你可别忘了，这儿的气压有多高，想看水沸腾，慢慢等吧。"

此后，我们便在林子里每天打猎、储备食物、砍树扎筏子，等着下个月火山的喷发，看到底是不是符合规律，以确定出海时间。郭美琪则养伤，不知是那种草药有着极强的疗伤作用，还是在那个高压原始的特殊环境中，人的机体本身恢复的速度很快，她手上的伤口短短五天之内，便已经全部愈合，痂掉了后，一点儿伤疤看不出来，连印子都没有，并且手灵活如初，我心里这才松了一口气。

然后也弄清楚了，这些日子里，我和郭美琪一直赖以为生的那种虫子，叫作白垩甲，顾名思义，是最早出现于白垩纪的一种甲虫。现在回想起来，闭眼皱眉逼着自己，将那种甲虫活生生放进嘴里，一咬之下，腔汁喷满口的感觉，实在糟糕透顶，至于是什么味儿，已经记不太清了。

而梁丕也带我们见识到了林子深处，隐藏着的各类危险物种（我和郭美琪从海岸进入森林的外层，之后一直拼命往里走，到梁丕发现我们的这里，才算是刚刚到达森林深处的外围，就开始遇到远古蜈蚣虫了），最令人震惊的要算

“蛇发藤”——本质是一种树，却长着蛇形的枝条，远远看去就像是一棵树的各个枝条上攀满、挂满了蛇，并且蛇身与蛇身相连，蛇头还在不断昂起扭动，人或动物如果不小心碰到枝条或者树干，立马就会有无数藤蔓枝条迅速伸过来，死死缠住你，勒住你，从你的九窍中钻进钻出，那情状当真恐怖至极。

基本说来，五代十二纪的物种，几乎都有。

唯独一点令梁丕费解不已——林子中除了先前被我遇到的那种天上飞的鸟蛇怪外，陆地上却从来没有出现过活的大型史前动物，比如恐龙、剑齿虎、恐猪……但是，梁丕却偶尔能发现这些大型史前动物的尸骨。注意是骨头，而非化石，也就是说它们死去的时间，并没有那么久，至少还没久到能成为化石。那它们是怎么死的呢？为何独独这些大型史前动物死了？真是很奇怪的事啊！

砍树扎木筏的任务，由赵金生跟四个小伙子负责。那四人本是简清明的手下，但因为简清明抢了他们微型潜艇上剩下的柴油，将他们和梁丕一起扔在岛上，因此个个都恨得咬牙切齿，自然转变为梁丕一伙。另外，梁丕这人虽然看起来真的很一般，就是个落魄大学中年教员的模样，但天文地理无所不通，尤其本就是搞地质古生物的，在十狱阎殿这个地底环境里，游刃有余，所以大家也都心服口服。

其余四人则继续探索沃焦岛，这天，我们在造木筏处东南边不远的地方，发现了一片奇怪的小湖。水为草绿色，很鲜嫩翠艳的一种浅草绿，而不是常见湖泊的那种墨绿色，看起来让人觉得是某种饮料。湖面漂浮着一层稀疏的藻类，但这藻类不像是浮萍，仿佛是被人切成碎末的藻类植物，再撒到水里来的一样。

梁丕蹲下来，用手试了下水，回头说：“怪了，这水是温的。”杜志发一听，立马开始脱衣服，我问：“你这是准备干吗？”“我×，宣哥，没听见老梁说水是温的吗？那肯定是温泉啊，火山多发处，那可是极品温泉，能治病的。不下去泡一泡，亏了。”

郭美琪哧地一笑，看着他说：“你是不是八百年没洗过澡啊？见了水就想往里跳。”梁丕忙伸手说：“打住，这水有点儿奇怪。”

“怎么？不是温泉？”杜志发提着裤子问。

“是倒是，但关键是水不对。”梁丕站起身，托着下巴咂咂嘴，“这颜色怎么看怎么不对劲儿。”然后他又用手捞起一把水藻，“看这水藻，明显是被切过的呀，都是些碎末。”

我朝湖边走了几步，说：“该不会是你说的那种鸟，叼来的草扔到水里的了吧？”

“不像。”

郭美琪说：“如果真是切过的，而且还不是鸟，那肯定就是人咯。”

杜志发光着背，不甘心地提着背心，说：“什么鸟人闲得蛋疼，把水藻切碎了还扔水里，这不是脱裤子放屁嘛，真他妈扫兴。”

梁丕笑着走了过来，拍了拍他的肩膀，说：“塞翁失马焉知非福，说不定人家这是救了你一命呢。或许这水你一下去就会出事呢。”这时，营地方向升起了炊烟，梁丕回头望了望，说：“走吧，该吃饭了。”

于是我们转身爬上湖岸，沿着高地往回走。身侧不远处就是大海，这时我看着远方，停住了步子。郭美琪问：“怎么了？”

我用手指着海面，说：“那边似乎有些黑点。”

梁丕也停了下来，顺着我指的方向，掏出望远镜看了起来，我见他一直在调焦，并且左右横向来回看了许久，知道肯定是有什么东西，便问：“老哥，是什么？”郭美琪在一旁用手搭着凉棚，向远处眺望，说：“好像是船吧。”

“船？嘿，来人啦！哈哈。”杜志发笑了起来。

我却没杜志发那么开心，这里可是地底，即使来人，鬼知道来的会是什么人，于是扭头继续问梁丕：“是船吗？”

梁丕默不作声，眉头紧锁，将望远镜递给我。我拿起后迅速望去，只见平静无垠的海面上，出现黑压压约莫十几艘船，每条都是铁甲武装，做成尖刺状、骷髅状，而船上站着的船员，个个都是虎背熊腰、健硕无比，身着厚实恐怖的皮铠，但脸的下半部却统统带着骷髅骨头一般的面具，只有上半部的脸露在外面，乍一看，就像是半肉半骷髅的食人恶魔一般。见到这般景象，我蒙了，放下望远镜。杜志发在一旁还嬉皮笑脸，问：“怎么样？宣哥。”

我将望远镜传给郭美琪，杜志发最后一个看完，沉默许久后，愣愣地看着我们三个，问：“这……这什么意思？”

梁丕突然想起来什么，说：“你们赶紧回去让他们把火给灭了，要不然这些人看到烟，会找过去的。我留在这里继续观察，你们到营地准备好枪弹等我。”

于是三人开始飞奔，到了营地后，我立马捧起一盆水浇熄篝火。赵金生问："出什么事了？"我说："大家赶紧将枪弹准备到位，海面上来了十几艘船，全装着人，长相打扮很恐怖。老梁现在还在海边观察，我们得随时做好准备，以防万一。"

赵金生拿起枪，胳膊上的肌肉遒劲，娴熟麻利地卸下弹夹，查看子弹，再装上、上膛。又从地上的包里，掏出一摞满仓的弹夹，一个个塞进身上的子弹袋。

杜志发慌了神，那把手枪，先是哆哆嗦嗦地压子弹压了半天，几次子弹都掉到地上，最后好不容压完，塞进枪托底座后，拉枪机上膛又拉了几次，总算全部弄完，拿枪的右手不断抖着，他走了过来，说："咱们就在这儿？"

郭美琪说："那还能去哪儿？说不定那些人不会来这里的。""万一他们在船上看到了咱们刚才的炊烟呢？"杜志发担忧道。赵金生凑了过来，说："这附近有个山洞，如果需要的话，我们可以进去避一避。"

我皱眉想了想，说："这附近没山洞啊？！"

"前几天我们砍树时刚发现的，从这里往西一二里地就到。"

我点点头，说："等老梁回来，到时你带路。"

"嗯。"

这时，远远看见梁大红鬼头鬼脑地钻回了营地，杜志发赶紧问："什么情况？"梁丕蹲下来，轻声说："那帮人上岸后，径直去了刚才那片湖，然后好多人抬着水桶，桶里装满了水藻，再往那湖里倒。"

我问："他们这到底在干什么？"

"鬼知道啊。沉船坟场八成就是他们弄的。你们先别出声，我再去看看。"

梁丕这句话刚说完，杜志发站起身的时候，胳膊不小心一抖，砰的一声，枪走火了，他自己被吓得蹦了起来，枪声在林子里回声都传出好远。

大家都惊呆了，屏住呼吸，一会儿的工夫，就听到附近响起哇哇乱叫的声音，然后就有人影窜了过来，紧跟着嗖嗖嗖几支箭射到营地，一个小伙子直接被命中喉头，倒了下去。梁丕大喊一声："跑啊！"

赵金生站起来，朝着对面人影就是一梭子子弹，然后吼道："跟我来。"转身带路朝西边跑去。营地里的东西，除了各人随身携带的枪支，其他全部落在了那里。

耳边不断有羽箭飞过，除了最开始倒地的一人，另外又有跑在最后的一个被射中。杜志发自己闯的祸，但他却跑得贼快，要不是不认识路，估计这小子猴子一样乱窜，能跑到赵金生前头去。

七个人夺命狂奔，但后面那些骷髅头一样的强壮野蛮人却穷追不舍，一气跑下去八九百米的山路，似乎看不到后面那些鬼卒的影子了，但大家哪里敢停。最后终于来到一个黑幽幽的山洞，众人头也不回地便钻了进去，但我却在那之前踩到一块滑石，狠狠摔了一跤，一人落在后面。

郭美琪在洞口冲我大喊：“杨宣，快进来啊。”梁丕见我好像跌蒙了，急得也喊道：“别磨蹭了，快来！”

我晃晃脑袋，爬起来，朝洞口跑去。

洞里盘曲错综，只走了几十步路后，便再也瞧不见洞口的光景。刚进来时虽然昏暗，但毕竟多少还是有些光线，算不得全黑。但往洞里继续前进了不远之后，就接近伸手不见五指的程度。

后面没有什么声音，想来那群鬼卒已经被甩掉。大家稍微松了一口气，但不敢往回走出洞，停在原地又怕被那些人找到洞口追进来，所以只能慢慢摸索着，继续前行。这时，杜志发破口骂道：“这帮狗 × 的，都是些什么玩意儿，一个招呼都不打，就拿箭射人，还有没有王法了？”

郭美琪说：“都是你惹的祸，还好意思讲。”

梁丕说：“这里是地底，至少1000米以下，你跟一群生活在史前环境中的人讲王法？呵呵。”

杜志发说：“休息会儿吧，老梁。”

我说：“万一被人追上来怎么办？还是往前继续走走看吧。”其余人也都赞同。

洞里的道虽曲折，却没有岔路，所以即便无光，却仍旧能够摸着石壁前行。走了很久后，前方逐渐开始现出幽光，我们感到有些兴奋，加快了速度，再走一阵子后，眼前变成像是装了夜萤灯的甬道，只不过是整个石壁发光，而非某处光源。

梁丕惊喜地摸着甬道的石壁，甚至用指甲抠了抠，用拳头砸了砸，说：“这绝对是一种地表世界不存在的新矿石种类，可以自行成为冷光源，说不定构成十狱阎殿穹顶的，也是类似的矿石种。”

杜志发摇摇头，无精打采地说：“老哥，这都到什么时候了，你还为新发现一种矿石兴奋哪？这矿石再神奇，能把那群鬼卒给变没吗？”梁丕似乎根本没听见，只是自顾自地说：“可惜身上没有工具，要是能撬一块下来，带回去，那就好了！”

我忽然听见了什么动静，连忙让他们别说话，侧耳倾听了片刻说：“哪里有点儿水声。”

杜志发抬头听了一小会儿，说：“是啊，好像是前面的声音，像是河水流动哗啦啦的。”

几人心里带着疑惑，继续前进，因为从这里开始有了光线，所以我们的速度可以比较快。果然越往前走，水流的声音越为明显，到最后，路断了，出现在我们眼前的是一个洞口，而洞口之外，是万丈悬崖！一道瀑布从洞口上方不知道多高的地方开始冲下，经过洞口，继续朝悬崖底部落去，也就是说，我们眼前的洞口，就像是水帘洞，其位置刚好在一面巨大悬崖的中间。

梁丕抱着洞口一块凸出来的岩石，小心翼翼探头朝外看了看，然后浑身湿透地退回来，抹着满脸的水，问：“我们刚才有没有经过岔路？”

我想了想，说：“没有，一路上就没有岔路，直接走到这里的。包括刚开始没有光线的地方，咱们不也是分两路沿着两边的石壁，慢慢向前摸索的吗？两边的人都没有摸到过岔路啊！而后面的荧光甬道，更不会看错。如果有岔路，不可能七个人没一个看到吧？”

看着梁丕满脸惊愕奇怪的表情，我问：“老哥，外面情况怎么样？”梁丕说：“洞外就是悬崖峭壁，一道瀑布飞流直下，什么路也没有了！”

杜志发一听急了，二话不说也跑到洞口，抱住那块大石头，探着身子朝外看去，许久后才湿漉漉地回来，说：“宣哥，前面真没路了！”

我们几个也都走过去，朝外打探了一番，当然看到的一样，瀑布湍急的流水，全都冲向悬崖下面无尽的深渊。杜志发急得团团转，说：“这可怎么办？退不敢退，进又无路可进。如果那些人追过来，咱们就是死路一条。”然后他转向赵金生说：“你怎么把我们带到个死胡同？”

梁丕倒是一屁股坐了下来，说：“死胡同？如果不是进这个死胡同，恐怕咱们早就全挂了。刚才要是继续跑，你们还跑得动？”

话虽如此，但陷入僵局却是实情。无奈之下，七人最后都坐了下来，听着洞外哗啦啦的水声，心情沮丧到了极点，每个人都在心里祈祷，求老天爷让那帮人别找进洞来。

但有时却是越担心什么，什么就越会发生，正如那时候担心郭美琪的手心伤口会发炎，结果真发炎了，幸亏遇到梁大红，才捡回一条命。此时，没过得多久，后面真就响起了脚步声，也看到了火把亮光。

大家都惊得站了起来，冲外举着手里的枪，但众人却都知晓，枪虽厉害，但子弹是有限的，而且此时七人所在的地方是片狭窄的空地，根本没有任何东西掩护，而对方却有石壁遮挡。所以结局可能只有两种——要么被人俘虏，要么被人用弓箭射成筛子。

梁丕在我身边，却用极为平静的声音，突然问我：“杨宣，你相信命吗？”我简直不敢相信自己的耳朵，梁丕这人在这种情况下竟然会问我这个。

见我没回答，他继续说：“我告诉你，我不信。”

赵金生在一旁听见梁丕在这儿叽叽歪歪，是真急了，不顾情面地骂道：“后面的人就要过来了，你他妈的要么闭上嘴，要么想个法子出去。”

梁丕并未理会赵金生，而是转身朝前走到洞口，然后回头，在嘈杂的哗哗水声中，竭力冲着我们大喊：“要出去只有一条路——从这儿跳下去！”我转身，看着他已经被瀑布溅湿的头发和肩膀，喊道：“你疯了！？”

梁丕根本不为所动，站在洞口，一手攀住那块突出的岩石，在腾起的水雾中，继续用力喊道：“我不会将自己的命运，交到那帮人手里。我也绝不会让自己就这么死在这里。”他咬着腮帮子，顿了顿，最后用尽全力喊道：“我的命运，我自己选择！”说完，朝洞外纵身一跃，消失在众人面前。

梁丕的这一举动，让我们剩下的六人全都目瞪口呆，几乎就在梁丕跳下悬崖的同时，那些带着可怕的半脸骷髅面具的鬼卒，出现在我们的对面，个个面目狰狞，高大魁梧，并搭弓引箭对向我们。

我脑子里电光石火般闪着是否该开一阵子枪，然后转身跟着梁丕跳下去的想法，在这千钧一发之际，我原本挺着轻机枪朝前，此时猛然弯腰将枪放到地上，然后举起双手投降，因为我放不下郭美琪，我不想一个人跳下去。

其余几人吃惊地看着我，在被鬼卒包围的情况下，最后也都慢慢放下了枪。这些怪异的家伙，没有说一句话，但也没有射箭，只见对面走上来一个人，掉转手里的刀，用刀把朝我头部猛击一下，我两眼一黑，昏了过去。

第26章 十狱阎殿

当再次醒来时，我们六个置身于先前在望远镜中看到的那些铁甲怪船上，但每个人的手和脚都被捆得结结实实，而最开始在营地被弓箭射死的两人，此时竟被扔在我们面前的甲板上。杜志发醒来，看到跟他几乎是脸贴脸、面对面的死尸时，吓得尖叫起来。

这时走来一个鬼卒，仍然是戴着半脸面具，照着杜志发一脚便踹过去，说：“给老子闭嘴。”这话一说，我登时愣住了，心想：“他们竟然跟我们说一样的话！”

这简直是太令人匪夷所思了，郭美琪紧挨着我，这时也低声说：“他们讲中文？！”

等那鬼卒走开后，我说：“这倒奇怪了，他们生活在这片地底世界，却跟我们讲一样的话。”杜志发挣扎着挪到我们旁边，盯着那具尸体，说：“他们为什么要把死人也搬上船？”

郭美琪说：“我突然想起来，沉船坟场的船上，没有一具死尸。难道，都被他们带走了？”

赵金生啐了一口，说：“这他妈都是些什么怪物？”

“鬼卒咯。你没见他们刻的碑上写着孽镜台吗？老梁猜得没错，这帮人是按照阴曹地府来建造这里的，那他们自己当然就是地狱中的鬼卒。”

杜志发这时稍微缓过了些神儿，摇着头说：“老梁啊老梁，咳，从那么高地方跳下去，估计粉身碎骨了。对了，宣哥，你为什么缴枪投降了？”

我没好气地回道：“那你为什么缴枪了？”

“你领头地站在第一个，你都放下枪了，那我就跟着放咯。”

我说：“这帮鬼卒不想杀我们，否则在洞里时，一露面肯定射箭了。既然跟我们对峙，那肯定不会杀我们，另外开枪也抵挡不了多久，与其开枪逼得他们射箭，最后我们死在那里，倒不如这样。”

赵金生说：“未必不会杀我们吧。说不定要活捉，把我们当成唐僧肉，放到蒸笼里给活蒸咯。”

“闭上你的乌鸦嘴。”杜志发说。

船开出去很远后，海面上突然开始汹涌起来，我们几个直起身朝外看，远远望见沃焦岛四周又开始火山喷发，一幅地狱火焰的场景。而鬼卒们的几条船，此时已经离开得足够远。

郭美琪说：“幸亏咱们没有自己造船，这海底火山的喷发，并不是像梁丕预测的一个月一次，这才过多久，就又爆发了。”

我皱着眉头说：“你们觉得奇怪吗？这些人刚上岛，只是去了一趟那个怪湖，然后就离开了。现在一离开，沃焦岛就开始火山爆发。”我咂咂嘴，“似乎，似乎他们是算准了火山要喷发才过来的。”

杜志发说：“这什么意思？”

我说：“我的直觉是，就是因为那片湖。老梁不是说湖里的微藻是这些人倒进去的吗？但为什么要这么做，倒这些微藻为什么要赶在火山喷发前，我就不懂了。”

不知道驶了多久，也没有白天黑夜可供参考，鬼卒船队缓缓开进了一处V形港湾后，我们被赶下了船，在几名高大强壮的鬼卒看守下，上岸朝内陆走去。

从踏进山地区域的那一刻起，就仿佛进入了真正的无间炼狱，这些山石漆黑坚砺，虽然没有树木做掩映，但山体起伏连绵不绝，光线更是暗了一个层级，六个人，加上从船上下来的鬼卒看守，就如同几只在山岭间爬行的蚂蚁。

很明显，这里就是当时我在沃焦岛爬到那棵树顶时，远远望见的海那边的陆地阴山。

几个看守骑着一种极为怪异的动物，大小如马，头却像是骆驼的变异恐怖版本。我们每两人被绳子拴在一起，跟在其中一名看守后面，拖拽着朝前走。

杜志发冲着前面大喊："你们要带我们去哪儿？"前面的鬼卒这次竟然回了话，说："很快就知道了。"

一路上经常会有山坳形成的水塘，且水质清纯透彻，只是里面无鱼。整个山区似乎毫无生命迹象，当我们六个被拖拽得踉踉跄跄、精疲力竭，几乎再也迈不动步子时，众人踏上了一个山头，放眼前望——整整一座山体上，布满无数大大小小的洞窟，透出幽冥鬼火，而自山腰开始，便有数条鬼雄的石质阶梯，从四面通向上部的黑暗宫殿。在紫黑色天空的背景映衬下，这座阎殿显得阴森、恐怖却又宏伟，甚至从中隐隐传出令人胆寒的凄厉尖叫和滚滚闷雷之声。

先前说话的那个鬼卒，再次开口："这是三殿阎王的黑绳大地狱，你们在此，会受倒吊、挖眼、刮骨之刑。"我们听了倒吸一口凉气，同时觉得这些人是不是疯了？

没等我们言语，鬼卒再次拉着我们前行，穿过两座山间的山门，来到了这座谷中的鬼城——第三狱。本以为可以有一点儿喘息的机会，谁知紧跟着而来的是，我们一行六人，被绑在了山谷中心、阎殿之前空地上立着的木杆上。

这时我想到杜志发骂赵金生乌鸦嘴，现在看来，赵金生确实他妈的是乌鸦嘴，照这么下去，还真有可能被人当成唐僧肉给放进蒸笼里活蒸咯。

蜂窝般的巢穴中，开始陆续走出一些鬼卒，这些人倒没有戴半脸骷髅面具，穿着打扮说不清是哪国风格，但整体给人的感觉就是勇士装扮。而且这些鬼卒长得跟我们几乎一模一样，是实打实的人类模样，并且还是亚洲人种。只不过他们的脸上，涂抹着一些黑色、红色的油彩，更加显得骁勇骇人。

杜志发徒作挣扎了一番，惊恐地说："他们想对我们做什么？不会真的挖眼、刮骨，然后再转到下一狱吧？"

周围乱糟糟一片，鬼卒们叽里呱啦。

郭美琪问："他们在讲什么？为什么光绑着我们，不动手呢？"我侧耳倾听了片刻，说："他们似乎在等什么人过来。还说什么十狱阎殿就要开张了，我们是东岳大帝先收进来的几个亡魂，以后还会有大批亡魂到来。"

郭美琪说："东岳大帝？东岳大帝不就是黄泉村阎王庙里主祀的那个神吗？"

赵金生骂道："这帮人在地下待的时间太长，都待得脑袋坏掉了吧？说我们几个大活人是亡魂？还真把自己这里当成阴曹地府了？"

杜志发说："老赵，赶紧跟他们说说，就说我们不是鬼魂，我们是活人呀！"赵金生说："别他妈喊我老赵。你自己难道没嘴，要我喊？"过了会儿，他扯起脖子喊起来："谁他娘的是管事的？放了我们，我们是地上的活人！我们不是死人，不是鬼魂。放了我们。"

这几句话如果是在地上喊出来，被人听到，肯定会被认为是疯子和废话，谁没事会把活人当鬼魂，这还用得着你自己去强调吗？我猜没人会蠢到指着大活人说——这几个是阎王爷新收的鬼魂！当时我在一旁听赵金生喊着这些话，只觉得蛋疼无比，蛋疼到肝儿颤，简直是天下第一号不可思议的蠢事，另一方面却也真的心惊胆战，因为如果置身那个被鬼卒包围的山谷，你就会感受到，他们真的相信这里就是阴曹地府，他们是替阎王干活的鬼卒。他们是鬼卒，而我们是亡魂，并对此充满了一种狂热的偏执，似乎这群人就是靠着这么一种信念，才能在地底活到今天。

这种疯狂、偏执的情绪，是我们六个人都能明确感受到的。

赵金生喊了许久，但是周围没有一个鬼卒搭理我们，他们只是用一双双血窟窿似的眼睛，盯着你、打量着你，同时露出一种期待已久的渴望，就像是屠夫正一边磨刀霍霍，一边迫不及待地望向猪羊，让人不寒而栗。

过了一会儿，我和其余几人也开始喊了起来："我们不是鬼魂，我们是活人！"

不过毫无作用，我的四肢躯干已经被绑得由痛转麻，再由麻变凉，最后几乎没有感觉。这时，人群中间分开一条道儿，整个山谷也瞬间安静了下来。

十个衣着服饰明显不同的鬼卒，通过人群中让出来的道，走到我们正对面，坐到已经摆好的几张椅子上，那感觉就跟他们十个是部落酋长似的。看到这里，我突然想明白了一点——十狱阎殿，其实应该就是在这个地底世界中，围绕沃焦石的环形陆地上，分散的十个部落，每个部落的首领被称为阎王，而其余人则自认为是鬼卒。这些人因为某种原因，偏执地相信自己所在的这片地方就是阴曹地府，并且确实是按照传说中地狱的布局，重新建造。而我们这些被他们抓到的活人，或者那些沉船上的死尸等，在他们眼中，就是十殿阎王的上司——东岳大帝，替他们收进来的亡魂，而鬼卒和阎王殿，自然就是收拾管理亡魂的。

至于这些人，到底是什么原因导致他们拥有如此怪异的信念和自我认识？为什么他们会喊着地狱重开？为什么他们能知道我们地表世界传说中阴曹地府的布局？他们为什么竟然说着跟我们一样的语言？

还都是谜团。

想到这里，我再次冲着他们几个说：“你们弄错了，我们不是什么亡魂，我们同你们一样，都是人，大活人！你们别再装神弄鬼了！”

这次令我们出乎意料的是，当中一名部落酋长（按照我当时的估计，应该是十个阎王中的一个），竟然咧了咧他恐怖扭曲的嘴角，答话道：“到阴间的人，有几个是明白自己已经死了的？因为他还记得前世所有的事情，他还能看到周围的一切，他还能行走，他还能说话，所以没有一个死了的人会认为自己已经死了。就好像喝醉酒的人，不会承认自己醉了；更像是已经疯了的人，永远不会知道自己疯了！”

另一个阎王手里捧着一杯血红的酒，说：“你们不相信自己现在已经是鬼，那你们相信我们是鬼吗？”

赵金生说：“鬼才信你们！”

那人哈哈笑了起来，说：“看来阎王殿重开的预言，就快要成真了。你们就是第一批进来的亡魂！当然了，我们也是亡魂，但我们是鬼卒，是阎王，是专门管你们的。”

杜志发不可思议地听着这些话，然后扭头小声对郭美琪说：“Maggie姐，我们不会现在真的是已经死了吧？当时从黄泉峡谷下来时，我们可都是昏过去了的。而且我还被龙王鲸咬到了的，之前我没细想过，现在听他们这么一说，回想起来，说不定咱们现在真是鬼魂。”

郭美琪说：“你是被龙王鲸咬了，但梁丕、简清明他们可是乘微型潜艇下来的。难道他们也是鬼魂？怎么可能？”

我喊道：“你们不是鬼！你们是疯子，真正的疯子，永远不知道自己正活在虚假的世界里。”

那阎王站起身，朝四周举了下手，整个山谷立刻变得鸦雀无声，只听他说：“自从东岳大帝颁令，命我等修建这十狱阎殿，至今已有六百多年。我们在这阴曹地府中，也已经等待了六百多年。今天，这几个亡魂就是征兆，不久，圣帝将至，阎殿重开！”

鬼卒们欢呼起来，纷纷不停高喊：“圣帝将至，阎殿重开！圣帝将至，阎殿重开！”

我们六人不可思议地环顾着眼前这群疯子，等到欢呼声平息之后，我急中生智，试探着说了一句，却是以十分坚定的口吻：“我们就是东岳大帝派来的，你们抓错人了！”

对面几人听了，互相看了看，那神色有些诧异，但同时也分明带着怀疑。不过，为首的一个阎王，走近几步，指着我说：“你倒说说，东岳大帝派你们来做什么？”

我朝郭美琪等几人看了一眼，他们都吃惊地盯着我，不知我想干什么，其实我自己都不晓得该说什么。情急之下只得一咬牙，说：“为了这里的龙！”

那十个阎王这回更是面面相觑，似乎比刚才更为惊讶了一些，见他们这副表情，我知道误打误撞之下，龙这个方向想必是对的。

大阎王斜眼朝我们看着，满腹狐疑，说：“龙？难道是为了东岳大帝的坐骑黑龙而来？”

杜志发也听出来有戏，没等我说话，连忙抢着说：“是啊，是啊，就是黑龙。东岳大帝让我们来向那黑龙，拿一颗珠子回去。”

“真的吗？”那首领低声问道。

杜志发眼珠子骨碌碌一转，咽着唾沫说：“真的，真的。”

那人大喝一声，说：“到了阎王殿，还不老实。东岳大帝服青袍，戴苍碧七称之冠，佩通阳太明之印，乘青龙！你们听清了，是青龙！刚才我故意骗你们说是黑龙，没想到你们自己就入了套，哼，真是不知好歹。”

先前手里捧着酒杯的阎王，说：“圣帝所乘青龙，便在我第十殿山后的奈河深渊之中，凭你们几个，恐怕刚上奈河桥，就会被青龙给吞了。”

为首的阎王喊道：“来人哪，按照规矩，第三殿抓的人便交由第三殿处置——处挖眼、刮骨之刑！带到殿里去，行刑！”

不由我们分说，旁边早冲上来几人，将我们解开绳索之后，朝面前那座阴森鬼雄的阎王殿押去。

顺着台阶而上，进入大殿，一把黑色王座，高高置于正中台阶上。殿内各种行刑工具，一溜排开，我们几人吓得胆战心惊，谁要说看到这些不怕，那是睁眼说瞎话，我当时心脏狂跳地像是要从嘴里出来。竟然就这么死了，实在是做梦都没想到，无冤无仇地死在一群疯子、变态手中。

杜志发被第一个拉上去，一名鬼卒用尖刀唰地划开他的衣服，露出他精瘦的上半身，那场景像是古代的凌迟，只不过他们这是刮骨，也就是用刀划破皮肉，露出骨头。阿发整个人完全被吓傻了，连动弹都动弹不了，胯下滴答滴答，尿了一地。

不过我们下面的五个人见状，没有一个笑得出来。

三阎王坐在王座上，喊了一声："行刑！"

那力士便握刀走向前去，眼看白光一闪，就要进去，杜志发伸着脖子死命号叫起来。这时，忽然从外面传来一声巨响，几秒钟后跟着又是几声，整个大殿跟着晃动起来，幅度相当剧烈，如同地震，我们几个也被震得东倒西歪。殿外跑进一人，慌张报告道："阎王，油池炸了。"话音刚落，又是一阵巨大的晃动，似乎连这座宫殿也要震塌一般。

三阎王站起身，对旁边几名鬼卒说："你们跟着过去看看。"最后只剩他自己和负责行刑的一人留在殿中。就在这时，大殿忽然响起枪声，准备对杜志动刀子的那人，捂着胸口，瘫倒在地。

阎王吃惊地指着从外面闪进来的一人，吼道："你是什么人？"

那人说："钟馗。"

"钟馗是什么人？"

"捉你的。"那人说完，抬手就是一枪，三阎王应声扑倒。那人走到我们面前，众人一看，竟然是梁丕！

杜志发此时还没缓过神，瞪着死鱼一样的眼睛，低头看了看自己，吓得整个面部肌肉都扭曲了，几遍看下来，发现自己还没被刀子插进去。

赵金生激动道："老梁？！你……你……"

我的天，真是梁丕。他跳崖之后不但没死，而且竟然到了海这边的陆地，并且溜到殿里来，此时救了我们，这简直没法解释得通！而瞬间我脑海中冒出个念头，刚才鬼卒们口中说的什么油池炸了，一定也是梁丕做的。

梁大红一手持刀，快速将我们几人手上的绳子割断，一边说："闲话少说。"然后卸下身上背的一个黑色长背包，扔到地上，拉开拉链，里面全是长短枪，"每人拿好枪弹，跟我冲出去。"

一行七人溜了出去，来到殿外居高临下一看，外面像被捣了的马蜂窝，乱作一团。阎王殿所在这座山的西北角，此时仍旧不断发出巨响，由里向外喷出火焰，活像是被炸掉的军火库。而我们的脚下，也一直在间歇性地晃动。

由于大部分鬼卒都在救火，所以梁丕领着我们从人少的一边下去，路上偶尔遇到几个，都被轻松解决。我们溜下山脚而后向北，来到山背面，接着又翻上一个山头。直到此时，七人才站在山顶喘了口气。

眼前那座小山，原本只是西北角爆炸，此时忽然蔓延，火焰从各个洞穴中往外蹿去，再接着是数声震天的超级巨响，整座山的顶部全部塌陷，立在山顶的巨大宏伟的阎王殿轰然倒塌。我们几个虽然此时已经离远，但还是被那爆炸的威力震得心惊肉跳。

我问："老梁，这是你弄的？"

"是啊，除了我还能有谁？"

赵金生问："我听那人报告说，是油池炸了。这里还有什么油池？"

梁丕带着我们继续走，却答非所问，说："知道我怎么过海的吗？"

我们都摇摇头，他说："我开潜艇过来的，只差那么一点点就要被火山喷到。"这时我想了起来，鬼卒的船开了不知多久后，确实我们看到了沃焦岛周围的海底火山再次喷发。

郭美琪奇怪地问："你不是说潜艇没油了吗？"

"是啊，我跳崖之后，嘿嘿，没死。然后就琢磨，这帮鬼卒到底去那湖里做什么？然后就一个人，重新回到了那片怪湖，此时你们已经被抓走了，船也开走了。但是令人吃惊的事情发生了，那湖水的温度开始升高，我们去的时候，还只是温暖，而等我再回到那里时，却已经开始翻滚。而原本翠绿色的湖水，此时开始上下分层，上半部全变为了透明的油黄色，只有下面还是绿色。看到这儿，我突然就明白了为什么那些鬼卒要来向湖里面倒微藻。"

赵金生说："我还是没懂。"

"微藻柴油听说过没？"

我说："生物柴油倒是听说过，微藻柴油？不知道。"

"微藻柴油是生物柴油的一种，先前杜志发问我们为什么要带火焰喷射器时，我怎么说的？"

我们朝杜志发望去，他摇了摇头，说："我忘了。"

“我当时说，是杀龙用的，并且还说我早就推测到这里的物种，普遍体内含油量较高。比方黄泉水下的那些发光绿藻，你们如果用显微镜观察，就会知道，那些微藻简直就是油葫芦，含油量比油菜籽高十几倍。再比如那些远古巨型蜈蚣虫，用火焰喷射器杀起来很快，一个烧一个，跟火烧连营似的。所以我猜如果有龙，肯定也是这样。”

他这一讲，我恍然大悟，说：“你的意思是，那些微藻的含油量特别高，可以炼油？”

梁大红一耸肩，说：“这个不是我的发明，现在国际上微藻炼油早已经不是什么秘密。那片怪湖，底部肯定是与火山地热相关，就是个天然的炼油发生器，鬼卒们往里投放微藻以及一些催化物，经过一阵子反应，就可以自然提炼出微藻柴油。”

郭美琪说：“你就是用那种柴油，发动潜艇过来的？”

“是啊，这油质量好得很，燃烧充分、抗爆性强、闪点高、润滑性还好，简直超高品质。不光是我，这里的鬼卒也都是用那个油，他们掌握了火山规律，每次火山喷发之前过去加藻，平时再过去取油运回陆地，储存起来。所以刚才我烧掉的，就是他们存放微藻柴油的油池。”

赵金生问：“你是怎么知道油池在哪里的？”

“咳，有枪还对付不了这帮人？他们停在港湾的船上留了几个人，我抓了两个，一个带路去阎殿，还有一个绑在潜艇里。”梁丕停下步子，回头看着我们，“不过这帮鬼卒还是很聪明，他们将油池建在西北山脚的地下，并且用那些沉船上的油罐一桶桶装好。不过他们却犯了一个致命错误，在取回微藻柴油的同时，他们还在火山口大批量取回硫黄块，硫黄不但堆积在油池附近，而且每个洞穴里都有，他们似乎将硫黄块全部粉碎成硫黄粉，做药用，大概这里的环境让他们极易滋生某种病痛，需要硫黄粉的治疗。又或者他们有食用生硫黄的习惯。微藻柴油库的燃烧，引发了硫黄粉尘爆炸，最后所有洞穴都几乎被爆了。”

杜志发惊讶道：“硫黄还能吃？”

“当然能吃，食用生硫黄不但可以治病，还能够增加饮食、强壮身体，有利于肌肉的增长。所以那些鬼卒，虽然跟我们一样是亚洲人，但块头肌肉比黑人还要健壮。”

这时，我们已来到海边，远远看见一艘约十几米长、鲨鱼皮颜色的潜艇，半露在水面上。我说："老梁，这看起来可不像什么微型潜艇啊！酷得很嘛。"

梁丕说："双排十座，但微型肯定算微型啦，简清明特意从荷兰定做的。其实最牛 × 的还不是这艘潜艇，而是他们的母船——龙牙号。"

杜志发问："母船？什么叫母船？"

郭美琪说："就是潜艇可以放在母船的底部船舱，通过母船运到目标水域，然后开舱，潜艇直接从水下驶出。我说得对吗？"

梁丕点点头，说："完全正确。简清明的这两艘微型潜艇，都是通过母船龙牙号开到泰兴江面，然后通过挖掘开的隧道，进入黄泉的。"

我说："简清明这么大能耐？"

梁丕看了看四周，说："他能耐大了去了，不但有钱有人，还有胆。在长江下面挖通黄泉时，直接自己凿沉了两艘船，然后以捞船掩人耳目开挖的。"

第27章　奈河龙穴

我摇摇头，叹了口气，说：“为了一颗异珠，他就敢花这么大代价？不要说不把别人的命当命，连他自己的命我看都豁出去了。”

梁丕笑了笑，说：“杨宣，你还年轻。这个世界上，成功总是与代价成正比的。你看一个人在电视上风风光光接受采访，但谁又知道，他付出了多少呢？可能他付出的十分之一，都是一般人所无法忍受的。”

杜志发说：“哎，我说老梁，你怎么替简清明说起话来了？他可是把你扔到岛上的，他还杀了杨宣的爷爷，你的老师。”

“这个仇，杨宣不报，我也会报。但我刚才只不过是就事论事而已。”

郭美琪说：“只是我很奇怪，这些鬼卒如果一直是生活在地底，又怎么会说跟我们一样的语言？”

梁丕回头朝潜艇看了看，歪了一下脑袋，说：“这个你们可以去问问被我抓的那个人，不过我已经弄清楚了，世界上的一切都是有联系的。”

赵金生说：“什么意思？”

“他们这些鬼卒，全是当年张士诚的后代。”

“什么？张士诚？就是被常遇春和徐达，逼进黄泉洞里的那两万人马？”我惊讶地问。

“没错，就是这样。”梁丕对着仅剩的两个手下，说：“你们去潜艇上拿点儿吃的下来。”然后面向我们，“我们得先填饱肚子，之后再去找简清明算账。”微微晃了晃头，“如果他们还在这里的话。”

郭美琪问：“怪不得最后民间传说那两万人马凭空消失了，原来到了这里。只不过，他们……他们是怎么知道过来的呢？”

梁丕说：“我猜，他们并不知道，但他们被逼得走投无路。出黄泉洞必死无疑，朱元璋的大军早把洞口外面围得水泄不通，但退又无路可退。所以，他们做出了与我一样的选择，不愿将命运交到别人手里。”

我想了想，说：“他们全都投河了？”

“是的，你们还记得洞里最深处的那个天然石桥吗？高高地架在潭水之上？”

郭美琪说：“记得，我们后来就是从那石桥下面潜进黄泉的，想来那里离黄泉峡谷的谷口很近。”

梁丕说：“是了，我的脑海中反复闪现出一幕，那两万人马，一队队站到石桥之上，投入黄泉，在他们看来，落到朱元璋手里，还不如自己结束生命。决定自己如何死，大概是人最无奈的权利吧。”

“但他们没有想到的是，冥冥之中自有天意，一部分人却被黄泉表面以下的水流，卷进了峡谷，然后冲到了这里？”我不由自主地推测道。

梁丕点点头，说：“也许吧，但说不定还有另外一种可能，张士诚的军中有高人，发现了黄泉水底的古怪，毕竟那么多人困在洞里，总会拼尽全力寻找每一个可能出去的地方。另外，也许他们在退守黄泉洞之前，就已经知道水底的秘密。所以最后才能变戏法般消失。”

赵金生问：“这些东西你是怎么知道的？那个被你俘虏的鬼卒说的？”

“不是，他们自己都不知道自己的来历。”说着，梁丕从怀里掏出一个物事，递给我们，“这是我跳崖之后，出来时从水底无意中摸到的。”

这是一枚古钱，上面写着“天佑通宝”四个字，背面则铭刻着“一”字。梁丕说：“这天佑通宝是张士诚时期铸造的钱币，却出现在十狱阎殿。再结合当地关于黄泉洞张士诚那消失的两万人马的传说，所以我做了这么个推断。”

那两人此时从艇里取了食物和淡水出来，都是这些日子我们在营地准备好的。我问：“这些东西都是你从营地里搬进潜艇的？”

“是啊，我回去了一趟，发现营地里的东西，他们几乎都没动，就只想抓人。”

郭美琪不解地问：“这些人为什么那么固执地认为自己是阎王和鬼卒呢？而自己的祖先是从地表下来的，祖先是张士诚的人马，这些重要的东西却反而都没传下来？”

梁丕扦起一块肉，在火上烤了起来，说：“你认为对这些人而言，祖先是谁很重要吗？你错了，在这里，最重要的不是祖先是谁，而是怎么才能活下去。手无寸铁的这么一群可怜人，在史前的环境中，要活下来，这可太困难了，并且最可怕的一件事是什么，你们知道吗？”他朝我们几个看了看，接着说：“最可怕的是人失去希望，失去信仰。你们想一想，如果你们不是为了追简清明而来，而是无意中到了这么一个地方，长久下来，会不会崩溃？面对恶劣的几近原始的环境，会不会失去希望？”

我悟出了什么，说：“你是说，他们的祖先，编造出了鬼卒、阎王，还有诸如重建十狱阎殿、阎殿重开等一系列的谎言，来给他们的后人以希望和信仰，好在这里顽强地生活下去？”

“我猜很有可能，说不定到最后，连他们祖先自己都相信自己的话了。不是有句笑话吗？骗人的最高境界，就是连自己都被自己骗了。何况，他们确实在精神上需要这样的一个东西。反倒是记住自己的祖先是谁，对他们在这里生存，没有任何好处。”说到这里他站起身，朝沃焦岛的方向看去，“我猜，在那些人最初到达十狱阎殿这里时，沃焦岛上应该全是史前动物，包括这里也是，杨宣遇到过龙王鲸、鸟蛇怪、史前蜈蚣虫，但是他们遇到的更多。我现在明白了，之所以沃焦岛上没有史前动物的化石，只有白骨，是因为那些动物都是被这些人猎杀的。”长长叹了口气，“人要活着，有时真的很艰难哪。”用一种很奇特的眼神看着我，“能好好活着，就是种幸福，真的。”

大家就在海边吃完，因为就紧挨着潜水艇，所以也不十分担心再遇到那些鬼卒。之后，大家上了潜艇，梁丕几乎没有下潜，而是以半水中半水面的方式行进，在那个鬼卒俘虏的指引下，朝正东方的第十殿方向驶去。

如果说整个陆地的色彩是暗黑色的话，第十殿所在位置则成了旧黄色，而且第十殿并不在那块环形陆地上，与传说中“沃焦石外，正东方”的描述几乎一致，唯有“面对五浊世界”的表述，暂时尚未观察到，而梁丕猜测，所谓的面对五浊世界，就是指第十殿的龙穴，连通地表世界。我对于整个十狱阎殿与民间关于阴曹地府的传说的高度吻合，一直很费解，虽然十个地狱的分布是鬼卒的人工选址，但沃焦岛呢？孽镜台呢？包括单独位于东方的第十殿，以及一条在此汇入地下大海的内河——奈河。甚至连奈河中的青龙，也与掌管十殿阎王的东岳大帝的坐骑相吻合。有时让人分不清到底是鬼卒按照传说重建了此处，还是因为此处的情景，被人流传到了地表世界，衍生了传说。

潜艇从大海直接驶入奈河，我想象中的奈河大约应该只是像条运河一般，可眼前的奈河，却如同钱塘江水，浩浩荡荡。过了很久，潜艇暂时上浮，远远看到前方的河面出现一座石桥，我清楚地从望远镜中看到，桥身中间刻着三个字“奈河桥”。

杜志发开玩笑说：“还差一个孟婆，在桥边摆个摊子卖汤，那就绝了。”

郭美琪说：“不是说过了奈河桥，喝了孟婆汤，鬼魂便可出了阴曹地府，重新投胎做人了吗？”

梁丕说：“那也得你活着时有功德，做好事善事，才有资格过这个奈河桥，重新做人，否则留在地狱里就出不来了。能做人不容易啊，咱们还是该珍惜。”

杜志发说：“哎哟，我的梁教授还悟出人生道理了。有本事你在第三殿那里别放火啊。”

“你个臭小子，我救了你们，你还挤对我。你以为我想那样？这不是被逼的。止恶就是扬善，我那是救人！”

杜志发哈哈笑了起来，说：“别紧张嘛，开个玩笑，看来你还真相信这套。都说救人一命胜造七级浮屠，虽然我不懂浮屠是什么，但我们这六个人被你救下来，你这就造了四十二级浮屠了。回去之后，可得请我们撮一顿。”赵金生笑得险些岔气，说：“你这话怎么听着有点儿不对劲儿啊，说着说着，这理儿就歪了，但还歪得挺自然。”

这时，那鬼卒说：“到了这里，就没有鬼卒敢再往前进一步了。因为奈河桥东面，是龙之禁地。”梁丕暂时没有答话，探出身子朝四周看了片刻后，说：“你可以走了。”那鬼卒似乎有点儿不敢相信，结结巴巴地说：“我，让我走？”“你如果不想走也可以，把你拿过去喂龙，去吗？”梁丕呵呵笑了起来，用刀割断鬼卒手上的绳子。

那人吓得连滚带爬，翻出潜艇跳进水里，没命地朝奈河西岸游去，不一会儿上了岸，消失在山岩中。

杜志发说：“就这么放他走了？”

梁丕问：“那你还想怎么办？他跟我们无冤无仇，免费带了路到这里。再留下不但没用，还是个累赘。”

我看着外面一片平静，不无担忧地问：“老梁，简清明他们会不会已经把龙打掉了？走人了？”

梁丕看了看手表上的日期，说：“应该不会，这条青龙居于奈河深渊中，要屠龙，必将其引出。否则在水里，恐怕即便出动核潜艇，要拿下它也不容易。但你得知道，龙是轻易不会出水的，不是随随便便用些牛羊栓到河边，它就会出来。吃牛羊动物的顶多是蛟，而龙是不吃食物的。”

郭美琪说：“确实如此，龙靠吸收能量生存。”

“是的，龙靠自然界的能量生存，这也是真龙为何要守护异珠的原因。”

我说：“异珠是自然能量的凝结？”

梁丕说：“嗯，异珠不但是自然能量的凝结，还是整个自然能量传输网的关键节点。这个是龙研究领域专家们的共识。所以你爷爷的思路才会确定为，通过古贝类，来追踪龙的分布。杨教授表面上宣称是研究史前古贝类在中国的分布，其实潜台词就是——龙在中国的分布。”

杜志发说：“既然龙很难被引出水，那简清明他们要怎么屠龙？”

“正是因为这个难题，所以我说南珠世家这帮人，现在一定还在奈河桥东面。”梁丕指着那个鬼卒，“也就是他刚才说的龙之禁地。因为，他们得等龙出水。”

赵金生奇道：“等龙出水？你的意思是，龙很难被引出来，但是会自己主动出水？”梁丕说：“嗯，没错。你们听说过‘二月二，龙抬头’这句话吗？”

郭美琪说：“二月二，龙抬头，不是中国民间传统的青龙节吗？这跟龙出水有什么关系？”

梁丕嘴角带着笑容，说：“我越研究就越发现，民间不管传说也好，还是风俗习惯也好，往往背后都有文章，只不过流传到今天，只剩下表面的文字或者庆祝形式，背后的最初起源却往往被遗忘。就比如这个‘二月二，龙抬头’，其实龙真的会在二月二出水。”

我们猛一听之下，都有些错愕。赵金生说：“就算二月二龙会出水，但现在早过二月了，农历都快到八月了。”

梁丕说：“一年之中，在没有外部干扰的情况下，龙会出水两次，第一次就是二月二，但除此之外，还有一次。知道吗？”

我们都摇摇头，表示不知。

梁丕扫视了我们一眼，片刻后扑哧笑了起来，说：“拜托你们对民俗能不能稍微有点儿研究，‘二月二，龙抬头’都已经告诉你们了，还有一个日子，你们竟然不知道？”

梁丕一屁股坐到驾驶座上，叹了口气，说：“咳，也难怪，你们当初连看到孽镜台三个字都猜不到这里的分布与阴曹地府传说的联系。现在猜不到下一个龙出水的日子，也在情理之中。”他转过身来，稍微顿了片刻后说：“八月二，龙收尾。”

我们惊讶地重复道：“八月二，龙收尾？”

“是啊，一个抬头，一个收尾。龙一年之中，就只有这两天会出水。所以二月二虽然过了，但明天就是八月二，简清明他们算好了日子，提前下来，就是在等这一天。”

杜志发说：“难道除了这两天，龙死都不会出来？”

“你听清楚，我刚才说的是，如果没有外部干扰，那么就只有这两天。但它如果自己心情不好，或者有别的特殊情况，那龙要出来，谁也拦不住。为什么人会说——神龙见首不见尾？那意思就是，要想让龙出水现世，是很困难的。龙就像是一位隐世修炼的高人，没有特殊情况，不会出现。而且龙是真隐士，可不是那些故意躲在终南山中，其实是为了博出名，让人请他们出山的假隐士。”

赵金生有些不信，带着怀疑的口吻说：“龙是隐士？”

“龙是真隐士，龙的一生都在修炼。无角的螭龙为最基本种类，螭龙修炼而成独角的蛟龙；独角的蛟龙再修炼而为双角的虬龙。螭龙和蛟龙都不算真正的龙，只有从虬龙开始才算步入真正的龙的行列。虬龙继续修炼，长出翅膀后就成为应龙；应龙再往上，双翅消失后，才成龙王！由螭化蛟很容易，但由蛟化虬，就是一个很重要的坎了，大部分蛟都是卡在这个阶段，过不去。”

我问：“那这些各种级别的龙，到底是以什么来区分的呢？我不是说形态上，我的意思是，是什么内在的原因，会导致它们的这种……这种变化？”

梁丕诡秘地笑着说：“一切都与能量有关。螭龙的能量级别最低，在异珠构成的能量体系网中处于最低级别，随着在这个网中，不断吸收自然能量，到达一定级别，就会长出一只角，化为蛟龙。蛟龙的自身能量继续升高，到达一定级别后，就会再生出一角，变为双角，成为虬龙，就此步入真龙的行列。从真龙开始，就不依赖自然界的食物了，而是单纯凭借吸收自然能量生存。如此这般，继续往上，直至成为龙王！所以，一切都与能量有关。”

郭美琪问：“那奈河深渊中的这条青龙，应该属于什么级别？”梁大红努了努嘴，说：“我不知道，但按照鬼雨法螺，也就是鬼雨珠在异珠能量网中的位置，肯定是由真龙护卫的，由此推断的话，那么就是虬龙、应龙、龙王，三者中的一种。我们就取中间的吧——应龙。”

杜志发眼睛都听直了，说：“应龙？我×，带翅膀的？”

我说：“现在想来，黄泉峡谷里的龙王鲸，还真的只是龙的看门狗。”

郭美琪叹服道：“这个十狱阎殿的地理环境，真是精巧无比。入口是黄泉峡谷，是往下的，你可以进来，但没法从那里出去，然后这个入口里是看门狗——龙王鲸。现在咱们到了第十殿，如果老梁的推断没错的话，龙穴中可以通向地表世界，也就是十狱阎殿的出口，而出口中，又是最厉害的真龙镇守着异珠。”她转头看向我，“有时候人们叹服大自然的鬼斧神工，真的，这一切实在没法让人不佩服。”

梁丕点上一根他的自制十狱阎殿牌雪茄，说：“大自然是最为精密的系统，远胜过一切人工制造，我们觉得电脑已经十分精密，但与自然界这个系统相比，什么都不是。不要说我们人的大脑，就算是狗脑子，你有本事用电脑来模拟一个试试，不可能的。”

杜志发说：“那我们现在怎么办？”

赵金生紧跟着说：“那还用问，等明天简清明他们杀龙的时候，趁其不备，抓起来啊。”

杜志发急了，说：“喂，赵金生，你是我喊来的，我喊你来是捞鬼雨法螺的，抓什么人哪。老梁，你说呢？”

梁丕思考了一会儿，说：“我有个两全之策。咱们也用不着去抓简清明，我们可以拿简清明当枪使，他带着手下一帮人屠龙的时候，咱们就到龙穴里把鬼雨异珠采走，然后直接拍屁股走人，留他们在这里跟龙火并。最好的结果是，龙也死了，简清明也死了，咱们带着珠子走了。哈哈！你们说这个办法如何？”

杜志发两眼冒出精光，喊道：“好办法，太妙了。我说老梁，你简直他妈的就是人才啊！当年研究所把你课题毙了开除出去，真是亏大了。”

“我不是被开除的好吧？我是自己辞职的。”梁丕看向我，问：“你们说呢？”

我说：“这方法好是好，可我总觉得哪里有些不妥。对了，咱们还不知道龙穴在哪里呢。”

“这个不用担心。”梁丕打开一个开关，操作台上的一个类似声呐的面板上便显示出地形情况，似乎是在不断向外扫描，“这个是全地形探测器，咱们只要顺着奈河走，就会发现水底的裂缝、峡谷、洞穴等。”

赵金生问：“可这不会找错吗？”

“龙穴可不是蛇洞，很大的，而且也不是狡兔三窟。只会有一个入口，如果这都能找错，我也别混了。”

梁丕又问郭美琪：“你说呢？”

Maggie望向我，说：“我听杨宣的，不过最好能够看到鬼雨珠，毕竟奇贝异螺和异珠，是我到中国来跟着麦教授学习的原因。”

赵金生抱着双臂，靠在椅背上，说：“反正我不同意直接溜走，那也太丢人了。”然后冲着我说：“杨宣，简清明可是谋害了你爷爷的人，你能就这么走了？你跟杜志发可不一样，他小子就是冲钱来的，你可是报仇来的。不把简清明抓回去，你对得起你爷爷吗？”

这下可真是让我进退维谷了，我说：“我当然想抓简清明，可关键是，我即使抓了他，把他送到警察局，但咱们也没证据啊。”

赵金生大手一摆，说：“哎，这话你可错了。正义有时会迟到，但迟早会到。坏人不是不报，只是时候未到。咱们把简清明抓住，谁说没证据了？江底通往黄泉的口子，是他偷偷挖的吧？这两艘潜艇是他的吧？龙牙号是他的吧？这些事儿，一个都跑不掉，送到公安局，这些问题一五一十他都得交代清楚，一交代，那你爷爷的事情还跑得了吗？”

杜志发刚准备插嘴，赵金生手又是一摆，说：“你先别插话，等我说完。”然后扭头对着我，继续说：“但是，咱们如果把他们扔在这里，虽然他们只是没了异珠，鬼雨珠被我们抢走了，对吧？可万一他们屠了龙呢？他最后不还是能从这里离开吗？充其量只是叫他损失了点儿钱罢了。但他们却没有受到法律的制裁，这不等于是让坏人逍遥法外吗？你爷爷的一条命，难道只是让他赔点儿钱就算完？”

一大通说完后，赵金生对杜志发说：“你有什么话，讲吧。”

杜志发头一缩，道：“是，你们都是正义者，就我一个人爱财，行了吧？现在的问题不是抓不抓简清明，而是需不需要。如果有龙收拾他，他自己送上龙的门口找死，那我们再去，不但多此一举，反而说不定连累自身。兄弟，那可是龙啊，不像打只野鸡那么简单，能从龙穴里采到鬼雨异珠，然后逃走，保条小命，已经很不简单了。还跟着简清明掺和。他是个疯子，不要命的疯子，你们没听老梁说过吗？要比狠，咱们比不过他的。”

一大通话说完，杜志发冲着我，问：“宣哥，你自己到底什么想法？”我左思右想、举棋不定，最后做了人生中最艰难的决定之一，缓缓说：“我同意赵金生的意见。”

这句话一说，舱里安静了下来。好半天之后，杜志发站了起来，叉着腰，说：“好，我承认我他妈是个王八蛋，不够兄弟，只想着钱。但我不像你们个个是少爷公主，衣食无忧，就知道冲动乱来。现在我把话挑明了，杀龙，我是绝对不会跟着去的，有这么好的机会，让简清明当活靶子将龙引开，我要是不直接去巢穴里采珠，那他妈是傻子！你们三个是圣人，好，那我和老梁走，这珠子，我采定了。”

郭美琪说：“难道先抓简清明，然后再采珠，不行吗？”

杜志发说：“你能保证杀得了龙吗？要是杀不了龙，那么趁简清明引开龙时，就是采珠唯一的机会！”

梁丕盯着我们几个，不动声色地加了一句：“如果杀不了龙，那么趁简清明引开龙时，也是我们唯一逃出生天的机会。否则，就永远别想回到地表世界了。”

第28章　意外

艇舱里陷入可怕的寂静，许久后，我对郭美琪说：“你跟着他们走吧，我和赵金生留下。”

郭美琪问：“那你们回不去怎么办？”

我朝赵金生笑笑，说：“抓不住简清明，我就算带着鬼雨珠活着回去也没有意义；抓住简清明，那他们不还有一艘潜艇吗？到时候咱们大摇大摆回去。”

赵金生很义气地说：“不是我不爱钱，老子就他妈是为了钱来的。但君子爱财、取之有道，你说为了钱，眼睁睁看着坏人不管，那这钱我宁可不要。”

杜志发骂道：“你他妈就是个神经病。你不跟着我也好，老子采了珠子，正好归我和老梁，你别想分一个子儿。”

赵金生砰的一拳打了过来，正中杜志发嘴角。跟着整个人就冲了上来，攥起铁拳便朝杜志发的脸上往死里招呼。我连忙拉住他，说：“嘿，嘿，别激动。”赵金生气得直喘气，指着说：“这种小人，你还拿他当兄弟，还护着他？”

“他爱说什么就让他说好了，道不同不相为谋，反正从开始，他就一直说的是为采珠而来。至少比那些满嘴仁义道德、一肚子男盗女娼的伪君子好多了。”

赵金生啐了一口，说：“是啊，真小人嘛。”

杜志发爬了起来，抹抹嘴角的血迹，突然就从腰里掏出把手枪，顶着赵金生的太阳穴，说：“我他妈小人，是啊，我他妈就是小人！怎么样？”看样子，确实是被赵金生打急了。

杜志发继续吼道：“你给老子滚下去，给老子滚！”

这时郭美琪准备偷偷摸手枪，杜志发立马又用枪指着郭美琪，说：“别动，别逼我开枪。杨宣、赵金生，你们两个不是要抓简清明吗？好啊，你们现在就下去。”

我一时气得气血翻滚、牙关颤抖，上前一步，直接捏住杜志发的枪，对准我的额头，说：“你他妈要真想开枪现在就开。我是要下去，但不是被人用枪逼着。”说完，一把夺过他的手枪，盛怒之下，挥出一拳，直接将他打得向后坐倒在地，然后转身开始收拾包裹。

杜志发先是呆在那里，突然间却又哭了起来，说：“宣哥，我……我不知道这是怎么了。”我心中怒气未消，看见他现在又变成那副懦夫样，立刻火冒三丈，转身死死抓住他的双肩，说：“哭什么？你说你想采珠，我说你采去好了，我从来都没有阻止过你，因为你的家境不好，你需要钱。我不能把我的事情，强加在你的头上。但你记住一点，追求自己的目标，永远没错，但如果因此失去理智，你就是魔头，你就跟简清明没有区别！你不帮我没事，人人都有私心，我还会当你是兄弟，我只会怪我自己没有照顾好你，但我唯一想告诫你的是——千万千万不要作恶。”

杜志发可能当时确实是被赵金生打得脑袋短路了，才一时做出那样的举动。就像一个孬人，被逼急了，终于爆发了一次，但其懦弱的本性又支撑不了这种行为太久，尤其是刚出头，就被更狠的人压住了一样。听我说了这番话后，他哭得更是稀里哗啦。我一边收拾东西，一边对杜志发说：“要干就干，别他妈孬。”及至和赵金生两人都拾掇完，便准备出艇。

“等等。”郭美琪走了过来，“我跟你们走。”

“Maggie，这次真的太危险了，你……”

“不要再说了，我已经决定了。要不是你，我在海边时就已经死了……不管去哪儿，我陪你。”

我见她执意如此，也只好点头同意。

梁丕探出舱外，指着远处说："你们看那里！"

顺着他手指的方向，能看到禁地的东部边缘处，耸立着一座直插云霄的山峰，与一般的独山不同，那座山非常宽大厚实，从正面看略显扁平。

郭美琪问："你是说我们该去那里？"

"我突然想明白了，其实根本不需要探测什么龙穴在哪里，因为只要找到出口的位置，那一定就是龙穴。而出口一定是通向地表的，那么必然会存在一个类似黄泉峡谷的地方。站在这里看来，应该就是高山、天柱、天壁。所以几乎毫无疑问，应该就是在那里。这条奈河，会通向那座山的山底洞穴，就是龙穴入口；而整座山，应该是空心的，里面全是水，通向地表某处江河湖海的水底。"说着，他缩回身子到驾驶座，"都先坐下，让我再送你们一程。"

梁丕驾着微型潜艇，再次潜入水下，向前通过奈河桥之后，又继续向前走了一段，最后停了下来，说："不能再往前了，简清明他们一定就在山底洞穴的附近候着。所以，暂时告别，希望能够再见！"

杜志发默不作声地呆坐在潜艇里，我、郭美琪、赵金生三人带着装备下了船，开始小心翼翼朝天柱进发。而梁丕的潜水艇则悄悄沉进了水里，消失在奈河之中。

眼看离天柱山越来越近，我们停住了步子，在一处土坡的背面休整。我爬到坡顶，在几株低矮的灌木丛中匍匐下来，掏出望远镜观察。

奈河在一旁渐渐流淌，蜿蜒着奔向天柱山，如果真的有龙穴，我想一定是在水底，就是水流尽头的山脚底部，奈河水面以下。这里的植被既不像沃焦岛上那样茂密，但也不完全是荒原，类似于丘陵地带，一眼望去，尽是山坡，但除了通天的天柱山以外，全是低矮的土包，上面长着灌木丛，偶尔有一两棵造型奇特的大树。

过了会儿，我忽然发现在左前方不远处的河面上，有艘潜艇半浮在水面，就跟梁丕的那艘一模一样。于是连忙爬下坡去，将这个消息告诉两人。

郭美琪听了，问："看到他们人了吗？"

我说："没，只有潜艇在那边，舱盖也开着，唯独没见着人。"赵金生看了下手表，说："估计时间快了，他们一定在前面某个山坡脚下准备火力呢。"

郭美琪喃喃地说：“八月二，龙收尾。也不知道这说法到底准不准。”我说：“简清明整个家族，做这行当都四五代了，这个应该错不了。”

“但他们可没屠过真龙，以前南珠世家、采珠人屠的都是由蛟刚刚化成的龙，按照梁丕的说法，那只是虬龙，而且是刚变的，能量不足。现在这条，说不定可是应龙。”

赵金生说：“万一是龙王呢？！”

我听他这么讲，赶紧止住，说：“别介，兄弟。你这嘴比较厉害，上次说鬼卒未必不会杀我们，结果，真的差点儿被当成唐僧肉放到蒸笼里给活蒸。应龙都已经够头疼了，万一又被你说中，是条龙王，那不惨了？”

三人正说话间，忽然背后响起拉枪机的咔嗒声，接着一个声音说道：“就算是龙王，那也得杀。”

我们惊得转头一看，四个人已经站在我们身后，旁边更有五六个人举着枪，半包围着走了过来。

一个五十多岁的男人，身材高大，却瘦削精干。刀劈斧凿般的脸部轮廓，虽然坚毅，但透着鹰隼般的狠毒，额头已经布满皱纹。他一席黑色突击战术服；左胸上佩戴着一枚胸章，上面是一只长脚怪蜂的图案；右侧大腿上绑着外挂式快拔枪袋，里面插了一把手枪，缓缓走到我们面前，双手背在身后，说：“虽然我不认识你们，但凭我的推测，你们应该是为杨子衿的事情追到这里的。”

他的两个手下走上前来，夺去我们的武器。这个男人打量了下我们三人，然后走到我的面前，说：“你，应该是杨子衿的孙子，对吗？”

我在迅速观察这人的同时，心里想着对策，刚看了他大腿上的手枪一眼，却听见他说：“不要想着耍花样，想抢我的手枪，根本不可能。”

他一下子猜中我的想法，我很震惊，同时也惊叹于他观察力之敏锐，不过短短几句话的工夫，我已经认识到，面前这人的实力之强，确非一般人可比。

于是我周旋道：“你是简清明？”

那人笑了一下，但他那张脸，即使笑起来，也让人微微觉得有些可怕。他说：“我是简清明，南珠王世家第四代传人，游蜂营第四任都统。”

赵金生骂道：“游蜂营，游你妈×啊，你还以为是在清朝呢！”旁边一个持枪的手下，走上前来，举手刚要砸赵金生，被简清明制止。简清明竟然毫不生气，反而笑道：“我祖南珠王，乃慈禧敕封，并特意组建游蜂营，令我祖任都统，天下水师，我祖凭珠牒，皆可调运。现在虽然并非清朝，但我重建游蜂营，又有何不可？”

我朝他的这些手下看了一圈，说：“有几个臭钱，随便雇几个人，发点儿装备，就成游蜂营了？还自任都统，特有成就感，是吧？”

Maggie附和着我说：“干脆让他自任美国总统好了。”

“我的实力，并不基于你们的认可。再过几个小时，等我杀了这条龙，采了鬼雨珠，你便会明白，游蜂营一统天下的时代，即将来临。我会成为世界上第一个靠异珠号令天下的采珠人！”说着，他稍稍凑向我的耳边，“而你，会见证这一切。”然后又直起身，继续背手踱起步子，“本来我想让你们三个能够有个好死，但既然你们这么嘴硬，那我得让你们为自己的狂妄，付出点儿，代价。”

简清明对旁边两名手下说：“摁住这个女的。” 两名黑衣人立马夹住郭美琪的胳膊，简清明走上前去，从包里掏出一支针管，里面装着红色的液体。

我大喊起来：“姓简的，你要干什么？”说着，便要往前冲，但被他的手下牢牢抓住。

简清明没有回答我，只是微微转头，用侧脸对着我奸诈地笑了一下，接着便将针头插入郭美琪的脖子，然后一口气推光里面的药水。

没等郭美琪有什么反应，简清明便说：“绑到山脚下的奈河边，另外，让她背上SADM。”

那两名黑衣人便将郭美琪朝河边拖去。我焦急地继续挣扎，但被他们一枪托砸在腹部，简清明揪住我的领子拉起我，凶性毕露道：“我要让你尝尝亲眼看着自己的女人在自己面前送死的滋味，这就是狂妄的代价。”

随后，我跟赵金生两人也被押到山脚河边的一座土坡之后，通过望远镜，恰好能看到河边的景象。而此处，已经被简清明他们布置成一个作战场，单兵携带的火焰喷射器已经被手下的人穿在身上，埋伏到隐秘处。另外肩扛式反坦克导弹等，也是应有尽有。

但我最为担心的是，郭美琪身上的那个背包状物体，即简清明口中的SADM。

时间一分一秒过去，所有人都隐秘到位，唯独剩下郭美琪一个人被绑在山脚下的河边，背后背着那个该死又异常沉重的SADM。

简清明看了下手表后，对我说：“知道那个背包里是什么吗？SADM，special atomic demolition munition，简单点儿说就是微型核弹。那个背包只有130多斤重，但威力却相当于1000吨的TNT。本来我还在想，让谁去当这个活靶子才好，你们的出现，让我解决了这个难题。”说着，呵呵呵地笑了起来，掏出一个遥控面板，“只要那条龙，先吞掉你的美人，然后我摁下这个按钮。嘭……一切全都解决了，哈哈哈……”然后他将遥控面板递到我的面前，“要不这个按钮由你来操控？”

我难以置信地看着这个疯子，说：“不要让我活着，否则我一定杀了你。”

简清明说：“如你所愿，等那个妞儿死了，屠完龙，采到珠，让你目睹我号令天下之后，我会让你死的。而且到时候，死的人就多了，岂止你一个？”

赵金生说：“你想用鬼雨珠做什么？”

“做什么？有了鬼雨珠，那便能操纵天气，无论是狂风暴雨、还是飓风闪电，都是我说了算。但在让世人因此妥协之前，你得先让他们尝尝厉害，不是吗？所以我说，可能有很多无辜的人会牺牲，这些全都是因为世界上有太多像你们这样的狂妄之徒，如果从一开始就能信服我，我也不会做出这些事情。”

“你他妈就是个疯子。”我说。

“疯子也好，神经病也好，现在谁也阻止不了我了。游蜂营将会永载史册。”赵金生看着眼前的这一切，问道：“你们是偷渡来中国的吧？”

简清明说：“我的龙牙号可有正规手续，从东海直接开进长江的，只不过谁也没想到，龙牙号的底舱里有两条微型潜艇，而潜艇里装满了这些家伙。”

赵金生哼了一声：“我劝你不要自我感觉太好，要想人不知，除非己莫为。”说着，忽然抽出原本被手铐铐得紧紧的双手，一个标准的擒拿动作，左手将简清明手中的遥控面板夺过，顺势扼住其脖子，右手则拔出他大腿上的手枪，抵着简清明的太阳穴，这两个动作流畅无比，又迅捷异常，惊得我目瞪口呆。转眼之间，形势便产生了180度的转变，简清明变为了我们手中的人质。

“你想干什么？”简清明问。

赵金生说：“你说警察想干什么？抓贼咯。”

我惊得结巴起来：“你是，警察？”

赵金生朝我笑了一下，然后对旁边的黑衣人说：“把他的手铐打开。”没什么动静，他左手紧扼简清明脖子的同时，抬起右手用枪托砸了一下简清明的额头，登时让他血流满面，“快让他们解开手铐。”

谁知简清明毫无反应，任由鲜血流下，却说：“我这辈子被人用枪指着头的次数，多得我自己都记不清。你以为靠一把枪，就能让我顺从？你根本就不了解我，你根本不知道自己面对的是什么样一个人，你怎么赢？”

赵金生估计也确实是头一次遇见这样的，真急了，照着简清明的小肚腿就是一枪，吼道：“解开手铐！”

简清明双腿颤抖着，竟然又站了起来，大口大口喘着粗气，紧咬牙关，说：“你可以杀了我，但你们自己也就死定了，周围都是我的人。他们杀了你们和龙后，会把鬼雨珠带回美国，那里还有我的儿子，南珠王家族还会继续，游蜂营会永远纵横四海。你以为你现在占据主动，错了，这个世界上，没人可以强迫我。”

这时，又有他的两名手下从后面围上来，加上我旁边的黑衣人，一共是四个游蜂营的人，举着半自动步枪，将我们围在中间。

赵金生是真没办法了，换谁都没想到遇上这么个实打实不要命的主儿。假如赵金生要是真开枪杀了他，顶多算是拉上一个垫背陪死的，然后就正如简清明所言，我们几个会被轻松解决，毫无疑问；但如果不杀简清明，那胁迫他还有什么用？此时当真是进退维谷。

就在这迟疑的一瞬间，简清明陡然右手上举，一把握住赵金生拿枪的手腕，推到头上，同时，左手肘部后击，然后右手抓着赵金生的手腕划过一个半弧，没受伤的左腿向后横扫，顺着赵金生向前摔倒的架势，左膝顶到其右后背的肩胛骨处，一个反关节，又将枪夺回。旁边几个手下见状，一拥而上，将赵金生死死压在地上。

赵金生突然开铐夺枪，亮出自己的警察身份；简清明疯子般的言语；还有这时的逆袭，状况在数息之间几经反转如同过山车一般。

这时，简清明瘸着腿，走到重新被绳子绑紧的赵金生面前，语气仍然平静：“我希望你记住一句话——靠枪，永远征服不了别人。什么时候征服了别人的心，什么时候你才是真的赢家。”

就在这时，对讲机里响起声音：“头马呼叫都统，大批人员正在通过奈河桥，身份不明。头马呼叫都统，大批人员正在通过奈河桥，身份不明，完毕。”

尽管我不明白他们说的头马是什么，但从那人报告奈河桥的情况来看，我猜应该是简清明布置在那附近的隐秘观察哨位，一号哨位。

同时我也明白了，为什么我们会莫名其妙就被简清明带着人包抄。从最开始被人抢车，到后来在黄泉洞险些被光头佬捉住，再到这次在龙之禁地被他逮个正着，桩桩件件都说明这人做事，实在是步步考虑周详，排兵布阵严丝合缝，有攻必有守，有进必有留，实在是个可怕的对手。

简清明神情诧异地拿起对讲机，说：“大批人员？是些什么人？”

“人数众多，体形彪悍，但没有枪支，目测约有一千上下，携带刀剑、弓弩。完毕。”

可以看出简清明急了，拖着瘸腿踱着步子，嘴里说：“这到底是些什么鬼？”

简清明这伙人，从黄泉峡谷下来之后，便通过家传的望气术，直接开着潜艇，来到了最东面的龙之禁地。而之所以叫禁地，是因为鬼卒们知道这里是龙出没的地方，所以根本不敢进来。也就说，游蜂营这帮人，从进十狱阎殿起到现在，就根本不知道鬼卒的存在。这就是为什么简清明在听到潜伏哨报告情况后，百思不得其解的原因。

而我和赵金生，两人对视一眼，便都明白，这一定是从最靠近这里的第十殿过来的鬼卒。龙之禁地是单独的一片陆地，或者叫岛屿，与第十殿之间被一条奈河隔开，之间靠着一座奈河桥相连。

一般情况下，鬼卒肯定不会通过奈河桥，进入龙之禁地，但为什么这个时候，竟然会有一千多号人，持着他们的兵器，过桥向东，来到这里。我一时间，倒也没能想明白。

一个手下问：“都统，现在怎么办？”

简清明皱眉凝思片刻，然后似乎悟出什么一般：“大意了，大意了。我早该想到，既然那里有座桥，肯定是有人建造的，那这里一定是会有人的。”

旁边那人说：“但就算早想到有人，那跟现在比，也没有什么区别啊。他们该来不还是会来吗？”

“我们可以早些将桥炸掉啊。让这里成为一片孤岛，不就行了吗？”简清明说。

另一人问："要不要开火？"

"先别急，先别急，让我想想。"简清明似乎忘记了自己的腿伤，虽然面色有些发白，但还是全神贯注想着，片刻后看着赵金生，对手下说："那些人到这里来，一定是有原因的，说不定就跟这几个人有关系。你们把他先远远地扔到前面去，看看那帮人的反应。"

这话一说，我心里急了，因为我这时才想到，梁丕炸了第三殿，救出了我们，鬼卒岂能善罢甘休？把赵金生扔出去，简直就是扔块肉给狗啊。但他们是怎么知道到这里来找人的呢？猛地我突然想到一个人，先前给我们带路的那个鬼卒，梁丕放了他，一定是他，跑到了邻近的第十殿部落，立刻通知了那里的阎王，一定是。

几个黑衣人拉着赵金生就往外走，这哥们儿回头望了我一眼，说："兄弟，再会。"

情急之下，我立刻说："等等，我有办法。"

简清明立刻挥手示意手下稍停，然后一边包扎着腿上的伤口，一边说："什么办法。"

"那些人叫鬼卒，住在对面的陆地和阴山里，是元末时期张士诚起义军的后裔，在黄泉洞里投河自尽，却没想到老天不让他们死，很多人被冲到了这里。"

"说点儿有用的，他们为什么来？"简清明龇牙绑着止血带。

因为我不确定他们是否知道梁丕的潜艇，还是只是在我们三人上岸之后，才发现我们的。既然他从来没提起过潜艇的事情，所以我也就不提梁丕和杜志发，只说："因为我们三个在那边被他们抓住了，逃出来时炸了他们的宫殿。逃到这里来时，恰好又被一个鬼卒知道，所以他们现在带人过来，是想抓我们回去报复。"

那个黑衣人说："都统，真被您猜对了。我这就把他俩扔出去，那些鬼抓到他们之后，自然就会退了。"

"别着急，听他把话说完。"简清明转头朝向我，问："你说你有办法，说说。"

"这些人脑袋是不正常的，他们认为自己并不是人，而是鬼卒，是被派到这里来重建阴曹地府的，他们在等着什么地狱重开。所以只要是被他们发现外面的人，他们都会认为是新进来的亡魂。换句话来说，只要不是他们的人，都得死。如果把我们扔出去的话，且不论少一个郭美琪他们会不会罢休，他们只要见到我和赵金生是被绑着的，那么一定会猜到这里还会有其他人，而且现在他们人多势众，绝对会分散开来继续搜寻，你们是没有办法阻止的。”

简清明望着我，沉默了片刻后，说：“没了？呵呵，你这不是办法，是拐弯抹角让我不要把你们扔给鬼卒。”包扎完后，他站起来，缓缓走了两步，“知道我是怎么想的吗？对于别人的意见，我首先判断的不是意见本身，而是提意见的这个人怎么样。如果这人被我判断为人才，那么他的意见我会根据实际情况，对的接受、错的摒弃；如果这人被我判断为是个平庸之辈，甚至是个失败者，那么，你猜这时我会怎么样？”呵呵笑了两声，“我还是会认真听他讲，但最后会反向执行。所以现在，我倒觉得很有必要将你们扔给那些鬼卒。”他指着赵金生，“至少先把他扔出去看看情况。”冲着他的手下，“拉出去，扔到2号坡下面，过来的必经路上。”

于是两个黑衣人拖着赵金生继续朝前走，一会儿便消失在山坡后面。

从奈河桥到这里，还有段距离，如果徒步行走的话，大约需要个把小时，那还是在直接朝这里前进的情况下。大约半个小时之后，对讲机响起：“二马呼叫都统，鬼卒已经发现包子，完毕。”

我的心提了起来。简清明问：“杀了吗？”

“没有，但是鬼卒部队正在分散，开始纵向搜寻，完毕。”

我听到后，说：“你瞧，我没骗你吧。现在好了，他们不但要找全我们三个人，还得找到你们才会罢休。”

不过简清明的话，却出乎我的意料，他继续对着对讲机说：“头马，二马，听到依次回答。”

“头马在。”“二马收到。”

“你们两个现在开始向3号坡撤退，碰头后，集中火力攻击鬼卒先头。一旦吸引其注意后，继续朝4号坡撤退，直至最后撤到大本营，目的是将鬼卒大部引到这里。明白，回答。”

“头马明白。”“二马明白。”

下完命令后，简清明抬起手腕，看了看表，然后摁下了计时按钮。我瞧他那副不可一世的模样，心里就火大，故意说：“你一共也就指挥九个人，搞得跟人家司令一样，是不是很有成就感啊？！”见他不理睬，我继续说：“把鬼卒直接引到这里，你是不是想作死？想死告诉我，我帮你嘛，何必要鬼卒呢？”

“哼。”简清明冷笑一声，“你要是能懂，我刚才就听你的了。从2号坡到这里，大约需要四十分钟，如果我预料不错的话，奈河里的龙，将会在五十分钟后出水。也就是说，只要我们能在这里顶住十分钟，甚至如果运气够好的话，能够一分钟都不差，那么就可以让龙来收拾他们，一千多人，哼哼，遇到龙，够拖上一阵子了。”

我有点儿惊讶，说：“如果那么多人在河边的话，龙就不会以郭美琪为目标，所以你将SADM绑在她身上就没用，还不如先放她回来。”

简清明轻轻说：“她不是没用，只是现在暂时对龙可能没有那么大的用处了，但鬼卒见到她，一定会去抓，要抓她就会带走SADM，到时我再根据情况引爆，一千人，大概大部分都会飞上天。”

到这个时候，我算是真有些领教了简清明的厉害之处了。这人的思维极为敏锐，而且能够根据具体情况，改变计划，并善于将旧计划最大限度地为新计划所用，而且胆量惊人。将一千多号人，活生生引向包括自己在内仅有的十个人，虽说是枪支对刀剑，但即便如此，这种胆量也是相当惊人的。

我想了想，说：“你又说要靠鬼卒拖住龙，又说要用SADM对付鬼卒，这不是自相矛盾吗？”

“计划赶不上变化，一切情况都要做好准备。如果到时果真如我所料，能够让鬼卒当靶子，拖住龙的话，那我根本不会动一枪一弹，直接就开我的潜艇到龙穴采珠，然后拍屁股走人，大功告成，管他最后龙和鬼卒谁生谁死。”

我心里暗暗骂道：“这个鸟人，贼精贼精的，想法跟梁丕一模一样。”

简清明继续说：“如果情况不那么乐观，我们没能及时下水，而又最后偏偏被鬼卒们包围的话，那就用SADM对付他们。兵无常势，水无常形；运用之妙、存乎一心。世界上哪有一定能成的东西？但不管哪种情况，你的小美人背着炸药包绑在那里，都是必须的。”

我摇头低声骂了一句，说：“不过你还有一种情况没有考虑到，那就是龙真吞了SADM，被炸死了，可鬼卒直等到龙被炸死时才到，那么你就既没有SADM，也没有龙，来对付那一千多的鬼卒。”

简清明邪笑着说：“你说得很对，但我既然敢把他们往这里引，就说明我不会允许这种情况发生。人不管做任何决定，都会遇到类似抉择。但作为一个领袖，得善于迅速定下决心。患得患失，前怕狼、后怕虎，那可不行。”

第29章　逃出生天

时间过去差不多半个小时，果然两名黑衣人从南边撤了回来，喘着气来到简清明身边，说：“都统，鬼卒大部队已经过来了，差不多还有五分钟左右。”

简清明举起望远镜，观察了片刻说，说：“这帮人都是吃什么东西的，这么人高马大。”

“他们会吃生硫黄的。”我在一旁说。

“生硫黄？”简清明摇摇头，“硫黄大热有大毒，怎么可能生用？一群傻子。还戴着半脸骷髅头，装神弄鬼。”

我看着被绑在河边的郭美琪，心急如焚，只消再过得几分钟，鬼卒们到了这里后，就会看见她，并将她抓走。可我当真绞尽脑汁也想不到什么解救的办法。

本以为简清明要让人准备开火，谁知他拿起对讲机，稍微愣了片刻后说：“所有人，没有我的命令，不得开火。所有人，没有我的命令，不得开火。”然后再次看表，低声道：“他们的速度，比我预计得要快。”

我说：“傻了吧？你们有枪是不假，但禁不住人家人多啊，一拥而上把你们灭了，花不了十分钟，等撤走时说不定龙才出水呢。”

简清明朝我走来，说：“你说得没错，所以现在我要带你出去。”接着，两名黑衣人押着我，跟在简清明后面，三人朝外走去，来到郭美琪的旁边，望着鬼卒过来的方向，静静等着。

郭美琪见我们过来，哭着喊道："杨宣，杨宣。"

我说："别怕，Maggie。不会有事的，我会救你的。"不过天知道，我该怎么救她。

郭美琪眼里含着泪花，点了点头，嘴里答应着。

五分钟后，鬼卒部队渐渐出现了，先头几排骑着那种头部像是变异骆驼一样的马，后面的则是步行，远远看去黑压压一片，体形彪悍，再加上都戴着骷髅面具，像极了从地狱里而来的军团。

简清明看着，笑道："嗯，这马不错，够霸气。改明儿再到这里来，弄几匹回去，那也赚大发了。"说完，将我推到最前头。

鬼卒人马在行进到距我们五十米远时，响起号角声，整个千余人的队伍停住。恐马们在前头不住打着响鼻，另有弓弩手在两侧搭弓引弩，随时准备射箭。接着有十几个人，骑着恐马，慢慢走了过来，到近前才停住下马。打头的一人，我认了出来，正是那天在第三殿的山谷中，十个阎王中的一个，手里端着酒杯的那人。而根据龙之禁地这里毗邻第十殿来推测，此人应该就是第十殿的阎王。

十阎王开口说："你们是什么人？为什么要将这几个亡魂绑起来，送给我们？"

简清明说了一句出人意料的话："我们是鬼差，东岳大帝派我们来，巡视你们重建的阴曹地府。这几个亡魂，从你们手里溜走，但被我们发现了，所以替你们抓了起来。"

我心里狂骂简清明不已，这个王八蛋，知道跟这群鬼卒根本没法正常沟通，因为来自完全不同的两个世界，于是将我告诉他的情况，稍微改装了一下，顺着鬼卒的思路，想狠狠骗他们一次。而最终目的，就是要拖延时间，直到龙从奈河中出来，而这个时间不会很久。

我心想，即使老子死了，也不能叫你简清明得逞，于是喊了起来："阎王，他是骗你的，他跟我们一样，都是从外面过来的。"

对面的听了，互相看了看，那神色似乎竟有些惊讶，小声嘀咕商议起来。

我急道："你们他妈的真是脑袋有病啊！吃硫黄吃坏了吧你们。大家都是人，一模一样的人，哪有什么鬼？我看你们见鬼去吧！”

其实后来我再回想这件事时，才理清了思路。鬼这个词在我们看来是代表阴间的魂灵这种意思，但在他们看来，并不是这样，而是代表除了他们十个部落以外的人员，或者来自十狱阎殿以外地方的人，这个层面的意思占比更大。而且正是因为他们不知道这些外人是从哪里进来的，所以才将他们看作不同于鬼卒的人，并用亡魂这个词来代表。所以尽管双方的语言一样，甚至词汇也一样，但在特定词语的理解上，是分属两个完全不同的文化体系的，在各自眼中的含义是不一样的，你觉得他们简直是不可理喻，他们其实也觉得我们无法理解。

而简清明虽然是个心狠手辣的大恶人，但有时你不得不佩服他与常人不同的思维模式，比如他在听了我对于十狱阎殿鬼卒的简单介绍后，立刻就明白，对于这些人，不要试图说服他们，而是应该顺着他们的意思，顺着他们的理解，去狠狠骗他们。

简清明一看起了效果，继续大声说道：“你们这么多鬼卒，竟然被这几个亡魂弄得团团转，那阴曹地府要等到什么时候才能重开？”

当中那首领耐不住了，快速朝前走了几步，指着简清明说道：“空口无凭，谁知道你们到底是亡魂还是东岳大帝派来的鬼差？”

简清明笑了笑，说：“你们很快就会知道。”他朝后面指了指郭美琪，“那个女的，偷了东岳大帝的宝物，就是她身上背的东西。很快东岳大帝就会现身，你们都能看到。”

十阎王疑惑地说：“真的？”

“我们就在这里，跑不掉的。一会儿如果东岳大帝不现身，你们就杀了我们。”

有个鬼卒手下问：“东岳大帝现身十狱阎殿，为的是什么？”

简清明轻轻说出四个字：“地狱重开。”

这下好了，这些鬼卒听了立马议论起来，嘀咕中又听见他们谈到什么“圣帝将至，阎殿重开。”

恰在此时，河水开始晃动起来，就像是水桶里被摇晃的水，不断溢向岸边。紧接着，传来一阵低沉雄浑的龙啸之音，在整个奈河两岸激荡。从水面波涛的最中心处，猛地升腾出一条巨龙的上半身，片片铁甲般的青鳞抖动，带起无数水花，接着一对巨大的龙翅展开，简直遮天蔽日，岸边光线顿时黑了下来。这一幕彻底惊呆了所有人，尤其是鬼卒那一千多人的队伍，几乎全部呆若木鸡，惊恐地看着高高在上的龙头。

简清明却一副幸灾乐祸的模样，看着对面登时大乱的队伍，轻声说了一句："一群傻子。"然后带着两名手下，悄悄向旁边的山坡撤去。

那条龙遍体青鳞，双眼火红，背部两只翅膀，正属于梁丕口中所说的仅次于龙王级别的应龙。龙眼的目光朝岸边扫来，仅仅稍作停顿，便冲着鬼卒黑压压的队伍伸出脖子，猛地朝前尖啸一声，身上的青色鳞甲全部倒立，龙头上的须发皆张，骇人至极。

不等鬼卒们逃散，整条龙身便完全出水，蹿向鬼卒队伍的中心位置，那情形像极了一条冲进鸡群里的狼，双方完全不是一个数量级的。

这时候，简清明一伙人已经撤退到土坡后面，而鬼卒又四下逃窜，于是我趁机朝郭美琪跑去。但最要命的是，我的双手被手铐铐在后面，此时来到郭美琪身边，完全是干着急，没有任何办法。

就在这一片混乱当中，我看到原本被拴在一匹马后面的赵金生，忽然抽出旁边一名鬼卒的腰刀，干脆利落地斩断将自己拴在马上的绳子。挣脱开后，他朝我和郭美琪这边冲来。

鬼卒部队因为对于青龙的出现完全没有准备，因此才会大溃退。但他们毕竟骁勇彪悍，此时却也开始零星地有了些许反击。但面对庞然巨兽一样的青龙，那些弓弩的袭击简直连瘙痒都算不上，而有些被拦住去路，或被青龙追上的，只好硬生生凭借刀剑抵抗，但如同以卵击石，青龙几乎是踩蚂蚁一般，横冲直撞。

赵金生来到我们身边，先是以最快的速度，卸下了郭美琪身上背着的SADM，接着竟然从腰间的皮带里抽出一根发卡，就是那种最普通最老式的黑色的像根针一样的发卡，将发卡掰开，一头伸进手铐的锁孔里先是扭了一下，折出一个小弯曲，然后又换了个方向朝锁孔伸去，只是一转，就跟钥匙一样将我的手铐打开了。前后不会超过十秒钟，我估计一般人用钥匙也就是这么个速度了。

我神奇地看着他，说："赵金生，你太牛×了。"

赵金生低着头，似乎在寻找简清明的方向，说："这都是我在警校练剩下的东西了，没什么技术含量。咱们赶紧撤到山坡后面。"

但人跟人的运气还真不一样，简清明逃走的时候，青龙连见都没见着他；但我、郭美琪和赵金生按照同样的线路撤退时，青龙扭头看到了空旷地带的我们，竟然撇下身边那么多的鬼卒不管，直直朝我们冲了过来，简直令人百思不得其解。幸亏这个时候，青龙离我们还有相当的距离，时不时还有些鬼卒在射箭，替我们制造了一部分时间。

当时往南边是青龙和鬼卒，去了就是死路一条；往西边就是奈河，过不去；往北边，就是天柱山，根本上不去。唯有一条生路，就是东边的两座土坡，是简清明布置的口袋状火力阵地。几乎没得选择，我们追着简清明的方向而去。当我们跑到土坡之间的关口时，青龙刚好追到最开始郭美琪被绑的河边处，SADM就是被我们解开后，扔在这里。也即此时的SADM背包，正好位于青龙的龙身腹下。

只听到一声轰天巨响，脚下的土地都震动了足有五六秒的时间，我们回头一看，那颗微型核弹SADM瞬间爆炸，强大的冲击波袭来，虽然其杀伤半径只有800米，而我们一路狂奔之下，早已远远跑出那个范围，但我、郭美琪和赵金生，仍旧被超强的热浪掀起，重重摔到地上。

而那条青龙，处于炸弹的核心位置，正是SADM威力最为恐怖惊人的地方，如同一棵被龙卷风刮起的树般，被炸到半空中，然后狠狠摔进了奈河里。同时，靠近北侧约占三分之一的鬼卒，因为处于炸弹的杀伤半径之内，也都被火焰所吞噬。

禁地里沉默了下来，似乎只有爆炸后的火浪。所有人的目光，都集中在青龙落水的地方，但只是五六秒钟后，青龙从水下重又腾出，怒张双翅，直接飞到离岸边最近的一座山头，正是简清明当时重兵布阵之处，而我们三人正好撤退到了这座土坡或者叫小山的背面。

两枚“标枪”反坦克导弹，分别从两侧山头，带着火红的尾焰射向青龙，接着机枪声响起。

赵金生大口喘着气，说：“我×，游蜂营这帮人竟然没撤？还在这里。”我说：“是啊，我也想不明白，简清明刚才明明说，要趁鬼卒牵制青龙的时候，坐潜艇去采珠，怎么还没走？”说到这里，我突然想到了什么，一拍大腿，说：“坏了，坏了，这鸟人肯定走了。”

郭美琪问：“上面不正开枪吗？怎么走了。”

我说：“他一定是带着那两个部下先走了，留下这些人堵在这个山口，牵制青龙啊。他肯定是怕这些鬼卒禁不起青龙打多久，所以把自己人也留下了，何况还有这么多这么猛的火力！所以刚才才会机会选得那么好，连SADM都引爆了，既炸了青龙也炸了鬼卒。”

赵金生骂道：“这个狗 × 的，老奸巨猾。”

郭美琪说：“我明白了，从河边去不了他们自己的潜艇那里，因为南边的路都被鬼卒堵住了。所以他肯定是从这儿往南绕个小圈过去了。”

我朝那边看了看，确实可以绕过去，事不宜迟，后面还有青龙，于是我们也狂奔着跟了过去。

尽管简清明的手下，分散处于两座山头，构筑了一道交叉火力网，对着青龙火力全开。那些子弹、炮弹，对于青龙而言，可能会造成一些痛感，但最多像是蜜蜂蜇人的刺，没有实际作用，况且蜂刺有毒，人被蜇多了会中毒，严重的会死。但子弹可没毒，青龙被狂泄的子弹彻底激怒，张开双翅直接跃上坡顶。但发射反坦克导弹的两人，分别秘隐于两侧的山坡掩体内，要知道当我们在沃焦岛被鬼卒抓走，乘船来到陆地阴山上的这段时间，简清明这帮人可一直都在这里构筑工事，布置所谓的屠龙阵地。所以这些工事和掩体大部分都位于山体内部，异常坚固，再加上有树木和灌木丛等的伪装，一时间竟也难以发现和攻破，所以青龙处于被动挨打的状态。

不过谁都知道，剩下的那几人根本支撑不了多久，从一开始SADM没能炸死青龙，就已经注定了单凭现在的这些人和装备，根本不可能成功，只能拖延时间。

不过，那些鬼卒似乎受到了简清明手下的鼓舞，见有人竟然能够成功牵制住在他们眼中根本不可能被战胜的青龙，于是渐渐重新聚集起了队伍，在两座山坡的关口之外形成了一个包围圈，与坡上的火力合围。

最令人惊奇的是，这帮鬼卒在吹响战争号角后，没多久天空中竟然出现了不少黑影，像是大鸟，开始的时候看不太清，后来飞低之后才发现，竟然都是我和郭美琪在沉船坟场中遇到的那种鸟头怪物。

这些鸟怪本就体形惊人，现在又是成群结队地去攻击青龙，不要命一样扑过去，有些扯下几片鳞甲，有些直接去啄龙眼，好比一群猎犬去围攻猛虎，虽然没法形成致命伤，但架不住数量多。

这个时候，我恍然大悟，为何沃焦岛上的大型史前动物几乎全被鬼卒猎杀殆尽，唯独只剩下这种鸟怪，大约是这些鸟怪就跟人类的狗一样，它们可以帮助鬼卒。而鬼卒如果仅仅凭借自身的力量，要对付那些史前大型动物，可能比猎杀青龙也简单不了太多。他们必须学会借助动物的力量，帮助自己去猎杀另一些野兽。

我们三人从里面的小路再次绕回河边，一眼便看到了前面的简清明和两名手下，此时他们已经到了潜艇边缘，正在往上走。

赵金生一边往前狂奔，一边气得大骂："王八蛋！"

我在后面说："追不上了，他们已经上潜艇了。"

简清明站在艇上，似乎也看到了我们，隐隐约约好像对着我们笑了笑，然后坐了下去。

郭美琪停了下来，撑着腿喘气，我也停下陪她。赵金生即便再心有不甘，也没得奈何。

正在三人垂头丧气之时，神奇的事情发生了，那艘潜艇半天没有动静，仍旧安安稳稳停在河边。而且远远能听到简清明几近疯狂的怒骂声，这可是自从见到简清明之后，第一次看到这人发火动怒。

我们互相看看，觉得肯定哪里出了问题。于是便又迈开步子，朝前赶去。当我们来到潜艇旁边时，已经几乎不怎么紧张了，反而觉得眼前的情况有些搞笑，因为包括简清明在内的三个人，坐在微型潜艇中，就像是坐在观光旅游车上的乘客一样，等着别人来启动。

哈哈！简直滑天下之大稽，他们的潜艇启动不了了，甚至连上舱盖都没法落下。这到底是怎么回事，我也不明白。

见我们三人也赶到了，简清明恼羞成怒，直接从潜艇里站起身，掏出枪对着我们，说："我们走不了，你们三个也别想跑。"旁边一人也站了起来，手里举着枪，另有一人坐在驾驶座上，仍然拨弄着那些按钮。

赵金生说："靠枪，永远征服不了别人。这是你自己说的，忘了吗？现在你拿枪对着我们，以为我们怕吗？反正潜艇开不了了，大家一样玩儿完。"

就在这个时候，赵金生不知从哪里摸出一把手枪，像是快速射击比赛时那样，飞身横向卧倒的同时，连着乒乒乒三声枪响，先是潜艇上的两名黑衣人直接被爆头，接着简清明拿枪的胳膊瞬间就垂了下去，右臂肩窝处中弹。

我和郭美琪还没反应过来，赵金生便冲上前去，一下子跃进了潜艇，夺下了简清明的手枪。

简清明咬着牙说：“你要是敢再打我一枪，我发誓这辈子做鬼也不放过你。”是啊，先是小腿被打了一枪，现在肩窝又被射一枪，还都是被赵金生一个人打的，要是换成我，疼不疼姑且不谈，气也得气得冒烟不可。

现在这么好的机会，青龙正被拖着，简清明又真正被赵金生抓到了我们手里，正是功德圆满好撤退的时候，可偏偏唯一的一条潜艇，现在不知道什么原因，竟然没法点火启动了，真是活生生气死人。

赵金生一手揪起简清明的领子，问：“这潜艇怎么回事？”简清明脸色苍白，笑着说：“油舱空了，没油了，你们走不了了。抓我抓了也是白搭。”

没油了？我们三人面面相觑，似乎这话在哪里听过。正在左右为难之际，我们身边的奈河水中，忽然升上来一艘潜艇，紧接着舱盖打开，杜志发露出身子，喊道：“宣哥，快进来。”

这突如其来的救星，简直令人欣喜若狂。来不及细想其中渊源，我们三个挟持着简清明，立刻冲了过来，以最快速度进了梁丕的这艘潜艇。

当最后完全沉入水中时，青龙正身处简清明设置的两个阵地的导弹与火焰喷射器的包夹之中，激战正酣。天空中的鸟怪群依然没有退却，鬼卒仍在拼死战斗……

我先是摸着郭美琪的脸，左看右瞧，问：“你有没有哪里不舒服？”

郭美琪摸摸脖子被打针的部位，之后摇摇头，说：“奇怪，什么感觉都没有。”

我稍微松了口气，转身到简清明身边，一拳打过去，然后揪住他的领子，问：“你给她打的什么药？”简清明露出阴险的笑容，说：“这辈子你都别想知道。”

我挥拳又要打，但被赵金生拦住，因为此时简清明面色苍白，腿上不断流出鲜血，再打怕是要被打死。赵金生从艇里的急救包中，取出纱布便给他包扎起来。杜志发在一旁看了，咂嘴道：“老赵，你可以啊，什么都懂？这家伙是你抓的，还是宣哥？”

我靠在椅背上大口喘气，说：“这小子竟然是警察，骗我们这么久。”然后我又对梁丕说：“老梁，赶紧开，那青龙正被鬼卒和简清明的手下拖着。”“我不会将自己的命交给那条龙的，放心坐好。”梁丕紧盯着前方说。

我坐下来靠在舱壁上喘了几口气，问：“赵金生，你那枪从哪儿摸出来的？”

“我×，我们自己的枪啊。跑到土坡后面时，咱们被他缴的武器都在一个包里放着呢。从小路往前追时，我顺手就拿了一把。”

杜志发愣在那里，片刻后才反应过来，说：“我说你明明是跟我来采珠的，怎么到最后却撺掇杨宣去抓人，你是警察啊？！这么说，岂不是你们很早就知道简清明他们这事儿了？”

赵金生头也不回地说：“要想人不知，除非己莫为。早就跟你们说过，不是不报，时候未到。对了，老梁，他们潜艇的油怎么回事？怎么也没油了？”

梁丕用他那标志性的怪腔笑了起来，说：“我在奈河里开到他们潜艇下边时，就恨不得一炮给它轰掉。不过我怕这老小子在上面安排哨位盯着，所以就忍了，但一直就潜在那附近。一直等到青龙出水之后，老子再也忍不住了，他不是放我们的油，想把我们扔在这里吗？我也让他尝尝这个滋味，以其人之道，还治其人之身。”

郭美琪问道：“你们还要去采珠吗？”

杜志发一边盯着前面的全景窗，一边说：“当然要，这么好的机会不采，不是暴殄天物嘛。以后上哪儿找这么多人给咱们拖住青龙去？”

我笑了笑，说：“你小子，还算有良心，还知道最后等我们。”

杜志发讪讪笑道：“好在有老梁，我看到青龙出来后的那大场面，快吓尿了，虽然确实是想救你们，但我不知道该怎么救。你要是让我浮到水面，然后冲到岸上去，不怕你们笑话，我是真不敢。后来老梁说，只要守着简清明的潜水艇就行，因为他们肯定最后要上艇，如果你们三个能成功，那也得到这里来。”

此时，天窗外面完全黑了下来，仅剩潜艇前头的两个超强探照灯开路，以及仪表上的地形探测做指示。我们正进入一个隧道形的洞穴，电子面板上提示着距离。

梁丕提醒大家说：“做好准备，距离顶端尽头还有一公里左右。”

赵金生问：“尽头？难道没路了？”

梁丕说：“现在还不知道，得到了那儿才清楚。”

简清明面色苍白，却嗤笑道：“蠢货，前面当然会有路，这里是个L形，到了顶端，就该垂直着向上出去了。落到你们手里，也算是天要亡我，最后让你们捡了便宜。”

“把这狗×的嘴巴给封起来。”梁丕火了，“你他妈是聪明，聪明到最后不还是被人抓了？”过了片刻，梁丕继续喊道：“杜志发，换潜水服，做好下水准备。”

杜志发开始穿戴装备，同时回头看看原本跟着梁丕的两个手下：“还有谁愿意去？有人去，就算一份；没人去，这螺就是我阿发和老梁的。”

那两个家伙互相看了一眼，虽然被刚才青龙的骇人场景吓破了胆，但俗话说人为财死、鸟为食亡，重赏之下必有勇夫，真有千金摆在你的眼前，又有几个人能忍得住？于是那两人也开始穿起潜水服来。

潜艇全速开进，八百米、六百米，还剩二百米时，通过探照灯，我们已经能够清楚地看到洞穴顶端的情形，这是一个圆形巢穴，不过最令人吃惊的是，正中间有一块圆台样的不规则巨石，表面上长了些深海雪莲状的水草，而其中心位置，则竖着嵌有一枚超大的法螺，尾部朝上，发出经久不灭的蓝色光辉。

凭着在黄泉峡谷中采那枚怪螺的经验，我们都不由自主地喊了出来：“鬼雨法螺！”

潜艇继续朝前推进，但我左思右想，还是走到杜志发身边，轻轻扶住他的肩膀，说：“阿发，算了吧。现在青龙还没有追来，我们有时间上去。但万一采珠耽搁了，最后死在这里的话，那就划不来了。”

杜志发笑了笑，说：“富贵险中求，你和Maggie姐永远理解不了。”说完，他挪开我的胳膊，戴上面罩，三个人走向潜艇尾部的隔舱。

隔舱是单独密闭的一间，与乘坐舱通过一扇可电动开关的密封门隔开，三人走进去之后，密封门便牢牢闭合，里面开始注水，等隔舱里的水满之后，尾部的出入门便打开，与水外直通，三个人游了出去。

此时，潜艇的位置与龙穴中央巨石的位置，不超过十米远，几乎就在近旁。我们在驾驶座前的全景观察窗处看着杜志发他们，就跟在自己眼前一样。只见三人顺利游到龙穴中间的石台，鬼雨法螺竖生，藏在水草之间，其螺尾内部泛出实验室中的那种蓝色光芒。

杜志发穿着黄色的潜水服，将双手伸进石台上的水草中，扳着鬼雨法螺的底部，想直接摘下来。但是估摸遇到了与在黄泉峡谷中一样的情况，这螺与石台吸附紧密，根本掰不下来。于是旁边两人掏出匕首，开始从螺口部位撬。按照我的经验，螺的软体部分在遇到匕首刀具、四棱刺等时，会自动收缩进壳内，从而脱离石壁，先前的那枚怪螺，我最后就是这么给弄开的。

谁知三人作业了许久，鬼雨法螺仍然如磐石一般，纹丝不动，似乎是天生与那块巨石连为一体的。

这时，潜艇驾驶座前的仪表发出滴滴的报警声，梁丕骂道：“我×，青龙下水了。”我连忙走过去，看着探测仪。梁丕继续说：“在朝我们这边移动。”

郭美琪急道：“为什么青龙总是追着我们？刚才在奈河边时就是这样，离得那么远，它却放着那些鬼卒不管，跑过来追我们三个。”

我抬头看着前方，杜志发三人仍然围在石台周围。

“开隔舱，让我出去。”我一边迅速走向艇尾，一边说道。赵金生说：“来不及了，还要穿潜水服。”

“我不穿，直接这样出去，老梁，快。”

“杨宣！”郭美琪拉住我，不肯松手。

我站在隔舱门口，掏出脖子上的龙牙，硬生生挤出一个笑容，说：“我有这个，不会有事的。”

梁丕见状，一咬牙，隔舱门打开，我走了进去，郭美琪守在门口，仿佛生离死别。

杜志发他们见我不戴任何装备，就游了过来，均非常诧异。我用手指了指来路，一是示意他们赶紧回去，二是提醒他们，青龙已经下水，正在朝这边而来。

那两人二话不说，立马松开鬼雨法螺，朝潜艇游去。而杜志发却不肯松手，仍然一手扶着螺身，一手用匕首拼命撬着。我心里明白，杜志发这是钻进牛角尖里了，不见棺材不掉泪，不见黄河心不死。我朝后看了一眼，昏暗的隧道中，果然有个巨大黑影，快速朝这里游来。潜艇里估摸此时也乱作一团，赵金生一定在破口大骂：“杜志发这王八蛋，命都不要了吗？”梁丕说不定在默默念叨：“快点儿，快点儿，再不进来我们就要走了。”郭美琪肯定会拦住梁丕：“杨宣不进来，不能走。”

也许到最后，众人会拼命拉住郭美琪，尽管他们也不想离开，也想等我们，但那条巨大的青龙就在后面，如果他们不走，所有人都会玩完。

就在我的脑海里极速闪过上述这些画面时，诡异的事情发生了，我胸前的龙牙竟然自动漂起，就像是铁钉被磁石吸引悬浮一般，竟然直直指向鬼雨法螺。我连忙顺势朝石台中间游去，由着龙牙自行被某种神秘的力量吸引。当到达鬼雨法螺旁边时，龙牙已经将绳子拽得笔直，我将脖子继续朝前伸，这时神奇的事情发生了，龙牙仿佛一把钥匙，其尖头部分直直插进鬼雨法螺的螺尾，并且这一切并非我人为主导，而龙牙完全是在某种引力的作用下，自行完成的。及至龙牙尖端深入螺尾约十厘米时，鬼雨法螺尾部那个蓝色珠体竟然开始旋转着缓缓朝下移动，到了螺口位置时，略一停顿，仿佛鱼嘴吐珠一般，一颗硕大浑圆、闪着蓝色光芒的异珠，被周围深海雪莲状的水草稳稳托住。

我一把抓起这颗鬼雨珠，另一手将杜志发呼吸器的呼吸头咬进我的嘴里，补充了几口氧气，而后示意赶紧回去。接着我双腿一夹水，便朝潜艇方向猛蹿。

此时，先行离开的两名潜水员已经到了隔舱外，出入门正在缓缓打开，但后面的那个巨大黑影，却已然迅速压到跟前，我甚至已经能够看清龙头，愤怒的龙眼中射出怒火。

青龙甚至不需要张嘴，不需要做任何动作，只是向巢穴中游过来，但其巨大恐怖的体形，就如一颗重磅炸弹一样袭来，那两名等着进舱的潜水员，直接被吞进了龙嘴。

而青龙巨大的背鳍，只是轻轻一蹭，潜艇就失去控制地旋转着朝我和杜志发而来。但令二人喜出望外的是，此时潜艇被撞得180度掉了个方向，原先是头部朝我们，用探照灯打着龙穴中央的石台，此时变成尾部直直停在两人面前，就像是汽车一个180度漂移，直接让你上车一样。

我和杜志发连忙进入隔舱里，虽然暂时看不见驾驶舱中的情况，因为密闭门还关着，隔舱里的水还没有排出去，但显然梁丕他们已经等到极限，实在没法再等，所以他们尽管不知我和杜志发是否进了潜艇，也只得以最快速度上浮，出入门完全闭合了起来。

我和杜志发两人在隔舱内，就像是被装在罐子里的泥鳅一样，被摆布得五荤六素。随着系统自动将水完全排尽，而后密封门打开，我和杜志发滚进舱里，我的手上仍然紧握着那颗泛着亮蓝光芒的鬼雨珠。

郭美琪扑了过来，其余几人却全神贯注地集中在梁丕驾驶室那头，因为此时的潜艇就像是一个鱼饵，下面有条大鱼，正在拼命追着，想咬住这个鱼饵。万幸的是，天柱山的空心部分，对于潜艇来说已经空间足够，上浮没有任何问题，能将上浮速度开到最大，但对于那条青龙来说，却显得狭窄。

几次三番，青龙的头部都已经几乎快要追上，甚至龙头撞了潜艇几次，但无奈周围的岩壁凹凸不平，狭窄异常，极大地阻碍了青龙。在上升了约五百米时，通过了一个葫芦颈峡口，青龙的背部，特别是那两只巨大龙翅，死死卡在了那里，上升不得，最后那条龙恼羞成怒，转着圈发起狂来，整个天柱山似乎都随之抖动。其实那里虽然狭窄，但青龙本是能够通过的，好比两堵墙之间的空隙如果只有四十厘米，人其实贴着墙可以慢慢移过去，但你如果想跑动着过去，那是绝对不可能的，这就是青龙面对的困境。

眼看探测仪上的青龙越来越远，直到最后完全消失，整个潜艇内欢呼起来，而此时，其实也就只剩下——我、郭美琪、梁丕、杜志发、赵金生，以及简清明。

杜志发死里逃生般坐到梁丕旁边，说："老梁，那龙还会追上来吗？"

梁丕捋了捋没几根的头发，说："我猜，超过一定的高度之后，恐怕就不会追上来了。因为你得知道，每个物种必须要与环境相适宜，比如常年生活的深海的物种，你把它弄到浅海来，那肯定死。只要不是被人抓上来，它自己超过那个高度，自然不会上来。所以我猜，这青龙应该是不会再上来了。"说到这里，他笑了一下，"咱们这都快到海平面了，就算它上来，也追不到咱们了。"

第30章　百尺危楼

太阳当空挂在海面，我们几人看着久违的阳光，都感到一阵眩晕，很久后才适应过来。尽管暂时不知置身何处，但有一点能肯定，这绝对是在地表世界，真的，一切一切都太美好，我从来没有感到过烈日竟是这么招人喜欢。通过坐标定位，原来此时的位置是在黄海与东海交界处。我们从泰兴长江附近的黄泉洞下水，现在从黄海与东海交界处的海面逃了出来，若非亲历，当真难以想象。

三天后，我和郭美琪，约杜志发和赵金生，到一家位于静晖大厦四十五层的酒店吃饭。虽然价格比较昂贵，但毕竟几个人生死一场，怎么也得庆祝一下。

郭美琪经过医院的仔细化验，在血液中并没有发现任何毒素，而且身体也没有任何不良反应，我们都很奇怪，不过除此以外，也没有更好的办法，只能说长个心眼，时时小心观察。原本也喊了梁丕，但他死里逃生之后，就忙着去看一直由前妻带的儿子了，暂时没空。

杜志发依旧一身嘻哈装扮，头发恢复成了标志性的小辫扎成的马尾。赵金生穿着军警款式的黑色风衣。

四人落座后，我说："阿发，鬼雨异珠最后我给了麦教授，希望你不要怨恨我。”杜志发嘴里叼着牙签，眼睛看着别处，说：“不恨，这有什么可恨的，我技不如人，最后珠子是你采到的，那就是你的，我没什么话说。”

郭美琪坐在我身边，说：“嘴上说不恨，心里可不一定这么认为。谁还看不出来啊。”

杜志发放下二郎腿，说：“Maggie姐，这你就错了，说明你还不了解我阿发。我阿发是喜欢钱，但分得清道理，要不是宣哥最后出来，我连命都没了，还谈什么珠子。所以宣哥救了我的命，我到头来怎么可能怨他呢？”说着，他叹了一口气，“我怨的是我自己，没本事，好不容易去了一趟，两手空空，还差点儿连命都搭上。”

赵金生点上一根烟，说：“咳，不错了，兄弟。留得青山在，不愁没柴烧。想想简清明的那些手下，两艘潜艇一共十八个人下去的，上来多少？就简清明和梁丕两个，其他十六个，全死了。你比他们强多了。”

“道理确实是这么个道理，但，心里还是……”杜志发又叹气道。

我笑了笑，从兜里掏出一个锦囊，扔给他。

杜志发满脸疑惑地拿起来，抬头问：“这是什么？”

“我送你的。”

“你送我的？”

我说：“是啊，打开看看。”

杜志发缓缓松开锦囊口扎紧的绳子，伸手进去，接着掏出来一个大如鸭蛋的东西，即使在酒店明亮的灯光下，依旧能够看出来，泛着粉红色的光芒。

“这……这……这个我好像有点儿眼熟。”

赵金生也在一旁吃惊地看着，片刻后说：“这个不是鬼雨珠吧？我记得鬼雨珠是蓝色的呀。”

郭美琪笑了起来，说：“难道你们都忘了在黄泉峡谷里的那枚怪螺吗？看门狗那儿的那个。”

杜志发和赵金生两人哦了起来，随后杜志发说：“不是你们说，我还真忘了这茬儿，那怪螺不是宣哥一直放在网兜里挂在腰间的吗？后来怎么没了？”

我说：“没了？谁说没了。要是没了，你手里的这颗珠子又从哪里来的？”赵金生咂咂嘴，说：“奇怪啊，这会儿细细想来，好像自从咱们被鬼卒抓上船后，就没看到你腰间的那怪螺了。”

“哎，还是赵金生记性好。没错，确确实实是那个时候没的。但我把珠子留下来了，一直放在身上。”

杜志发摸不着头脑，问：“这到底怎么回事儿？”

“那时候被鬼卒从营地开始一路追，后来到了赵金生带路的那个山洞前，你们还记得我摔了一跤吗？”

杜志发皱眉抬头回忆着，片刻后说：“好像是，我们都在洞口喊你赶快进来呢。”

赵金生说：“是啊，你摔倒就摔倒吧，可不知在地上磨蹭什么玩意儿。当时鬼卒在后面可追得紧。”

“哈哈，我磨蹭什么？告诉你们吧，那一跤下来，怪螺刚好磕在一块石头上，裂了，碎了，然后我就隐约看到里面的这颗珠子。但螺壳又没全碎，所以我顺手拿块石头，干脆将它完全敲碎，取出这颗珠子，放进口袋里，然后才跑到洞里去。”

杜志发惊叫了起来，说：“我的妈呀，宣哥，你简直是神了啊。你当时怎么想的，要这珠子。”

郭美琪说：“他当时想的就是你，这珠子从那时起，就是给你留的。”

杜志发听了，脸上露出些不安、愧疚，许久之后，长长叹了一口气，举起杯子，说：“宣哥，这杯酒我自罚。你从开始就一直这么罩着我，可我最后，还……还那样，咳。”说着，他仰头灌下一杯酒。

赵金生说：“鬼雨异珠进了九渊博物馆，留下个小夜光异珠给杜志发娶媳妇，这个安排绝了啊。哈哈，为这个，我也得敬杨宣一个。”说着，端起酒杯。

我喝完一杯，放下来，说：“倒不是别的。鬼雨异珠毕竟太珍贵了，根本不可能作为商品交易，还就只有交给麦教授这样的人我才放心。他孤身一人、无儿无女，唯有一家异珠博物馆，并且九渊博物馆与高校、国家性研究所都有密切的科研合作；另外麦教授还已经将博物馆捐给了基金会，等于捐给了全社会。除此以外，我想不到鬼雨异珠更合适的归宿了。”吃了口菜，“赵金生你嘛，抓了简清明，大功一件，我看可以直升处长了吧；唯独杜志发，什么都没有，这些兄弟我还记着，所以早给你留了这个小夜光。”

杜志发羞得满脸通红，不好意思再言语。

郭美琪问："对了，赵金生，抓简清明这事儿，你还没仔细说过呢。弄得我到现在都一头雾水，怎么个前因后果啊这是。"

赵金生喝了口酒，说："简清明一伙儿，现在虽然老巢安在香港，却是美国国籍。他们南珠世家呢，确实是在珍珠人工养殖刚刚开始兴起时，就全都转移走了。不过，因为在美国那边水土不服，又一直受到本土势力的打压，所以发展很不顺利，便继续移到了香港，这一挪窝呢，生意立马有了起色。但你们也知道，简清明这个人如果能够安分，仅仅只是采珠子卖珠子，搞搞珠宝生意，也就不会有现在这么多麻烦。但他野心大得很，重建游蜂营就是其中之一，他采珠的范围甚至已经深入到了南美洲，于是不可避免地卷入了军火走私、毒品等生意，所以国际刑警组织对他早就发了红色通缉令。"

郭美琪说："那你怎么开始时会在码头的调度室呢？"

"咳，简清明自以为聪明，通过正常的贸易手续，让龙牙号进来，但在隐秘底舱内藏了两艘微型潜艇，以及那些武器装备。真以为神不知、鬼不觉！其实我们一早就已经得了消息，只不过出于慎重考虑，觉得先不要打草惊蛇，毕竟他的这些SADM之类的，还是有些威力。于是便暗中监视，看看还有没有外围的马仔，力争来个一锅端。"

我问："那开始光头佬那四个断后的马仔，你明明已经抓住了，怎么又放了？"

"谁说我放了，只不过那时我还不知道你们的底细，不想过早暴露我的身份，表面是放了，其实那四个一出去就已经被埋伏在外面的同事抓了。"

杜志发哦了一声，说："我记得了，你那时候说你船上的船员就是那个村子里的，还说可以让他们看住洞口。原来那些都是警察。"

"是啊。只不过那时候发现他们竟然到江底去了，我们那时对于江底的十狱阎殿根本一无所知，最初的计划是等他们上来之后再抓捕。可等了一个多月，发现还没上来，知道可能情况远比想象中的复杂。正好你们在这个时候，误打误撞地出现，最后临时决定，由我先跟着你们下去，摸摸情况。谁能知道，这一下去，最后险些回不来。"赵金生说到这里，摇了摇头，"真是九死一生啊。"

我举起杯子，说："我敬你，最后我跟美琪的命，都是你救的。"

赵金生说："敬什么啊？最开始我和杜志发两人遇到那些史前蜈蚣虫时，

要不是你和梁丕，我俩早挂了。我们的命又都是梁丕救的，说起来，我们都该谢谢他，甚至最后要不是他的潜艇浮上来，我就算救了你俩，咱们还是得被青龙给吃了。”

郭美琪笑着说：“可惜今天没请到梁大叔。”

赵金生问：“他干吗去了啊？”

“看儿子去了。”

“嘿，梁丕真是个人才，绝对的人才。也幸好当时被研究所开除了，要不埋没了啊。”赵金生说。

杜志发说：“人家是自己辞职的好吧？”

赵金生吃了口菜，接着问：“对了，简清明不是说那鬼雨珠能够控制天气吗？怎么省里几个专家去了博物馆，跟麦教授研究到现在，也没发现怎么个控制法，是不是没用？弄错了？”

我说：“谁知道呢。或许龙可以通过鬼雨异珠，来司掌雨水风暴雷电，但咱们是人，人或许就不能吧。反正我对这事儿不感兴趣，控不控制天气，跟我有毛线关系。反正现在简清明也抓到了，他手底下的人也都抓到了，爷爷的事情查清了，我也就可以安心去做我的潜水教练了。”

杜志发笑着说：“那Maggie姐呢？不会还是一个人待在南京，跟着麦教授研究贝类学和珍珠学吧？”

我朝郭美琪看了一眼，相视一笑，而后说：“她跟我去南方，我准备开个潜水训练学校，她当经理，我就做我的教练。”

赵金生故意叹着气，说：“哎呀，这什么事业啊、兴趣爱好啊，都抵不过爱情哪。人家千里迢迢地从美国来咱们中国，本来是来做研究、做学问的，这下好了，被杨宣你小子给拐跑了，哈哈，你让人家麦教授情何以堪？到哪儿再找个研究员去？哈哈哈……”

我们也笑了起来，过了会儿，我问：“对了，简清明现在审得怎么样了？”

“审？他还需要审？就算没你爷爷的事情，他身上的案子都够他把牢底坐穿了。只不过，他是美国人，是国际刑警组织通缉的，所以可能最后会把他遣送回去，让他去美国坐他的牢去。不过你放心，即使美国有些州没有死刑，但这辈子无论在哪里，简清明是别想出来了。有时候，坐牢可比死刑更痛苦。所以如果我是你，我情愿让他坐一辈子牢，直接死，太便宜他了。”

杜志发说：“一会儿吃完饭，哥们儿请你去五星级游泳馆游会儿泳，怎么样？然后咱再晒会儿太阳，别提有多爽。这都几个月没见着真太阳了。”

我说：“五星级游泳馆？我怎么没听说过？”

杜志发哈哈笑了起来，说：“就是城西水库啊！”

我说：“算了，算了。我想去九渊博物馆，看看那颗鬼雨异珠到底什么情况，怎么就没用呢？应该不可能啊。”

话音刚落，桌子却突然间猛地抖动了一下。酒店天花板上的水晶吊灯也哐啷作响。但只那么一下，就又重新恢复了平静。

我们几个扶着桌子，都有些惊魂未定。

郭美琪说：“不会是地震了吧？”刚说完，整栋楼又开始晃动起来，这下子全酒店就跟炸了膛一样，人们无头苍蝇般乱跑起来。紧跟着，这家处于四十五楼高度的豪华酒店之外，现出一个巨大的黑影，将东西南北四面的窗户全都压得粉碎，玻璃如同刀片一样朝里面掉落。

我们四人蹲在桌下，惊恐地看着周围，根本不明白发生了什么。不过如果我并没有看错，此时在四面窗户外，一条超级粗壮的变异老藤般的物事正逐渐包围这座建筑，并且更为恐怖的是，这根缠绕大厦四周的古藤，还在不断抽紧，并且缓缓移动着。

这时，店里有人指着窗外喊道：“大蟒蛇、巨蟒。”

看到在阳光下闪着绿光的层层鳞片时，我突然明白了，这根本不是什么古藤，也不是什么巨蟒，而是那条原本在奈河深渊中的——青龙！

其实此时如果从一个街区以外的地方，远远观察静晖大厦的话，会发现，一条百多米长，长着巨大翅膀，浑身布满青色硬鳞的应龙，正如巨蟒缠树一般，牢牢蛇形缠绕在静晖大厦之外，恰好在四十五楼左右的位置，昂首朝着远方。

而其时我们处于室内，只能看到窗户外面粗壮的龙身，因此开始没能认出来。但此时我已基本能够肯定，于是紧张地对着他们三人说：“那是青龙！”

杜志发说：“什么？青龙？十狱阎殿下面的青龙？”

赵金生不断看着四周，说：“怎么可能？老梁不是说这东西不会到上面来吗？而且天柱山中间那么窄，它怎么上来的？”

据事后看新闻报道，当时青龙突然出现并盘绕在静晖大厦外围，整个附近的街区全都一片混乱，不少人争相逃命的同时，也有一部分人拿着相机拍摄。并且，最初发现青龙的是在东海海面进行捕捞作业的一条渔船，当时船老大吓得尿了裤子，赶紧打电话报警，说有条巨大的龙一样的怪物，从水里出来，飞到了天上。但是没人相信。接着是一架民航客机，已经快到禄口机场，一个挨窗户坐的小姑娘，原本正欣赏着天空的云朵，忽然窗外掠过一条青龙，吓得她连忙喊旁边的母亲看，接着整个飞机上的人全都几乎吓傻。机长不断呼叫着机场指挥塔，说在空中机身旁发现一条青龙。

但有一点是相同的，所有这些人中，没有一个人明白这究竟是怎么回事。这条如同超级巨蟒般长着双翅的青鳞怪物，到底是什么？

郭美琪说：“难道是追着鬼雨珠而来？”

这时，青龙似乎辨清了方向，龙身逐渐松开大厦，同时龙头向酒店里面观望，似乎在寻找什么。我看到了那恐怖的龙头，以及火红的龙眼中燃烧的愤怒，刹那间，我似乎明白了青龙的想法。我说：“它现在可不像是在寻找鬼雨珠，倒好像是在找我们几个。赶紧跑，赶紧跑！”

就在我们四人悄悄奔向紧急通道时，离大厦远远的龙头，忽然定住，然后瞄准了目标一般，猛地从窗户蹿进了酒店里，巨大的龙身也跟着进来。酒店里的人看到突然出现在眼前的恶龙，如同见了猛兽的绵羊，吓得四下逃窜。我们四个没命似的钻进楼梯，身后传来更大的晃动，楼梯仿佛也快要被晃到散架。

青龙的半个身子已经完全进了酒店，剩余半条龙身仍然在静晖大厦楼外，当龙头抵达应急通道楼梯口时，碍于体量过于巨大，实在无法进入，便又如同在天柱山内部的葫芦颈时一样，疯了般发起狂来。整个楼梯越晃越剧烈，最后众人觉得头顶豁然一亮，抬头看去时，才惊觉整座静晖大厦四十五层以上的楼顶，如同被掀翻的盖子一样，翻落下去，砸到了大厦楼底。十几辆汽车全被砸扁砸塌，埋了下去。

要从四十五层步行下到一层，谈何容易，一会儿，杜志发气喘吁吁道：“我×他妈，老子跑不动了。”

赵金生也停下来，喘了口气，说：“这东西怎么能分辨得出来我们在哪里的？”郭美琪说：“是啊，光跑也不是办法，如果它能追踪我们，就算跑到天涯海角也没用啊。”我低头朝自己看了一遍，然后有些难以置信地说：“莫非是因为我的龙牙？”

青龙从楼上失去了踪影，我们在楼体内部的应急疏散通道里虽然看不到外面，但从间歇性的大厦颤动中知道，这家伙一定还没走，正如蟒蛇一般，仍旧绕在楼外，敏锐追寻着某个特殊的信号，一旦出现，就会扑来。

而现在我怀疑，这个特殊信号，就是我脖子上挂着的龙牙。

当到达十三楼时，下面的通道已经被人群堵死，一时半会儿没法下去。于是我们四人来到十三楼的一家公司里，此时人早已跑光，我随手拉过来一把椅子坐下，然后掏出龙牙，说：“它是通过龙牙找到我的？”

杜志发连忙上前，捂住龙牙，说：“宣哥，宣哥，你把龙牙收好，别一个不小心被它嗅到了，直接蹿进这里来，那我们四个就死定了。”

郭美琪说：“我一直在想麦教授和梁丕说的，‘一切关乎能量’这句话。当时阿发他们都没法弄开鬼雨法螺，但你一去，鬼雨螺便与龙牙自动相互吸引，这分明就是两种能量间的相互作用，跟磁场间南北极作用一样。”

赵金生从窗户伸出头去，向外张望一下，然后赶紧躲进来，说：“我×，还在上面盘着呢。”

我皱眉说：“你的意思是，青龙找我，靠的不是龙牙的什么气味，而是龙牙之中蕴含的能量，或者磁场？”

杜志发说：“啊，Maggie姐说的这个靠谱，肯定是。龙牙根本没有味道，有味道我的鼻子早闻出来了。肯定是能量磁场，绝对是。”说着，他站起来，搓着手来回走动，“完了完了，这下怎么可能跑得掉。等于装了个定位仪啊。”然后他又猛然走到我的面前，“宣哥，要不把龙牙扔出去吧。扔掉后它就找不到你了。”

我说：“不行，这不行。龙牙是我爷爷给我的，绝对不能扔，而且，这玩意儿的神奇作用你们知道，我就算扔钱扔金子，也不能扔这个啊。”

郭美琪说：“我很奇怪，青龙为什么要追你？”

赵金生说：“杨宣采的珠子，不追他追谁？”

“但如果说青龙能够追踪到磁场或者能量的话，要追也该直接找到博物馆去，因为鬼雨珠在那里，找杨宣又有什么用呢？”郭美琪疑惑着说。

这时候，外面警笛声四处响起，赵金生和杜志发跑向窗户朝外看去，我也准备跑过去看，但他俩不约而同做个手势止住我：“你别过来，别被青龙找到了，在里面藏好。”气得我又一屁股坐下。

静晖大厦四周，以及各处街道，正在疏散人员，同时大批警员荷枪实弹赶到现场；甚至空中也暂时出现了数架“黑鹰”武装直升机作为先遣。

赵金生手机忽然响了，他接起来说：“喂，队长……我这会儿就在静晖大厦……什么？……好，好，我问问他们，待会儿回你电话。”

我看着赵金生满脸惊讶的表情，问：“怎么了？”

“简清明说他有办法能够将龙引开，并且屠龙，但条件是要放了他。而且，鬼雨珠要交给他带走。”

“不行，不行，绝对不行。他的话不能信，你们如果放了他，他根本不杀龙，怎么办？”我激动地说。

赵金生说：“他说引开龙时根本不需要放了他，等引开之后，先将鬼雨珠交给他的人；然后他的人屠完龙之后，再让我们放他。”

郭美琪走过来，说：“你们可千万不能答应他，弄不好就是赔了夫人又折兵。”

赵金生说：“我们又不是傻子，当然不可能他要求怎么样，我们就怎么样嘛。只不过上头先跟我说说这个情况，商量一下。”

说实话，遇见青龙我都没有此刻听到简清明有可能被释放的消息这么着急，一时间大脑高度紧张，嘴里不断念着简清明说的：“引开龙……引开龙……”然后猛站了起来，“我知道了，不就是引开龙嘛，我就行了，干什么非要简清明过来。青龙是追我的，我一人做事一人当，我去当诱饵，把龙引开就是。”

这时应急通道的人已经散光，整栋楼里空荡荡的。这时，外面忽然响起猛烈的枪声，似乎四面八方的火力都在交叉射向楼外盘着的青龙。

杜志发原本站在窗户口，此时枪声猛地大作，吓得他一跤摔在地上，连滚带爬跑到我们身边，说：“外面的特警全部开火了。”接着天空中响起直升机的声音，片刻后又增加了不少绵密的枪声和轰炸声。

赵金生小心地凑在墙边，透过窗户一线朝上看，空中的五六架黑鹰武装直升机，也已经将青龙团团围住，猛烈开火射击。然后他走了过来，说：“你先别着急，外面这么猛的交叉火力，青龙再厉害说不定也架不住。”

这时，青龙发出尖厉无比的龙啸，声音中似乎蕴含了无限愤怒，接着我们几人从对面楼层的外围玻璃上看到了上面的情况。

只见青龙四肢奋力一蹬，同时振动双翅，巨大的身躯猛地离开大厦楼体，龙颈极速朝前伸去，正面的一架直升机根本来不及躲闪，被一口咬碎。接着龙头向上，龙身瞬间改向由向前变为向上，双翼展开，左右两架飞机便被龙翅扇得晕头转向，撞到对面楼层外侧。

转眼间，空中的数架直升机，无一能逃过，并且这些常规弹药似乎对青龙根本没有杀伤力，飞机的残肢断骸向地面摔去，又引得几辆特警轮式装甲车爆炸。

整个街面一片狼藉。

我见状，紧张得面皮惨白，对赵金生说：“赶紧跟你们的头儿说，清空道路，交通管制，我要去把龙引开。”

郭美琪扑过来，说：“你疯了，不要命了！”

这时候我满脑子里只有简清明那个浑蛋，哪里想得到别的什么。赵金生见我如此，便问：“你怎么引啊？引到哪儿去？清空哪些路？”

我咽了几口唾沫，说：“一会儿我直接冲出去，上了车之后，就朝长江大桥开，如果青龙跟我走，那么等到了长江大桥的中间，我就停车，然后跳江。它不是能追得到龙牙的磁场吗？等我跳进水里后，就摘下龙牙，留在江里，如果到时候自己能活，再游到岸上去。”

赵金生皱眉说：“然后我通知上面，提前让火力在长江大桥周围布置，设下火力阵地，只等青龙一到，就叫它有来无回。”

我们几人谈话的工夫，青龙已经从空中降落，扑到街面，完全是以横冲直撞的姿态，肆意妄为，长短枪甚至火箭筒等打在龙身上，如同隔靴搔痒。赵金生跟上级报告后，又连线临时行动总指挥，在电话里讨论部署着接下来的行动。

杜志发递过来一根烟，给我点上，说：“宣哥，你真的要走？”我浑身不停地颤抖，吐了一口烟，点点头说：“简清明这个王八蛋，我绝对不会让他得逞。”

郭美琪焦急地说：“警察根本不会答应他的要求，你拿自己的命去冒险，这又是何苦？你把龙牙拿出去，换个警察执行任务，不行吗？”我说：“我的命是命，警察的命就不是命吗？这件事，因我而起，就该由我负责。”

杜志发躲在一张办公桌下，说：“这怎么能算在你头上呢？跟你没关系。”“如果不是我的这个龙牙，青龙就不会追出来。”我气得扔掉香烟，狠狠踩灭。

赵金生挂了电话，走过来说：“临时行动总指挥同意你的意见，并且已经开始交通管制，确保从这里到长江大桥道路的畅通。另外，情况已经通报军方，正在等待批准，一经授权，将会有四架歼-10，携带SD-10导弹和PL-8导弹，到达长江大桥，那里江面开阔空旷，正适合歼灭。”

我们还没来得及消化赵金生的话，青龙突然蹿到我们所在的楼层，巨大的龙头瞬间便冲进了窗户。四人哪里还来得及细想，只得夺路而逃。

此时楼中已然无人，我们很快便下到一楼大堂。我转头朝他们说了一句：“你们保重。”郭美琪像在潜艇上时一样，握住我的手，说：“不管去哪儿，我陪你。”杜志发说：“有了美女，不能没兄弟啊，别落下我。”赵金生则举着手里的手机说：“没我，谁负责及时收发交换情况啊？”

四人计较已定，门口安排好的车辆尚在街道拐角，于是瞄准个空隙，咬牙一起狂奔出去。

青龙此时仍在十几楼的位置，拼命向里抓捞。及至我们几个跑到半程时，似乎觉察过来，抑或真的是能够追踪到某种信息，连龙翼都未张开，直接从半空跃下，震得地面剧烈摇晃一下，险些将我们震倒。

我们哪里敢停，终于跑到街角处，钻进特警准备好的一辆警车，朝长江大桥方向猛开。

这次是由我驾驶，郭美琪在我旁边，杜志发跟赵金生两人在后座。虽然已经开始交通管制，但静晖大厦附近已经是残垣断壁，一片狼藉，路况十分复杂。

我一边开着车，一边从后视镜中观察，同时嘴里不断念着：“快跟上来，快跟上来。”

青龙竟然真的尾随而来，开始是在路面飞奔，踩翻无数车辆，后来龙翅一振，飞了起来。远远看去，如同高飞的苍鹰，正紧盯着一只打着警灯暴闪的黑兔。

青龙几次欲飞低，用爪子抓我们，但总是碍于街边的高楼大厦，被我们三番五次躲过。一会儿之后，赵金生接到了电话，然后说：“军方已获授权，四架歼-10已从军用机场起飞，预计五分钟后到达。”

我一边开车，一边小心地前后张望，此时似乎已经过了紧张期，咬着牙说：“来吧，来吧，让你尝尝导弹的滋味，然后乖乖落到江底去，咱们再也别见了，你不是想要我的龙牙吗？那就送给你陪葬。”

越往大桥开，路上越畅通，当能够见到引桥时，两边的建筑物密度陡然低了下来。青龙一个俯冲，我拼命猛踩油门猛打方向盘，但还是被抓蹭到了车尾。警车朝护栏撞去，万幸没有撞翻撞坏，几乎没停地继续朝前开去。

郭美琪指着天上，喊了起来：“歼-10，歼-10。”

杜志发在后面狂喊：“宣哥，再快一点儿，就要到了。”

终于，我们如同子弹一般蹿上长江大桥，但眼前出现的景象，却令我猛踩刹车。前面是堵得死死的车辆，因为这么短的时间内，大桥上的车辆根本无法完全疏散。

我驾驶的警车狠狠撞上了前面的车辆，车上四人撞得几乎昏厥过去。迷迷糊糊中，我打开车门，滚下车去，然后扶着车身站起来，拼命晃了晃脑袋，稍清醒后，独自一人朝大桥正中间跑去，并且对着天上高喊：“来啊！来啊！有种跟老子来啊！”

此时的青龙，虽然没有完全到达大桥正中，但已经身处桥身之上，它似乎对我根本没有任何兴趣，而是用龙爪重重拍打了一下群车中的我们的警车，一下子便将车子拍出十几米远。我不死心，仍旧一边朝前跑，一边高喊，直到天上几枚射下来的导弹，分别击中龙头、龙颈、龙身，发出震耳欲聋的巨响。

青龙这次似乎着实遭到了重创，放下龙爪下的车，却仍然不倒，扑棱了几下翅膀，向前移动并飞了起来，但明显能够看出，它受了伤，因为根本飞不太高，动作也明显笨重起来。四架歼-10发起第二轮攻击，七八枚导弹，几乎击中青龙全身各个部位。

我则躲在几辆车的侧面，躲避爆炸和巨响。

青龙落了下来，在桥堡上，冲着天空发出震耳欲聋的嘶鸣，片刻之后，重新张开双翅，扭头朝东飞去，及至巨大的龙身完全到了江面之上，将龙翅收缩于体侧，转而四十五度向下，一头扎进江水中，片刻后消失不见了。宽阔浩荡的长江中，只剩江心形成的一个巨大漩涡，最终也逐渐恢复了平静。

警车上的三人，此时也跌跌撞撞下了车，郭美琪慢慢朝我走过来，紧跑几步，拥紧了我。

第31章　血疑

南京市区静晖大厦突然出现青龙的消息，立刻成为一颗超级重磅炸弹，各种新闻铺天盖地而来。

原本的临时指挥小组迅速重新扩建，一个涵盖政府、警察、武警、军方、科学家等各部门和领域的联合行动指挥部成立，其中科研组的办公室便设在九渊博物馆，而麦教授则是专家组成员。赵金生被专门安排为联络员，负责协调科研组与指挥部之间的上传下达。

青龙虽潜入并消失于长江中，但毕竟没人能证实其已经死亡，会不会重新回来谁也不敢打包票，而且许多人都猜测，用不了多久，青龙势必重来。

我、郭美琪和杜志发三人，自然在博物馆里，作为亲历者，参与其中的一些问询事宜。当天晚上，麦教授组织大家召开了一次会议。

“我想当下最紧要的任务有两个：其一，是在火力布控上做好准备，这个是军方的任务；其二，是要弄清楚青龙的目的，它到底想要什么？或是想要干什么？这就是我们在座各位的首要任务。”

“麦教授，我想这个根本不需要讨论，毫无疑问青龙是来找鬼雨异珠的。”一个五十多岁，戴着无框眼镜，鬓角略显斑白的男人说道。

麦教授撑着下巴，静静听着，没有立刻说话。

郭美琪说："我觉得不是，如果是因为鬼雨异珠，那青龙应该直接来博物馆这里，而非静晖大厦。"

那个男人立刻说："你们几个当然会说不是因为鬼雨异珠，因为鬼雨珠是你们采的，如果真是因为这个原因，你们是要为此次事件负责任的！"

杜志发嚷了起来，说："放屁。你要是去山里旅游，遇到一只老虎，自己逃下山时老虎跟着下山了，伤了人，那难道是你的责任？你自己本身都是受害者。"

麦教授说："我们现在是讨论原因，不是讨论责任。杨宣，你是今天引开龙的人，你说说。"

"一开始，我跟这位……"

"这是田沛，田博士，与你爷爷在同一家研究所。"麦教授介绍道。

"哦，最初的时候，在酒店里时，我的想法跟田博士一致，认为它是冲鬼雨珠而来。但后来，我的想法就变了，因为青龙是追着我的，因为我们几个在静晖大厦，所以它才会去那里，并且最有可能的原因就是我脖子上的龙牙。青龙在下面时，跟我近距离接触过，或许它能够记得、识别我这颗龙牙中的磁场信息。正是在这个想法的直接驱动下，我们几人开车将青龙引到了开阔的长江大桥，所以事实证明，青龙确实是追着我们几个的，而不是为了鬼雨异珠。"

田沛不说话了，另一人问："你的龙牙从哪里来的？"

"小时候，我爷爷给我的。"

然后几个科学家低声讨论了一番，似乎在探讨要不要对龙牙做一番检测。我听到后，继续说："不过到了长江大桥之后，我又有了一个新的疑惑，从下午到现在，我一直在想这个问题。"

麦教授做了个手势，说："你继续讲。"

"我现在觉得，青龙也不是在追我的龙牙，因为在桥上撞车之后，当我徒步继续向前跑时，它压根儿就不看我，也不注意我，即使我大喊大叫也没用。"

田沛说："照你这么说，青龙既不是追鬼雨珠，也不是追你们，那就只能归结于运气不好，点儿背闹龙灾了？简直是笑话。"

另一个人说："田博士，那你说该怎么办？"

"我们在座的各位，都是龙研究领域的专家，今天的青龙事件，尽管造成了巨大的损失，这是大家不愿看到的，但同时也说明了我们这个领域存在的必要性和重要性，这是个机遇。不过呢，说起龙研究，恐怕全世界对龙最有研究的，还是采珠人。”田沛说着，指向我们，“他们四个，本是去追简清明的，简清明是受国际刑警组织通缉的，这不错，他是个大坏人。但坏人也有利用的价值啊，特别是现在这个时候。简清明的祖上是南珠王，咱们中国头一号的采珠人，他们整个家族也一直是在做采珠这个行当。论对于龙的研究、对付龙的方法，我看，还就只有简清明最在行。”

麦教授皱着眉头，缓缓说：“你的意思是，让简清明为这件事出谋划策？”

我立刻站起来，说：“简清明根本不懂，他在下面对付龙的手段，也就仅仅是用SADM、用武器，别的什么办法都没有。”

田沛说：“你怎么知道他不懂？至少他们家祖上是屠过龙的，你屠过吗？难道他的手段，得先讲给你听不成？”说着，转向麦教授，“麦教授，不是我妄自菲薄，根据我的判断，咱们这帮人加一起，对于龙的认识，可能都抵不上简清明一个人。现在是特殊时期，我建议，以专家组的名义，给指挥部打报告，考虑让简清明戴罪立功，否则，恐怕会有更大的麻烦和损失。”

我最担心的就是这件事，费尽千辛万苦才将简清明绳之以法，要是现在把他放出来，我简直连死的心都有。

赵金生欲言又止，靠在椅背上，叹了口气。

郭美琪说：“麦教授，你知道的，简清明其实也没有办法，他老奸巨猾，想借机跑了罢了。”

这时候，杜志发站起来，直接将一杯水朝田沛泼去，骂道：“你个王八蛋，除了会瞎叨叨，还会什么？如果要简清明，那指挥部请你来当摆设啊？！”

田沛抹着脸上的水，站起身，指着杜志发说：“你们几个别想推卸责任，青龙出现就是因为你们采了鬼雨珠，这次所有的损失都是因你们而起。等着吧！”

我也站了起来，说：“珠子是我采的，如果你能证明青龙真的是因为这个而来，那么这个责任我来担，跟他们没有关系。我的命就在这里，如果需要，随时来拿。引青龙去长江大桥时，我就没打算活着回来。”然后俯身撑住会议桌，用手指着他，“但姓田的，你听好，如果简清明被放出来，我一定来找你算账。”说完，我拉着郭美琪和杜志发就出了会议室，赵金生因为是联络员，所以不得已还得留在那儿。我们三人坐到博物馆外的山顶上，夜风习习，但难以解去心头的烦躁。

杜志发说：“那个田鸡，简直能把人气死。我们抓了简清明，到头来还变成是我们的责任，简清明反而能戴罪立功，这简直，我×……”杜志发越说越气，捡起一块石子朝山下扔去。

我说：“这个我倒不担心，他即使再说，白的也不可能变成黑的，青龙根本不是因为鬼雨异珠而来，明眼人都能想通，指挥部也不会听他乱嚼舌头。”

郭美琪说：“嗯，这个我知道，否则咱们也没法将它从静晖大厦，一路引向长江大桥。但你刚才说，青龙能追到我们，也不是因为你的龙牙？”

我摇摇头，说：“应该不是，在桥上的时候，我能明显感觉到，它的注意力根本不在我身上，而是在警车。它最后一个动作不是追我，而是拍了那警车一下，当时你们三人都还在车上。”

杜志发说：“那你的意思是，青龙追的不是你，而是我和Maggie姐？”

“或者是赵金生。”我补充道，“但具体是哪一个，我也不清楚。”

这时，两个警卫跑了过来，说：“麦教授请你们过去一趟。”于是三人转头，一会儿后来到麦教授的办公室。

我说：“教授，你们的会开完了？”

“是啊，不过不欢而散。”

杜志发说：“就是因为那个田鸡吧？”

麦教授笑了笑，倒了几杯酒，递给我们，然后说：“其实跟他倒没有太大关系。只是这些专家说起来都是研究龙的，但其实大家都来自各个领域，有的是生物专家，有的是地质方面的，还有的是研究植物的，只不过这些领域与龙都有交集而已。所以，很难一起讨论出什么方案。不过最后大家一致同意的是，你们三个人现在是重点保护对象，因为你们很可能是龙的目标。必要时会通过你们，将龙引到合适的地点，再开火。”然后看着我，“所以田沛说青龙冲着鬼雨珠而来，是站不住脚的。”

郭美琪不解地问：“杨宣刚才说，他能肯定，青龙不是追他和他的龙牙，而是我、杜志发和赵金生三人，但我怎么都想不明白，它干吗要追我们？杨宣好歹还有龙牙，可我们三个，什么都没有，青龙又是通过什么追踪的呢？”

麦教授说：“龙牙和异珠，都是能量的不同形式，就像是磁场的南北极，可以相互作用。但这个世界上，能量点很多，也就是干扰太多，青龙应该很难去寻找某个特定的能量场，所以我也觉得跟杨宣的龙牙没什么关联。至于具体是什么，我现在还不太说得好。”

杜志发摇头咂嘴问道：“麦教授啊，我还有一个问题不明白，这鬼雨珠采回来，除了能发光，怎么其他一点儿反应都没有呢？不是说好了能呼风唤雨的吗？”

我说：“谁跟你说好了？”

“不，我不是说说好了，我是说麦教授原先不是说鬼雨异珠能呼风唤雨的吗？还什么能毁灭一座城市之类的。”

麦教授嘴角挑笑道：“这个问题很简单，我问你，发电产生电流的原理是什么？”杜志发摇头说：“我又不是科学家，这我哪儿知道。”

郭美琪在一旁直笑。

我叹了口气说：“这是初中物理好吧？切割磁感应线啊！”

麦教授继续说：“要产生电流很简单，一根金属棒，在磁场中切割运动，是吧？那么同样的，我刚才说过，龙牙和异珠，都是能量的不同形式，就像是磁场的南北极，可以相互作用，所以我们将龙牙和异珠这二者的相互作用看成一个磁场，但如果仅仅是这样，行吗？”

杜志发说：“少了一根棒？”

“对了，你其实还是很聪明的。不过我们这里不是需要一根棒，我们这里需要的是一条龙。有了龙，然后龙的能量全在龙牙上，龙牙与异珠相互作用产生能量场，最后通过龙的身体产生电流，这个电流就是——风雨雷电。当然，不同的异珠，最终产生出来的电流是不同的，但鬼雨异珠的作用就是——风雨雷电。”

杜志发吃惊之余，又愣愣地问道：“必须要龙？”

“你如果能用木棒产生电，那你就可以不需要龙，而通过你杜志发。”麦教授说道。

我眼珠子转着，缓缓说：“教授，如果非要龙才能产生呼风唤雨的效果的话，那简清明为什么非要花这么大的代价去采鬼雨异珠呢？”

麦教授抿了几口酒，说：“杨宣，你得知道。在龙的研究领域，我们知道的都还很少，许多知识都是在不断摸索之中逐渐完善。比如在得到鬼雨异珠之前，我也认为，人得到了鬼雨珠，就可以达到那种特殊效果。但经过这几天和国内一流的专家一起研究，我发现可能那只是我们的一厢情愿罢了。人是人、龙是龙，异珠就是龙的，咱们得到了也发挥不了其作用。”

见我不说话，麦教授说：“是不是很失望？”

我摇头说：“倒不是失望，我原本就只是为我爷爷的事情才去的，能抓到简清明我就满足了。只是……只是以我对简清明仅有的了解，觉得一个采来没有超常作用的异珠，他这种人，是不会倾尽全力去弄的。”我咂咂嘴，“总觉得哪里有些不对劲。”

当天夜里，我们四个人全在博物馆休息。我心里烦躁异常，虽然身体极为疲惫，却几乎彻夜未眠，第二天一大早就爬了起来。路过郭美琪房间时，听到里面咳嗽得很厉害，于是敲门进去，发现她面色蜡黄，我坐到她旁边，问：“怎么了？哪里不舒服吗？”

“可能感冒了，有点儿发烧。”

于是我去弄了一块湿毛巾，搭在她的额头，这时却发现她面部以及脖子上，长了不少弥漫性的红色斑疹。我刚准备问情况，谁知她又赶紧起来，跑到卫生间去呕吐。

我瞬间联想到在十狱阎殿下面时，简清明给她打的那一针，登时惊得出了一身冷汗。等她吐完，我说：“咱们去医院吧。”

郭美琪躺在床上，说：“没事的，我先躺会儿。”

“不行，去医院。我担心简清明的那一针。”

因为四五天都没反应，郭美琪自己都可能忘了那茬儿，经我这一提醒，她想了起来，考虑片刻后，点点头。

尽管我开得飞快，但就路上这么一小会儿，郭美琪的病情却越来越重，肝脏部位也开始疼痛起来。因为我们几人此时的特殊性，赵金生作为联络员，早就通知了医院，所以郭美琪立马便被送进了特殊病房，赵金生与杜志发随后也赶到了医院。

看着病床上昏迷不醒的郭美琪，以及迅速由面部、颈部扩散到全身的红斑丘疹，我简直束手无策。我们只好坐到楼梯间抽闷烟。

半天之后，医生做出了诊断，令我们大吃一惊，是一种我从未听说过的病——GVHR，即“移植物抗宿主反应”。

我难以置信地问：“移植物？她哪里做过什么移植？医生你们搞错了吧？”

医生说：“她的情况极为特殊，我们开始也不敢肯定就是GVHR。但考虑到你们提供的情况，说她之前接受过针剂注射，我们才最终确定的。”

杜志发问：“打一针跟什么移植又有什么关系？”

“我们倾向于认为，那一针注射的是血液，再具体一些讲，可能是一种造血干细胞。”赵金生似乎有点儿懂了，问道：“造血干细胞？那就是骨髓啰？”

“也可以这么讲。而且新移植的血细胞增生分裂速度极快，其中的活性淋巴细胞正在对患者的皮肤、消化道和肝脏，进行免疫攻击。仅仅是在正常情况下接受了一针注射，就产生了这么快速的病变，我们也是头一次见到，简直有点儿不可思议。”

我说：“医生啊，既然你们知道是什么病了，那应该是可以治的吧？”

医生稍微怔了一下，说：“我们会尽力的。”说完，他走了一步又停住，转过头，“不过你们恐怕要提前做好准备，普通的GVHR还可以通过药物抑制，但她的情况很特殊，从来没遇到过，我们没有把握。”

“那有哪家医院有把握治吗？”

医生顿了一下，然后说：“恐怕这是整个医学界的头一例。”

我们三人傻愣在那里，这时，我的手机响了起来，一看是梁丕，我接起电话：“喂？”

“怎么？听起来声音很沉重嘛，屠龙英雄。你都上了报纸头条了，应该高兴才对啊。你在哪儿？请你吃饭。”

“郭美琪病了，在医院。”

“昨天受伤了？”

“不是，很麻烦的。”

“血液病？”

我听了微微一怔，说：“你怎么知道？”

"简清明不是给她打过一针吗？我猜的。"

"那狗×的不知道打的什么，医生说他们从来没见过这种情况，跟人移植了骨髓之后的什么抗宿主反应一样。"

梁丕沉默了好一会儿，然后说："杨宣，看来你可能得到我这里来一趟。"

"郭美琪躺在床上昏迷不醒，我没心思出去。"

"你必须得来，如果你想把那条龙解决的话。新海湾广场B座1107，我等你。"

这话算是戳中了我的要害，如果不能解决青龙，恐怕最终还真有可能放了简清明；另外，郭美琪这里，我除了干等着，别的什么忙也帮不上，于是跟杜志发说："你跟我去梁丕那儿一趟。"然后又对赵金生说："梁丕找我们有点儿事，好像是跟龙有关的。"

"行，你们快去快回，我走不开，还得去指挥部。"

我和杜志发开车来到梁丕约定的地方，不是他自己的公司，也不是他的家，一进去，里面空间不小，被透明玻璃隔成不少工作间。正对大门的墙壁上，有一张超大地图，上面钉满了钉子以及蛛网般的绳子，并且还贴上了一些小方块照片或者资料。

工作间大致分成三个区域，一处摆着些实验仪器，台式显微镜、标本盒管、各式器皿等；一处是一台高大的仪器，搞不清用处，正下方是个操作台，像是解剖或者动手术的，周围则摆着数台计算机；最后一处是几排书架，摆满了书籍和各式档案盒，还有几排铁架子，从上到下全是抽屉，让人猜测会不会拉开一看，里面全是骨头。

"这是什么地方？"我一进去，四处打量着说。

杜志发说："老梁，这整个一秘密实验室啊？"

梁丕一副落魄教书匠的模样，却叼着他的大雪茄，笑着说："嗯，阿发挺聪明，一猜就中。"说着，转身将大铁门关上。

我看着那道厚实异常的铁门，说："难不成还真是秘密实验室？"

梁丕看着周围，叹了口气说："其实这不仅仅是我一个人的，而是我和你爷爷两个人的实验室。"

我四处走了走，看到一张桌子上有张照片，正是上大学前爷爷跟我的合影，不禁也长长叹了一口气。各自找椅子坐下后，我说：“喊我们到这儿来是……”

话还没说完，梁丕扔过来一本打印出来的论文，说：“看看这个。”我拿起来一看，封面上写着“龙祖肃元·专题研究一：血细胞比对分析”，然后翻开浏览了一下，里面全是表格数据以及生物学和医学术语，看不懂。杜志发凑过来要看，我便递给他，接着问梁丕：“这份研究怎么了？龙祖肃元又是什么？”

梁丕说：“龙祖嘛，就是龙的祖宗，也就是有史以来发现的最早的一条龙。”

我问：“有条青龙就够了，怎么又来条龙祖？”

梁丕说：“既然是祖宗，那肯定已经死了，放心。这条龙的名字，叫作肃元，所以合起来称为龙祖肃元。”

杜志发说：“你们在去十狱阎殿之前，就已经发现了真正的龙了？”

“开玩笑，龙早就发现了，只不过我们都没有看到过活的龙罢了。我告诉你们，杨宣脖子上挂的龙牙，就是来自这条龙，龙祖肃元。”

我有点儿不敢相信，问：“这颗龙牙是龙祖肃元的？”

“是啊，肃元是你爷爷在贡嘎雪峰海螺沟发现的，那会儿大概是70年代吧，发现时是具风干的龙尸，保存状况非常完好，躯干长度达到三百六十八米，连一片鳞甲都不缺。”

杜志发叫了起来：“我的妈呀，三百六十八米，那岂不是比这条青龙还要大？”

“要不怎么叫龙祖呢？还不止这个，后来经过测定，肃元死亡的时间大约为公元前三千年左右，也就是距今已有大约五千年。”

我说：“那肃元是怎么死的？”

梁丕的喉咙里响起几声他的那种标志性的很诡异的笑声，说：“难道你以为龙不会死吗？神仙如果不吃蟠桃，寿命都有尽的时候，龙当然也会死。”

“那这个血细胞比对分析呢？”

“虽然是具风干的龙尸，但杨教授当时却从中发现了血液组织以及红细胞。”说着，拿起厚厚一摞论文，“别看这么多页纸，其实归根结底就是一句话——肃元的红细胞，在原子力显微镜观察下，其形态与人类的一模一样。”

杜志发叫了起来：“龙血与人血红细胞一样？”

梁丕说：“别激动，只是形态一样，都像是甜甜圈。但当时没法提取到血液，因为早已经风干了，所以杨教授无法进一步判断其与人血的异同，比如抗原、抗体等。不过这个研究倒是给一句话做了注脚。”

我说：“什么话？”

“龙的传人。我们都是龙的传人，不是吗？”

我朝杜志发看看，两人都觉得实在是有些不可思议，过了会儿我问：“那你说到这里来是解决与那条青龙有关的问题，这是什么意思？”

“我原来根本没想到过这个，不瞒你们说，昨天我收拾东西收拾了一宿。”

杜志发问：“收拾东西干吗？”

“找个安全地方走人啊，你觉得凭常规武器能打得掉青龙？简清明他们专业屠龙者，都只挑蛟刚化成虬时打，现在这条青龙可是满能量的应龙，怎么可能打得过？所以我准备只要青龙再出现一次，老子就卷铺盖走人。临走前想请你吃个饭的，谁知一打电话，灵感打出来了。”

我嘴里嗯了一声，他继续说：“你一说郭美琪病了，我立刻想到简清明那老小子给她打的针，这还没什么，关键是你后面一句话，说是跟人移植了骨髓之后的移植物抗宿主反应一样，我脑袋里面忽然一闪，就想到了这份报告。”

杜志发说：“龙血？简清明给Maggie姐打的是龙血？”

“可能还不仅仅是龙血，而是龙髓！”

“龙髓？那是干什么玩意儿的？”杜志发惊道。

我说：“骨髓是负责造血的，那龙髓也是了？”

“没错。我和杨教授只有标本，只能在原子力显微镜下观察龙血细胞的形态，仅限于此。但简清明他们可是祖传的屠龙者啊，虽然他们杀不掉青龙，但蛟刚化成的虬，那就已经属于真龙序列了，所以虬血就是龙血啊！他们完全有可能提取出龙髓来。”梁丕思路越说越活络，“尽管简清明只给美琪打了一针，按理来说，即使是别的动物血，鸡血鸭血甚至狗血，但如果只打一针管，我想哪怕发生溶血反应，也不会有太大危险。不过如果我们假设一下，龙血确实与人血的相似度极高，但仍然存在抗原匹配问题，而且其增生、分化速度极快，对异体的攻击性极强，那么在这种情况下，即使只是一针管，也会产生与人类移植中发生的移植物抗宿主反应一样的症状，并且会更为严重，甚至一旦开始发作就无法通过药物抑制。”

我将身子靠到椅背，头朝后仰，骂了一声：“王八蛋！”

杜志发挠挠头，问：“可简清明为什么要给Maggie姐打龙髓呢？”

梁丕俯下身子，合起双手放在鼻子和嘴上，留下一双眼睛滴溜溜看着我俩，片刻后说：“鱼饵。”

“鱼饵？”我们两人说道。

“是的，鱼饵。简清明在十狱阎殿的屠龙计划是，通过一个鱼饵，让青龙吞下去，但鱼饵之上绑了SADM，这样通过内部爆炸，从而屠龙。但龙是不吃东西的，那么你用什么做饵呢？”

杜志发说：“可即使打了龙髓之后，人也没法变成鱼饵啊？！你也说了，龙是不吃东西的。”

梁丕说：“一山不容二虎、一渊不两蛟、二龙夺珠，这些话都是在说明同一个道理。龙确实是不吃食物的，它们只需要自然能量，但它们会护珠，而且每条龙都有各自占领的地域范围，如果一条龙闯入另一条龙的地盘去，那肯定就会引起争斗，这与其他动物是一样的。特别是这个地方有对于龙而言极其珍贵的异珠时，一旦出现异己，龙那是会拼了老命护珠的。”

我有些震惊，说：“简清明通过给Maggie注射龙髓，使得青龙将她判断成另一条龙，另一条侵入其领地的龙，从而对她进行攻击，吞掉她后，她身上的SADM就到了青龙腹中，最后引爆，屠龙。”我越想越觉得确实如此，站了起来，“怪不得当时我和郭美琪还有赵金生三个人，从奈河边往土坡后面撤的时候，青龙离得那么远，竟然撇下身边的那么多鬼卒不去对付，反而冲我们追了过来。当时我还纳闷，怎么光冲着我们追呢？原来龙髓在那个时候，就已经开始在郭美琪体内起了作用。”

梁丕接着说：“龙没法判定具体能量点，也即很难找到鬼雨异珠的下落，但它可以判断出不同的龙，它的鬼雨异珠没了，恼羞成怒，所以它最终出了天柱山内部的深渊，来找它在奈河边曾经识别到的那条侵犯它领地的龙，也就是郭美琪。”他站起身，踱步走到窗户前，“所以，青龙一直追的是郭美琪，而不是你杨宣。现在，龙髓在郭美琪体内大量且快速地增生、分化，并且对宿主脏器发动强势的免疫攻击。你们注意这个不是排斥反应，不是宿主抗移植物，而是移植物抗宿主，并且只一针管，就有如此强烈反应，可以想象，龙髓的威力有多么惊人。”

梁丕转身来到我们身边，缓缓说了一句话：“郭美琪现在浑身上下流淌的是——龙血！所以，把青龙引来的罪魁祸首是简清明，如果不是他给郭美琪注射龙髓，青龙根本就无从追起。”

这个结论，让我和杜志发两人震惊无比，我在实验室里来回走了许久，方才逐渐平静下来，问：“那有没有什么办法可以救郭美琪？”

“我这边知道的都告诉你了，剩下的就在医生，但我说句难听话，几乎没有希望……”

我重重坐到转椅上，仰头看着天花板，长长叹息，心里在想：难道我这辈子注定与情无缘吗？大学四年，对女朋友那么用情，最后抵不过分开一个月；自从认识郭美琪，她就像一缕阳光，扫走了我心中原先的阴霾，但谁能想到，结果却成这样，唉，造化弄人。

杜志发说：“宣哥，每个人都有命啦。该活的时候怎么都死不了，该死的时候怎么都没法活。我不相信Maggie姐现在会死，她不会有事的。”

有那么一个念头，在我心里瞬间闪过，却令我心里稍微好受了些，此时听到杜志发安慰我的话，我嘴角浅笑，拍了拍他的肩膀，然后自己坐起身来，问：“老梁，你说要怎么才能屠龙？”

梁丕眼中露出一丝精光，说：“龙吸收的自然能量，最终全都集中在龙牙上；而奇贝异螺吸收的自然能量，最终凝结为异珠。龙牙和异珠都是自然能量，两者相互作用，形成一个强大又无形的能量场。”

杜志发说：“怪不得所有图片和雕刻上，珠子全都被龙衔在嘴里，这样龙牙和异珠的相互作用会最强？”

“其实也可以将异珠放在别的地方，但龙没有衣服，没有口袋，所以最简便的办法，就是衔在嘴里。”

我说：“龙牙与异珠相互作用形成能量场，再以龙本身为媒介，就如同磁场中的导体棒那样，最后产生各种各样的魔力，比如风雨雷电。”

梁丕一脸惊讶，说：“对。你太聪明了。”

“这是麦教授告诉我们的。”

梁丕将凳子朝前拉了拉，说：“现在我们有龙牙，而且是龙祖肃元的龙牙，它可是龙王级别，超强的；有异珠，鬼雨异珠；原本还差一条龙，但是现在也有了。”他眼中精光更盛，“那我们就可以获得异珠的魔力，我们可以召唤风雨雷电，以此来对付那条青龙！”

我皱眉问：“你是说郭美琪？”

“郭美琪的体内现在是百分之百的纯龙血，她就是一条龙，她就是龙女。”

杜志发说：“可Maggie姐她昏迷不醒，而且你自己也说她极度危险，这种情况下，怎么可能让她来操纵鬼雨异珠的魔力，对付青龙？”

梁丕诡异地笑了起来，说：“龙髓都有了，难道，我们不可以学简清明，再造出一个体内流淌龙血的人吗？”

我说：“那样是会死人的，就像郭美琪，注射龙髓后的四五天内不会发生GVHR，但一旦发作，就会……就可能死去。”

梁丕幽幽地说：“这个世界上，成功总是与代价成正比的。要想杀掉青龙，怎么可能没牺牲？牺牲的是一个人，挽救的是全世界。”

我和杜志发都没说话，梁丕接着说：“你们可以把我的这个发现，告诉指挥部。具体怎么样，让他们来定吧，不过得快，否则如果郭美琪不幸去世，那她的血就没法再供下一个人选使用了，得在她离开这个世界之前，采到她现在体内的龙髓。”

从新海湾B座1107出来后，我和杜志发开车去了九渊博物馆，将这个消息告诉了麦教授。

麦教授一脸凝重，在房间里思考了很久之后，说：“这个梁丕真是个人才啊，难怪你爷爷会找他一起合作，两个人秘密研究。”杜志发说：“那麦教授，您是觉得他这个方案可行了？”“眼下也没有别的路，死马当作活马医，只能试一试了。况且梁丕的这个推测，可以完全解释Maggie现在的情况，让人不得不信。”

既然已经将消息告诉了科研组，我也没有别的想法，满脑子中只剩下郭美琪的样子。心不在焉地跟着他们开完第二次会，听着他们一群人在讨论由梁丕推测出来的这个疯狂的方案。这次跟我爷爷一个研究所的那个田沛，倒是乖乖地将嘴巴闭上了，因为事实证明，罪魁祸首是简清明，如果不是他给郭美琪打的龙髓，青龙根本不会出来。

等到散会，我便下了楼，开车去医院。尽管我不愿相信郭美琪的情况很危险，但心底还是知道，人是没法改变现实的，有些事情，你可以骗自己，麻醉自己，但最终还是不得不正视其残酷的一面。

第32章　黑手

我来到医院四楼，郭美琪病房所在的楼层时，远远看到医生刚好进了病房。正好我想问问他，在确切知道了被注射的是龙髓后，是否相较以前会稍微更有些把握，于是加快了步子。

推门进去后，医生正弯着腰给郭美琪抽血。

等医生抽完一针筒，我说："医生啊，她的情况现在怎么样？"

"还是差很多，我们还得抽血再化验一下。"

"现在用药物能够抑制得住GVHR吗？"

医生顿了一下，看着我，然后说："可以的，但效果不会那么快，你们家属得有点儿耐心。"说完，便往门外走。

我听他说可以用药物抑制，心里很高兴，于是跟着他走了出去，继续问："是不是确切知道是注射了龙髓，所以现在有办法了？"

他戴着口罩，一边走一边说："是的，你留在病房安心照顾病人，这些事情我们会及时通知你的。"

见他走得急，我也不方便再问，站在病房门口，目送他下楼，心里总算有了一丝高兴。但一会儿之后，我发现似乎有些不对劲儿，这个医生并没有将抽完的血交给任何护士，也没用送到任何房间，而是带着那管血就直接下了楼。

我很是疑惑，不由自主地便跟了上去，谁知一直跟到楼下，那人走到了大厅，摘下了口罩，扔进垃圾桶后，便继续朝出口走去。

这时我彻底震惊了，心中画起一个大大的问号，难道这人不是医生？是个假医生？再联想到郭美琪现在体内流淌的是龙血，而龙血的特殊作用不言而喻，想到此处，我立刻跟着他出了住院部的大门。

那人也很机警，听到身后的脚步声，回头一看我追了出来，撒腿就跑，朝医院大门外奔去，钻进一辆已经等在那里的汽车。

我脑海中忽然闪出一个念头：这人既然知道郭美琪血液的事情，现在又来偷血，八成跟简清明有脱不开的关系，说不定就是为了救简清明，这哪里能忍，于是上了自己的车追上去，死死咬住不放。同时给赵金生打了个电话，告诉他有人想偷郭美琪的血，让他找人看好病房。

市区的路况平时比较拥挤，此时因为前一天的青龙事件，很多道路都没能清理通车，所以相较以往更堵，他们想逃没那么容易。何况我经过这两天的事，对于生活、对于生命的认知跟以前相比，有了一些变化，特别是在梁丕那里，知道郭美琪基本不可能得救之后，虽然还没有到绝望的地步，但精神上至少有些麻木，要是再让简清明跑了，真是什么都没了。所以这个时候追起车来，几乎是玩命，几次三番撞在那两人的车屁股上，但要命的是，就是没法超车逼他们停下来。

到了一处立交桥时，前面的汽车远远排起了长龙，我再一次疯了一样，狠狠撞向他们。眼看无路可逃，车里两人打开车门，翻过护栏，跳向了下面的绿化带。

我二话不说，下车后朝护栏跑了过去，连一个停顿都没有，手撑护栏便直接跃了下去。两人在前，一人在后，跑进了一家废弃的厂房，前面是个死胡同。终于，那两人大口喘着气，开车那人手里探出一把弹簧刀，指着我说："你他妈自己想死，那也怪不了爷。"说着，持刀便扑了过来。

我仗着自己身高腿长，飞起一腿，直踹他胳膊，没想到那家伙侧身躲开，反而钩住我的腿，照上面就是一刀。我没感到有太疼，反手抱住那人的脖颈，使个蛮劲儿一提一摔，将他放倒在地，用左膝顶住他的胸口，抡起拳头就猛揍起来。

这时，假扮医生那人从后面冲上来，将我扑倒，但他手里没刀，我虽然被压在下面，但只是屈膝朝他胃部一蹬，这人就飞了出去，捂住肚子。接着我朝右翻过去，继续狠揍地上拿刀的那人，我们情绪失控，那人的脸几乎被我打成了肉饼。

另一人原本在旁边捂着肚子，此时手里不知从哪儿捡来一块板砖，冲上来照我头上就猛砸下来。我盛怒之下，竟然没倒，反而愣愣地站起来，转过身，盯着那人，同时从额头上挂下几道血流，刚准备上前时，人却瘫倒了下去。

迷迷糊糊中，一辆汽车停到了旁边，跟着下来几人将我搬到车上，接着到了一处仓库。一盆凉水浇下，我顿时清醒过来。

一个人站在我的前面，说："你还真是挺难解决啊？几次三番坏我们好事。"

我抬头一瞧，不禁瞪大了眼睛，说："田沛？"跟着立马就反应过来，什么都明白了，喊道："你他妈的是简清明的人！"可是无奈双手被绑，动弹不得。

田沛冷冷笑了几声，说："你如果不多管闲事，你好我好，大家都好，什么麻烦都没有。你让简清明安安生生在下面屠完龙，采了珠子，不就结了吗？非要蹚浑水，跟条癞皮狗一样，死咬不放。抓简清明也就算了，现在又拦我采那小妞的血，你说你这是犯的什么贱啊！"说着，冲我脸上就是一巴掌。

我脑袋晕晕乎乎，晃着头说："我明白了，你不光是想采郭美琪的血，恐怕还想趁指挥部没采到她的血之前，提前杀了她吧？"

"是啊，只要我是唯一掌握这龙髓的人，我就相当于掌控了这条青龙，我想将它引向哪里，就能引到哪里。"

我笑了起来，说："可惜啊可惜，你又不能如愿了。我已经让赵金生派人护住了病房，你们要是再想去害郭美琪的命，怕是永远没可能了。而且你知道的，麦教授已经跟你们开了会，指挥部已经知道郭美琪龙血的事情了。"

田沛倒也笑了起来，说："你跟你爷爷一个德行，目中无人，自命清高。你猜得没错，我是简清明的人，就是我告诉他，你爷爷有鬼雨法螺的消息，也是我通知人去抢的你们的车。只不过我有些小瞧了你，也好，既然你这么厉害，那就让你再做回大英雄吧。"说着，他掏出一支针管，左手用力按住我的下巴，右手将针插进我脖子上的血管，然后拇指一使劲，整管血液全部推完。

将空空的针管扔到地上后，田沛舒了口气，说："男人嘛，得为自己的行为负责。你爷爷一过来，就抢了我的课题和位置，那也就算了，可他的嘴怎么就那么贱呢？他凭什么那么盛气凌人？最可恨的是，他竟然当着课题组全体成员的面骂我，他以为他是谁啊？”

我说：“你竟然因为他骂你，就杀了他？”

田沛气得双眼充血，双唇颤抖，神经质般狂躁地说：“天底下没有人可以骂我！没有人！杨子衿他算个什么东西，他有什么资格批评我？第一次的时候我就跟他说过，你迟早会因为你的这张嘴吃大亏。好啊，他不听，还是那么狂。现在到了阴曹地府，他总该知道了吧？下辈子，他如果还是狗改不了吃屎，那我接着教他，哈哈，哈哈哈……”

“疯子，又是一个疯子。”我低头喃喃地说道。

“本来只要让我采到郭美琪的血，并杀了她，那迫于青龙的压力，我一定可以将简清明救出来。但现在被你，杨子衿的孙子，一条癞皮狗，坏了好事。所以，你也得跟你爷爷一样，为自己的行为负责。现在你的身体里也有了龙血，用不了多久，就会跟郭美琪一样死掉。”

“你要杀我就直接杀好了，何必浪费一管龙血？真是吃饱了撑的。”

田沛呵呵笑了起来，说：“你们这种莽夫，真是除了嘴硬，没点儿大脑。”说着，他弯下腰，凑到我的面前，“你以为指挥部现在加强了对那小妞的防护，我就没办法了吗？告诉你，我打算用你做个血库，在你患抗宿主反应死掉之前，活活把你的血抽光，然后再注射给更多的人，那样，指挥部手里的血就作废了，因为到时候目标会有很多，青龙就会随机选择目标追踪攻击了。”他站起身来，狠狠说道：“既然让我没法掌控青龙，那大家都别掌控。跟我玩智商，你们不是对手。”

“我是对手吗？”屋子里忽然响起一个熟悉的声音，我虽然仍旧低着头，但苦笑了一下，知道一定是赵金生，因为从医院开车追出来的时候，我已经给他打过了电话。如果大白天我被人拉走，还是在已经通知了他的情况下，都没法找到这里的话，那他也就别混了，路上的那些摄像头，也干脆拆了得了。

田沛惊讶地回头，看他那㞞样，我笑了起来，说：“你以为我傻啊，追出来之前不会先报个警？”

“笑个屁，你没几天过了你。”田沛气急败坏，伸手进衣兜准备掏什么，乒的一声，赵金生开枪了，不过打得也真准，子弹正中田沛脚掌，他整个人立马倒地，疼得蜷缩起来。仓库里旁边一个田沛的手下，也就是刚才去医院假扮医生的那个人，立刻双手朝上，跪地投降。

赵金生来解开我的绳子时，我说："这回你的处长升定了，简清明的团伙，彻底抓全了。"

赵金生看着地上的那支空针管，叹了口气，说："对不起，兄弟，我来晚一步。"我揉了揉手腕，笑着说："一切都是命，命中注定该我去屠龙。"

赵金生转头用一种很费解的眼神看着我，说："你似乎一点儿不害怕，甚至好像很开心，跟没事儿人一样。你知不知道就算青龙不杀你，龙血也会让你死的啊。"

我回头看着他，笑了一下，是的，确实是有这个念头让我感觉反而得到某种解脱，但我没有说出来，只是转身走出仓库外。

距青龙消失在长江已有差不多二十四小时，所有人都在担心它随时会再出现。我到了博物馆，杜志发迎了上来问："听说有人想去偷Maggie的血？"

我说是，然后拉开领口，露出脖子上的针眼，说："而且打我身上了。"杜志发惊讶地说："打……打你身上了？"

我朝麦教授的书房走去，没再回答。杜志发跟上来，继续说："宣哥，你别吓我。"

"真的，龙髓现在正在我的体内，就像在郭美琪体内那样，开始增生分化，创造出龙血，然后吞噬、取代我原本自己的细胞，大概四五天一过，也会发生GVHR，到时候，你想见我的话，只能去医院了。"说完，我推门进了书房。

麦教授正站在窗边，看着远处。回头见我进来，说："听说Maggie那边出了些事情？"

"田沛就是我爷爷研究所里的内奸，他跟简清明是一伙儿的，就是他，把简清明引了过来，害死了我爷爷。"

麦教授想了想，说："那看来，医院那边偷血，就是他策划的咯？"

"是的。本来他想采完郭美琪的血，然后再灭口，这样能吸引青龙的血，就只在他一人手里，相当于他可以控制青龙的去向，可以凭借这个，暗中增加简清明的砝码，最终帮他出狱。"

杜志发叫了起来："怪不得这个狗×的，从第一次开会就在替简清明说话，并把责任全往我们身上推。”

“我恰好到了医院，他们抽完了血，但没法下手杀郭美琪，我去追他们，但不小心被抓住了。”

麦教授瞪大了眼睛，似乎不敢相信，一字一句地说：“你被田沛抓住了？”

“是的，不过在那之前，我已经给赵金生打了电话，最后他追到了那里。但田沛因为计划被我打乱，所以重新想了个毒计，想把龙血打到尽可能多的人身上去，迫使咱们手里现在的龙血，失去作用，因为标靶很多的话，就没法准确吸引青龙了，那等于让青龙自由攻击，引发完全的混乱，这就是他想要的。”我顿了一下，“田沛就是个疯子，跟简清明一样的疯子。”

麦教授走了过来，上下仔细打量着我，但他的目光很敏锐，拉开我的领口，看到了那个针眼，谨慎又担忧地说：“这个，不会是……”

我咬咬牙，叹了口气说：“是的，Maggie的血被田沛打进了我的血管里。”麦教授盯着我的双眼，看了许久后转过身去，踱了几步后，说：“你很了不起，杨宣，你爷爷会为你骄傲的。”

“现在青龙已经消失了快24个小时，我想抓紧些，尽量能在它再次出现前，做好准备。等把青龙解决了，我就可以安心去医院陪郭美琪了。”

麦教授习惯性地打开酒瓶，倒了三杯酒，分别给了我和杜志发，还有他自己，然后坐到椅子上，看样子似乎是在平复将要做某件大事前的紧张，说：“我等这一天很久了，原以为这辈子都不会看到了，却想不到就在今天。”然后转头看着我，“谢谢你，杨宣。”

“没什么，我想明白了，这是我的命罢了。梁丕他不相信命运，但我信。”

杜志发说：“我觉得这不是你的命，也不是Maggie姐的命。你们是好人，好人不该这样死。”我说：“但愿你的话是对的，尽管从目前来看，有些结局几乎是一定的。”

麦教授饮了一大口酒，说：“未到终点，勿谈定数。这个世界太大，不可预知的因素太多，人类永远无法知道下一秒会发生什么。奇迹，抑或灾难。所以，任何时候，我们都不要失去希望。我这辈子一直在说——追逐魔力，是我活着的目的，金钱不是。我最大的愿望，就是能看到人类掌握魔力的那一刻。

当你们动身去长江魔三角时，我心动了，我认为我的梦想，有可能会实现；当你们真将鬼雨珠带到九渊时，我感谢上苍，能让我见证这一奇迹。但接下来却令我大失所望，心底有个声音在说，人类掌握魔力是不可能的，你浪费了一辈子的时光，去追逐一个不切实际的梦想。但是现在，一切又发生了变化。”麦教授站起身，眼角现出奇异的笑容，看着我们，“命运是什么？命运是一个万花筒，它的确存在，却有无限可能；当你觉得走投无路时，千万不要失去希望，你得学会等待，等待它的转动，到时，一切便会不同。所以，不到终点，勿谈定数。”

麦教授缓缓走过去，打开房门，说：“走吧，让我们一起，创造未来。”

三人进了电梯，麦思贤摁下了数字-3。根据我对九渊有限的认识，地下三层是整栋收藏楼的最底层。并且要从电梯里到达那层的话，是需要输入密码的，我和杜志发都从来没有来过这里。

出了电梯后，看到一个不大的厅堂，没有窗户，西面是一扇看起来极为厚实坚固的，直径估计达到两米多的圆形精钢保险库门。门中间有类似方向盘的转动把手，左侧是三个转盘式机械密码锁，组合成一个整体密码。麦教授分别转好三组密码，然后用力顺时针转动中间把手，几圈过后，使劲向后拉开这扇门，当门的侧面滑过眼前时，我和杜志发都被震撼到了，因为其厚度超出一般人的想象，足有半米多。

三人进入房间，麦教授便又费力地关上库门。头顶的灯光全部打开，将里面照得煞白透亮，正中间的位置是一个六阶方台，台上四周有金属围条，形成球形，其外又有九条金色的龙雕拱卫，整体看来，像极了一座超大的浑天仪。

“浑天仪”中间又有一小台，泛着蓝色幽光的鬼雨异珠正稳稳置于其上，处于浑天仪整体球形的中央位置。

初步适应这个房间后，我问：“麦教授，这里是博物馆的保险库吗？”

麦教授在这个超大“浑天仪”台阶下的操作台处，拨动了一排按钮，说：“是保险库，但我给它取了个更有意思的名字，叫作——魔方。”

杜志发说：“魔方？为什么？”

“拥有魔力的地方，就叫魔方。呵呵。”麦教授轻轻笑了起来。

我绕着方台看了一圈，然后拍着一座龙雕，问：“这看起来似乎是个仪器？”杜志发也抬头打量着说：“像是超大号的浑天仪。”

麦思贤慢慢走了过来，说：“这确实是个仪器，我称它为九渊仪。十二年前，我发明了它，又花了十年的时间进行改进，这两年没有再升级，因为它已经很完美了。”

我走上台阶，进入到整个仪器的中间，面前正是那颗鬼雨异珠，胸口的龙牙开始隐隐拽动。我一手摁住龙牙，抬头观察着这个概念感十足的机器，说：“教授，这个仪器是做什么用的？”

“我先前跟你们说，要想获得异珠的魔力，三个因素缺一不可——龙牙、异珠、龙。”

杜志发说：“是啊，现在全了。杨宣自己体内现在流淌的也是龙血，脖子上有肃元的龙牙，面前就是鬼雨异珠，一切都全了。”

麦教授微微笑着说：“不过你们还忽略了一点，龙牙是天然生在龙身上的，龙牙与龙是一个整体，也就是说，龙可以控制龙牙上的自然能量。但如果仅靠脖子上挂龙牙，那是没办法去控制其中能量的。”

我走下台阶，来到他们面前，说：“难道这个仪器，可以控制能量？”

“九渊仪不是用来控制能量的，它的作用是，将不同能量进行融合。”麦思贤摁下了操作台上的一个红色按钮，九渊仪外围的球形金属围条上，开始不断闪出紫色的电流状火花，“我很早就意识到，单纯找到龙牙和异珠，并不能由此获得魔力。因为人没法控制这种能量，好比要产生电流，不但要有导体棒，你还得能够让导体棒切割磁感应线，关键是在切割这个运动上，也即控制。”

我说：“而龙可以控制自身集中于龙牙上的能量，所以龙可以通过异珠，产生呼风唤雨等魔力？”

“完全正确。所以我设计了这台机器——九渊仪，它的作用并非你刚才猜的控制能量，而是融合能量，它能够将不同的能量，融为一体。”麦教授转头看着我，“比如将龙牙中的能量，转移、融合到你的身上，最终控制能量的是人，是你，不是机器。”

杜志发喃喃地说：“这把牛×大发了。”

“这……这可能吗？”我疑惑道。

麦教授对我诡异地眨了下右眼，右侧嘴角带着神秘的笑容，说：“你应该相信我。另外，不仅仅是龙牙，异珠蕴含的自然能量，也可以转移并融合到你体内。现在唯一的问题是——你准备好了吗？”

我咽了几口唾沫，喉头颤动着，正准备说话。这时房间里突然响起音乐：“快使用双节棍，哼哼哈嘿，快使用双节棍，哼哼哈嘿……”吓了我一跳。

转头一看，杜志发正手忙脚乱地摸口袋，然后一头汗地看着我和麦教授，满脸小贱样儿地说：“不好意思，手机音响效果太好。”好不容易摸到手机，看了一眼，识趣地没有接听，直接挂掉，然后关机，一脸无辜地看着我们，“你们继续。”

我看着麦教授，片刻后说：“来吧。”

麦教授和我一起走到九渊仪的台子中间，我脱去衬衫和背心，赤裸着上半身，唯剩脖子上的龙牙。杜志发在一旁说：“宣哥，你肌肉好劲啊。”麦思贤将鬼雨异珠放到一条特制的粗大腰带中间，看起来像是拳王的那种金腰带。固定好之后，缠到我的腰部，调整位置，以便让鬼雨异珠位于我的小腹中间，丹田处。

接着，台子底部向上伸出两根金属杆，恰好位于我的左右手两侧，麦教授调节好高度，然后将我的手固定到金属杆顶部的两个握把上。

最后拍拍我的肩膀，说：“你正在创造未来。”然后和杜志发两人走下台阶，来到控制台。

我抬头看着头顶九渊仪的外部金属条上冒着的紫色电流火花，心中激荡起伏不已，感觉越来越紧张，以至于需要大口喘气。

这时，原本在球形外罩上流动的火花，不断分出些粗大的支流，击向我的身体。我惊恐地睁大眼睛，不断看着，但所幸这些电流似乎并无痛感。过了片刻，从周遭360度范围内击中我的电流越来越多，也越来越频繁，胸口的龙牙将绳子绷得笔直，并且不停抖动。龙牙与鬼雨异珠之间，逐渐生出一团光亮，最初很小，是黄色；随着时间的推移，光团越变越大，最后我的全身，以至于整个九渊仪都被这团由黄变蓝的光团所笼罩。

我置身其中，四下看去，一切均茫然不见，耳朵也听不到任何声音，整个空间紧张无比。接着胸口剑突以及丹田两处，开始传来灼烧感，最初尚能忍耐，但渐渐变得如同烙铁，最后刺痛无比，我只能大喊大叫起来。

接着，我不由自主地浑身开始如同筛糠般颤抖，整个人像是被另一个灵魂牵引，不断做出种种怪异的动作和神态表情。待疼痛稍减，又感到体内的血液开始翻滚，甚至似乎能感到血液在冒泡，然后浑身感到不断膨大，不断扩张，似乎自己的身体已经融入光团中，轻飘无物。

一番地狱般的煎熬过后，眼前的光团逐渐消散，我如同被绑着的笼中困兽，整个人跪倒在地上，若不是双手被固定在金属支架上，恐怕会直接瘫倒于地。

杜志发和麦教授两人跑了上来，解开我的双手，将我架到台阶下的椅子上。

片刻后，杜志发惊奇地喊道："宣哥，成了，成了！"

我勉强撑着坐起来，低头看着自己。只见脖子上原本穿着龙牙的绳子，此时轻飘飘的，只剩一个银质底座，而底座上镶嵌的龙牙，已然消失不见。再看那条腰带上，正中间固定鬼雨异珠的地方，此时也是空空如也。取而代之的是，我的胸口剑突部位，隐隐约约出现了一个号角状的红色印子；而号角旁边，还有一个圆形的红色印子，两个合起来像是篆体的"明"字。我惊讶地站起来，看着他们俩，说："这……这是怎么回事？"

麦思贤说："能量融合为一。"

"龙牙和异珠，都到我身体里了？"

"可以这么理解，你们现在已经融为一体。"

我好像不认得自己一般，来回看着身体。麦教授将我的衣服递过来，说："咱们去山顶。"

杜志发说："看来我以后得喊你龙哥了。"

我们三人从博物馆的后门出去，来到东边邻近的一个山头。此时是下午大约五点，夕阳如血，挂在西边。几棵老松盘根错节，扎在山顶，下面有几块大青石，极目远眺，市区的景色尽收眼底。

我穿着衬衫，但没有束进裤子里，卷起袖口，山风吹动衬衫衣角。麦教授看着远方，说："现在我帮不了你了，你得靠自己去体会，如何运用这种魔力。"

我有点儿不知所措，除了感到体内超越以往的热气，其他没有什么感觉。见我茫然地踱着步子，麦教授急了，指着西边说："杨宣，你看着太阳，试着想象一下它现在被乌云遮盖的样子。"

杜志发抬头看着天空，小声说：“这么好的天气，要能让它下雨，那他妈还是人吗？”

麦教授骂道：“闭紧你的嘴巴，要不然就回去。”这是我头一次见麦教授发火骂人，想必他是急了。

我转身站到一块大青石上，闭眼深吸了一口气，然后排除杂念，看着夕阳，用意念想象其被乌云覆盖。这时猛然间，我小腹里变得火热，接着似乎便有一团气从小腹里蹿出，向后经过尾椎骨，沿着脊梁朝上，最后经由头顶，到达眉心位置。紧接着，我不受控制地闭合双眼，浑身开始极快速地颤抖。

麦教授在对面，看着我大喊：“睁开双眼，杨宣，把眼睛睁开。”

虽然双眼闭着，但我的神志是清醒的，听了麦教授的话后，将浑身的力气全都用在那该死的眼皮上，浑身汗如雨下，终于，我猛然睁开了眼，那感觉仿佛像是死命掰开了生锈的开关一样。

这时，眼前原本该是夏日傍晚夕阳映照的景色，陡然之间从四面天际涌出乌云，像是一支蘸满墨的毛笔伸进了笔洗中一样，墨色迅速扩散，极短的时间里，夕阳就完全消失不见了，整个天色变成了雾蒙蒙的蓝灰。

杜志发惊得不由得朝后退了几步，被一块青石绊到，摔倒在地。麦教授则欣喜若狂地看着周围，看着被越来越密的乌云笼罩的天空，喊道：“风、雨、雷、电，统统来吧！”

我心里知道确实摸到了窍门，大致就是意念先行，随后体内便会有热气蹿出，但不同的意念，从小腹中蹿出的气所流经的身体位置路径，或者叫脉络，是不同的。最需要注意的一点，就是要努力睁开眼睛，只要睁眼，身体便不会如同开始时那样抖动。

风开始大了起来，最后以至于阴风怒嚎；紫红色的闪电不断劈下，跟着闷雷滚滚而来，一个接一个，在头顶的天空炸响，久久轰鸣。杜志发被震得用胳膊护住头，几乎不敢再抬头望向天空。

黄豆般的雨粒开始砸了下来，一颗颗砸进山土里，甚至扬起灰尘。但眨眼间，所有扬尘就被瓢泼大雨浇灭，整个山头陷入雨帘中。

麦教授在倾盆大雨中哈哈笑着，在山顶上走着，就像是一个等雨等了几十年的人，终于等到了一样。我站在青石上，扬起双手、张开双臂，想要拥抱天空，实在无法抑制心中的激动，一念独发，目光所及的一棵老松便被陡然从天而降的闪电劈中，片刻后裂成两半，倒了下去。

我保持着外面的风雨，然后与麦教授和杜志发回到了博物馆中，三人换上了干净衣服后，重新坐了下来。麦教授的双眼有些微微发红，看起来像是哭过。杜志发则站在窗口边抽着烟，边看着外面的暴雨。

我对麦教授说："要我，停雨吗？"

"你可以试试，但我希望继续下，我等这场雨等了几十年了，真想多看一会儿。"

我微笑了一下，然后看着外面，只见瓢泼的大雨就像突然间被人关上了水龙头，猛地没了，但一秒钟之后，又重新落下，你甚至能看到雨水片刻间的整体痕迹是弧形。

杜志发惊呼起来，说："太酷了，就像是小孩撒尿一样，没尿完，但憋住一下，挪个地方，继续尿。"

我和麦教授哈哈大笑起来。

喝了几口热茶后，我想到件不开心的事情，说："麦教授，虽然现在你追求的东西在我身上实现了，但是可能用不了几天我就会进医院，到头来，浪费了那颗龙牙和鬼雨异珠，叫你空欢喜一场。"

"一件事情，你实现了，那就是你的。它是一种客观存在，就像历史一样，尽管统统湮灭，但它们是存在的，并且永远存在，谁也没法抹杀。所以，龙牙和异珠非但没有被浪费，它们的功绩将会永远存在，何况，你还得用它们来拯救这个世界。"

这时，赵金生走了进来，先是神情怪异地看了看我们三人，然后紧张兮兮地坐到我旁边，说："是真的吗？"

我说："你这说话没头没尾的，什么是不是真的？"

赵金生指着外面，说："风雨雷电啊！你弄的？"

"是啊，是我。临死前为世界再出一把力。"

赵金生叹了口气，说："指挥部根据你的情况，正在制订一套方案，称为屠龙计划。初步想法是这样的，两个小时后，我们会把你送到下关码头，那里会有一条船等你。你上去后，船便会以青龙入水处为中心，确定一段水域，来回航行。这样，争取能用你取代郭美琪，成为青龙的标靶。"我看了看手表，此时已经快夜里九点，说：“这可是连夜屠龙啊！你们的意思是，在江面解决它？”

赵金生点头说：“江面较为开阔空旷，有利于闪电准确命中，不会有太多障碍物，也能最大限度减少损失。”我站起身，扭了扭头，说：“行啊，我准备好了，死也好、活也罢，赶紧将这事儿结了，我还想去陪郭美琪呢。”

第33章　屠龙

大雨滂沱，指挥部的车，将我、赵金生和杜志发带到下关码头。一艘一百多米长，近二十米宽，四五层楼高的白色军舰正在港口待命。

赵金生和我下了车，杜志发却留在车上。我俩在雨中回头看了他一眼，赵金生正要发作，想要去把他拽下来，我拦住了赵金生，说：“我们走吧。”

走近一些后，我看清了船身，吃了一惊，说：“是驱逐舰？”赵金生说：“是啊，一般的民用船只或者科考船，岂不是去送死。”

刚走几步，忽然后面响起一阵脚步，杜志发小跑了过来说：“到了地方怎么没人喊我？老子都睡着了。”说着，一个人朝前跑去，抢先上了船。

我和赵金生两人对视笑笑。上了船之后，杜志发站在甲板上，回头对着我说：“宣哥，你能不能先把水龙头关掉会儿？老这么下，烦人哪。”

我说：“现在不是我下的，老天自己下的。”

“老天下的你就不能停吗？”

“试过了，但似乎我只能停住自己的雨。不过我可以让它雨上加雨，要不要来点儿？”杜志发跑进驾驶舱，说：“算了，已经够大的了，你还是留点儿力气待会儿用吧。”

整条船上除了我们三个以外，其他全部是荷枪实弹的海军水兵。

船头、船艉，以及两侧船舷上，都装着探照灯，各有专职水兵负责，将驱逐舰周围的水面，照得如同白昼。我们上船后，驱逐舰便按照预定航线，收锚起航。雨水将江面打成筛子，江水此时异常浑浊，能见度极低。驾驶舱里的雷达不断扫描着，我们三个坐在舱里，静静等候。

约莫到了凌晨三点半左右，声呐突然响起紧密的报警声，正打着瞌睡的杜志发猛然惊醒，吓得面色苍白，站起来不知所措，就像是想逃但不知道要逃向哪里才好。

船长立马通知："甲板部人员注意，目标出现，右舷角140度。甲板部人员注意，目标出现，右舷角140度。"我连忙跑到声呐前，看着电子面板，果然在船的右后方位置，显示出一个巨大的物体，并且正在不断朝驱逐舰接近。也就是说，如果那是青龙的话，此时它正从右后方，向前面的驱逐舰追赶。

驾驶舱里，船长下令："火力组拟定控制方案。鱼雷准备，听我命令。"

青龙以极快的速度潜进，如果不及时攻击，那么将会因为距离过近而造成鱼雷无法发射。所以船长停顿几乎没有超过三秒钟，便再次拿起了话筒："火力组，鱼雷，六枚，发射！"

我连忙出舱，跑到舰上停机坪的位置，那里视野最为开阔，往船艉方向江面看，几乎没有死角。狂风卷着雨水，江面似乎起了一层层的雾气，数盏探照灯集中在后方的江面上。发射口中齐刷刷冒出六枚鱼雷，跳入水中。

短暂的沉默过后，从水下传出闷响，江面上也炸出不小的水花。舰桥里传来一片欢呼，六枚鱼雷全部命中。但我心里知道，青龙不会那么容易挂的。

就在这时，江面突然掀起滔天巨浪，青龙从船艉方向的江面，瞬间冒了出来。那巨大的体量从水中浮起时，让人感觉到几乎与驱逐舰相当。而且可以想见，如果不是提前发射了六枚鱼雷，恐怕青龙会直接从驱逐舰的正下方出水，直接将驱逐舰掀翻。

青龙甫一出水，立刻便被舰载火力系统锁定，甲板上水兵手中的枪支自不必提，船后部的一个形似蚂蜂窝状的二十四管近防导弹也即刻向其开火。第一批二十四枚导弹呼啸着便朝其飞去。

这次驱逐舰的火力之猛，打击之集中，均是前一天在市区时所不能比的。青龙在暴雨中的江面上，昂首发出震耳欲聋的龙啸之音，先是作起巨浪，然后以惊人的速度朝前猛地一蹿，上半个龙身便跃上了船艉的甲板，顶着不断飞来的导弹，从侧面一个游击，以龙头直接撞向导弹发射架，顷刻间，发射架便被生生撞断，蜂窝状的发射管飞到空中，掉进江里。

龙一旦上了船，对于舰艇而言便极为麻烦，因为驱逐舰的威力在于预防，在于远程攻击，将目标拦截在安全范围之外。但青龙的速度实在太快，仅仅来得及发射第一批的鱼雷，以及第一批的近防导弹，并且均未能有效将其击伤，它便已经上了船来。

而上船近身之后，这些威力巨大的导弹和火力系统便失去了作用，只剩下水兵们手中力量有限的枪炮。尽管已有十几架直升机赶到，并盘旋于空中，探照灯全部集中到船艉的青龙身上。却不敢轻易开火，因为那样驱逐舰也就同样成了牺牲品。

我站在停机坪，抬头朝天，雨水冲刷着面颊，嘴里默念道："是时候结束了。"而后直直看向几乎是与我面对面而立的青龙，青龙此时视周遭的开火如无物，如同终于发现了宿敌一般，死死盯着我。

一人一龙，对峙相向。

就在青龙曲颈向天发出一声龙啸，而后挥动双翼，朝我站立的停机坪冲来时，我体内丹田处，火浪翻滚腾发，一气蹿起，直过眉心，紧接着一道闪电劈下，直击青龙头部，将原本已经跃离甲板的青龙，硬生生砸落。青龙遭此一击，显然毫无防备，立马激出惯有疯态，几乎在跌落到甲板上的同时，整条龙身狂暴扭动，龙尾横扫整个甲板，十几名水兵被打落江中。

我紧盯龙头，闪电接连不断劈下。空中的直升机因为惧怕为雷电误伤，均以船艉为中心，撒开一个直径极大的圆圈。

青龙犹如困兽，吟啸变为了狂乱的嘶鸣，不敢从正面直接跃上高处的停机坪，转而掉头，蹿入侧面船舷，竟然朝船头方向去了。

停机坪的位置虽高，却无法看到船艏，突然没了青龙的影子，我心里有些慌张。正准备下去，也跟到船头方向去时，青龙瞬间从我的右后方游出，并且是从最高的舰桥顶端，居高临下，狠狠扑了过来。

我立马双手撑住扶手，整个人从停机坪直接跃下，跳落到甲板上后，连着翻了几个跟头。此时江面风力甚大，波涛汹涌，加上青龙正在高处，整条船瞬间发生倾斜，我直接滑向船舷边，眼看就要落入江中，最后一刻伸手拼命抓住船舷护栏，但整个身子已经掉落在船身之外。

青龙一下子扑空，毫不停顿就继续朝甲板游来，没几秒的工夫就快要到我近前，而此时船身颠簸起伏太剧烈，我根本没法爬上甲板，能够保持吊住不落水，已经十分不易。若是青龙继续向前，直接将我击入水中，恐怕我的性命就此休矣，因为在水中，我即使可以唤来雷电，也没法准确直接击中青龙，而它只要一个张口，就能轻松将我吞进腹中。

就在这时，赵金生带着一个肩扛式反坦克导弹发射器，蹲在右边船舷处，杜志发慌慌张张地从舱里抱出一枚炮弹，跑到赵金生前面，准备从筒口往里塞。赵金生大喊："后面，从后面装药。"杜志发又赶紧朝后跑，手忙脚乱从弹筒屁股塞了进去，然后躲到一旁。接着嗖的一声，导弹射出，拖拽着尾焰，穿过瓢泼的雨帘，冲青龙直直射去。赵金生连火控系统都没用，只是使用微光瞄准镜，但最后炮弹竟然直接命中青龙左侧那颗火红的龙眼，然后炸开了花。

也是从这一次起，我明白了，眼睛是龙的一个重要弱点部位。

青龙这下似乎痛苦至极，整个龙身开始扭翻，我顺势接二连三劈下无数闪电，或许是此时面临掉入江中的危险，激发了体内的潜能，劈到最后，竟然每次均是十几束闪电并排齐发，集中砸下，如同集束炸弹一般（后来我把这种方式称为集束闪电），同时还伴有震耳欲聋的炸雷声。虽然我不知道什么是古人所形容的雷霆，但我认为，或许这应该就是雷霆之威。

终于渐渐地，青龙扭动的身体逐渐停了下来，整个龙头甚至传出焦味，但我直到其完全不动，仅剩龙鼻中偶尔能喷出一些烟气，才敢停下。

这时，杜志发和赵金生两人跑来，将我拉上甲板。我们三人瘫坐在船舷边，看着后半个船艉甲板上，蜷缩成一团的青龙，都觉得恍若梦中。

舰艇上的水兵们逐渐围了过来，我缓过劲儿后，站起身走到青龙的龙头边，此时它已彻底没了气息，眼皮紧闭，唯独发黑的头部散着一股焦味。

杜志发站在一旁，惊奇地瞧着我的脑袋说："宣哥，你头发又成黑的了。"

我转头看着他，说："你说什么？头发？"

"是啊，你刚才跟顶着一头火似的，现在又黑了。"

我朝向右边的赵金生，问："真的假的？"

"真的，不过别担心，红头发很酷的。"

我摸摸自己恢复正常的头发，呵地笑了一声。

龙尸被固定在驱逐舰的后半部甲板上，上面用厚实的帆布，遮得严严实实，不知最后运向了哪里。我本来很想要青龙的龙牙，但一想到自己反正也没几天活了，要这些也已经没有意义，于是索性没向指挥部提这个要求。

我这辈子上学没有得过一次奖状，连小学时的三好学生都从来没有评上过。但这次，我得到了一个大大的奖状，还有一枚奖章，是这次“屠龙行动”的总指挥颁给我的。不过出于保护我的原因，他们没有对外公布我的消息，更没有任何报道说这次屠龙是因为得到了我的帮助。

不过，我对于这一切很能接受，因为我生性就不喜欢抛头露面，只想找个喜欢的人，安安稳稳过日子，快快乐乐做我的潜水教练，仅此而已。

只是现在看来，似乎不可能了。用不了几天，我就会住进医院，不过在我发作GVHR之前，在龙血占领我的全部细胞并对我自身的脏器发动致命攻击之前，我想先照顾郭美琪几天。

第34章　秃尾巴老李

郭美琪在医院仍然昏迷不醒，并且身体免疫系统已经完全被摧毁，只能住进无菌病房。医生说照这个情况下去，大概撑不过一周。

听医生这么讲，我算了一下，如果我像郭美琪一样，前四天没事，第五天开始发作并昏迷的话，那她就是在我昏迷的时候离开人世，也即我可以不用见到她最终的离开，想到这里，无奈叹息之余，却也舒了口气。因为古人常说，不求同年同月同日生，但求同年同月同日死，看着自己心爱的人死，是一件太痛苦的事，所以同死就成了一种幸福。

如果“田鸡”博士没有给我打那一针龙血，当时的我，大概是不会选择自己结束生命的，因为满打满算，我跟郭美琪才认识、接触、交往几个月，尽管她的死，对我而言将是极为痛苦的一件事。不怕大家笑话，看着在无菌病房中昏迷不醒的郭美琪，我回到自己房间后，一个大男人，想想就哭，哭完再想，足足一个钟头，而且是用被子捂着嘴，肆意地号啕大哭。因为经历过痛苦失恋的人，当一份新爱情到来时，会天然地倍加珍惜，特别是如果新恋人，在某种程度上扮演了将你从黑暗中拯救出来的天使时，你或许只要一个月，就会产生强烈的感情。

这就是当时的我，最真实的写照。郭美琪从一开始出现，便很自然地扮演了我心中的天使角色，我对她在某种程度上是有种依恋感的，相当致命。人的感情，与外表没有太大关系。一个外表柔弱的娘炮，却可以是特别无情、毅然决绝的人；而外表高大、健硕，也很精干，甚至还有点儿痞气匪气的人，也可以是非常专一、重感情、讲义气的，比如像我。

你问我恨不恨田沛？说真的，也许在给我注射龙血这件事情上，我还真不那么恨他。没他的话，我也许做不到跟着郭美琪去另一个世界，他多少给了我解脱。当然，田沛主动引来简清明害我爷爷，自是十恶不赦、不可饶恕。

我本来想告诉父母这个情况，但思前想后，最终只是打电话给他们报了个平安。其余的时候，白天就跟杜志发和梁丕一起到江边钓鱼，要么一个人去爬明孝陵的梅花山，晚上则在医院陪郭美琪。我想在一个轻松惬意的心态下，在忘记那些令人厌烦的快节奏生活下，潇洒走人。

有些人说等死比死还可怕，但其实也得分情况的。当时间到了第五天，我早早来到医院，陪着郭美琪，外面阳光明媚，我隔着玻璃，喃喃地对她说："最后一天，让我给你变个戏法儿吧？"接着顷刻间，外面就下起小雨，不过没有刮风，因为我讨厌风，除非情势所需。这一次，在玻璃的倒影中，我看到了自己突然从黑变为火红的头发，真的就像是顶着一团火。

我从一大早等到中午，从中午等到傍晚，小雨淅沥沥下了一整天，楼梯间垃圾桶上的烟灰盒都快被我塞满，可我除了有点儿饿，其他一点儿反应都没有。我在脑袋中反复计算，没错啊，是该发作了啊。然后就是看表，一天不知道看了多少次时间。等死可怕吗？至少我那天没觉得。

第六天，又是从早到晚，一个火红头发的人，不停在楼梯间抽烟、看表，结果，还是没事。夜里，我躺在床上拿定主意，如果一觉醒来，还没问题，那我一定得找麦教授，或者梁丕，看看到底怎么回事。

次日清晨，六点不到，我一骨碌翻起身，立马跑到卫生间将灯打开，先是洗了个澡，然后对着镜子照了半天，气色很不错，印堂不但不黑，反而发红。

我嘴里小声骂道："×！"然后拿上钥匙，直接就开车去了九渊博物馆。麦教授在书房穿着件紫色的睡袍，站在落地窗前抽着烟斗。见我进来，没等我开口，便说："我需要化验一下你的血液，可能情况发生了变化。"

"变化？你是说，我有可能会没事？"

麦教授手里拿着烟斗，神秘地对我笑笑，说："没人知道下一秒的事情。

不到终点、勿谈定数，不是吗？”

来到博物馆二楼的实验室，一个穿白大褂的人正在低头准备着东西，听见我们的脚步声，他回过头，说：“让我们来查清楚，你到底是谁？”

“老梁？！你们怎么来了？”我很惊讶，然后又回头看看麦思贤，“你们早就等着我了？”

梁丕说：“按理说，两天前你就应该发作。所以那天麦教授就已经跟我通了电话，于是我把新海湾B座1107的东西，全都搬到了这里。”

麦教授看了下手表，说：“我们得抓紧时间了。”

“抓紧时间？抓紧时间要去做什么？”我问。

梁丕拿起抽血的针管，说：“我们很快就能知道了。”

经过漫长的等待，梁丕终于出来，将化验结果直接递给麦教授。麦教授稍微翻看几下后，对梁丕说：“跟我们的猜测一样。”

梁丕努努嘴，说：“确实一样，看来那个传说是真的。”

“嘿嘿，到底怎么回事？”

看见我有些紧张的样子，麦教授走过来，给我递过来一杯酒，笑了一下，说：“先讲个故事轻松下吧，给你放松放松神经。秃尾巴老李，你听说过吗？”

我摇摇头，说：“没。你不是说要抓紧时间吗？那还讲什么故事？”梁丕此时脱掉了白大褂，跷着二郎腿，抽着雪茄，说：“这个故事很重要，讲完咱们就走。那边已经在准备中，你不要着急。”

“那边？哪边？”

梁丕说：“你如果想知道，就先耐心听完麦教授讲的故事，不会很长的。”

麦教授说：“秃尾巴老李是山东地区民间流传甚广的一则故事，很多地方至今仍然会祭拜他。古时候有位女子，三月天的时候在河边洗衣服，忽然抬头看到树上有个李子，大如鸡卵。女子心里很奇怪，觉得暮春时节不应该结李子，而且还是这么大个儿。于是采下来吃了，味道非常鲜美，但自从吃了之后，肚子却渐渐大了起来，跟怀孕了一样，怀了足足十四个月后，竟然生下一条小龙，长二尺许，落到地上后就立即飞走了，但是每天清晨必来喝她母亲的奶。这位女子的丈夫，心里又惊又怕，于是拿刀砍他，但没砍准，将其尾巴砍了下来。于是小龙从此不来了，因为这位怀龙女子的丈夫姓李，所以人们称这条龙为秃尾巴老李。后来老李到了黑龙江，所以只要过江的船中有山东人，船就会平安，因为老李保护老乡，以至于后来船夫必须等船上有山东客人在，才会开船。”

我听完，眨了眨眼，说：“完了？这没什么嘛，一个民间传说而已。”梁丕说：“可千万不要小看民间传说，十狱阎殿下面的事情，你也是知道的。”

麦教授见我没能领悟，继续说：“在我们研究龙的人看来，这个故事是很重要的，虽然未必百分之百真实，却揭示了一个很重要的道理——人龙混血。秃尾巴老李，就是人龙混血的第一代。”

这话一出，倒确实令我有些震惊，不是他讲，我还真没往这方面想。不过我实在无法接受他们的说法，难以置信地说：“这个世界上，竟然有人龙混血的后代？”

梁丕说：“你爷爷杨子衿教授的推测是——不但有，而且实际上的情况是，人龙混血的后裔流传非常广泛。秃尾巴老李，是人龙混血的第一代，那么我们假设一下，如果老李及其后代也一直采用这种混血的方式，最终会出现什么情况？”

我努力跟着他们的思路，边想边说：“越来越像人？”

麦教授打了个响指，然后两手撑到台子上，盯着我的眼睛说：“龙的传人。”

我感觉大脑似乎瞬间短路，并且冒出火花，惊讶地张大了嘴巴，倒吸一口凉气，说：“龙的传人？你们是说，我是龙的后代？开玩笑吧？”

梁丕笑着说：“没学会说话前就会游泳？几岁的小孩子在野沟里昏迷了一夜竟然死不掉？天生喜欢水？最大的嗜好是游泳和潜水？你自己平心静气想一想，这些，是一个普通人可以做到的吗？”

顿时，从小到大的一幕幕浮现在我的眼前，有种细思恐极的感觉，一股凉气从背后往上蹿。

梁丕继续说：“人龙混血的后裔传到今天，外表上已与普通人毫无区别。但他们的血液中，却含有一种极为特殊的抗原，我们称为万能抗体，既可以与普通人的抗原相匹配，同时又会被龙血细胞识别为同体，并将其同化。所以，现在你的体内，虽然已经是百分百的纯龙血，却是经过万能抗体改良后的，也即人类可以使用的龙血。”

麦教授站起来，一边拨着电话，一边对我说：“这就是为什么你被田沛注射了龙髓，却到现在都没任何问题。所以现在我们要去医院，用你的骨髓救Maggie。”

郭美琪在无菌仓里用药物以及高强度的化疗，杀死了体内包括原生龙血在内的所有细胞，而后移植了我的骨髓。用麦思贤他们的话来说就是——我体内经过万能抗体改良的骨髓血和造血干细胞，在郭美琪的体内迅速繁殖，而后帮助她重建了造血以及免疫系统。

暴雨之后，总会有灿烂晴天。移植过程很顺利，郭美琪一天后就已经苏醒，并且全身的红疹消退。我赖在同一个无菌仓里足足三天，才恋恋不舍出了院。而我出院时，郭美琪的各主要脏器已经逐渐恢复；一周后，在我看来，她已经没什么大事了。半年后，郭美琪出院，一切恢复正常，没有再出现任何的排异反应。

一天，我正跟郭美琪爬梅花山，在山间的树林里，一起坐在落叶上，回想这段往事。这时，手机响了，我掏出一看是杜志发。

郭美琪问：“什么事儿啊？”

“简清明今天被遣送回美国，赵金生问我们要不要去看看。杜志发说当然得去，他一会儿来接我们。”

于是两人往山下走，当走到山脚时，一辆鲜黄色的悍马H2停在路边。杜志发一头马尾，在车窗里朝我们招手。两人上了车，车里放着黑人饶舌歌曲，郭美琪问：“这车估计得不少钱吧？”

“今年刚出的新款，H2。价钱嘛，当然不便宜。”

我说：“我算是知道你为什么在澳洲工资那么高，还存不下钱了。照这个花法，能存下来才怪呢。”

“哎，宣哥，这你可不能怪我。是你给我的小夜光，要不然我哪儿买得起啊？”

“我是让你省着点儿花。”

杜志发不耐烦地说：“哎哟喂，知道知道，怎么搞得跟我妈似的。”

三人来到机场，见到赵金生，杜志发嬉皮笑脸地说：“赵处长好，什么时候请客啊。”

赵金生冲他胸口轻轻打了一拳，说：“你小子，就是没个正经。”然后将我们带到登机门处，简清明被两个高大威猛的警察押着，双手戴着手铐，从不远处缓缓走了过来，经过我们几个身边时，停住了步子，露出诡异的笑容，轻声说：“再见。”我说：“好好享受你的监狱生活，这辈子别想再见了。”

两个警察推了他一把，简清明继续朝前走去，上了登机廊桥后，回过头来，冲我们眨了一下眼睛，留下一个很难抹去的邪恶笑容。

郭美琪摇头叹道：“真是个疯子。”

此时，东海之滨的一座城市，天空阴沉，下着大雨，狂风呼啸着在海面卷起波涛。面朝大海的一栋别墅里，有个七八岁的小男孩，趴在阳台上，看着远处说：“爷爷，这雨都下了一个多月了，怎么还不停？”

旁边一位老者，声音沧桑嘶哑，低沉着说：“恐怕这是有蛟要化为龙了。”

“蛟为什么要变为龙呢？”

“老龙死去，就有新龙替代，新龙又由蛟而变，这就是生生不息。”

远处灰蒙蒙的海天交际处，砸下一道龙形紫闪，紫闪中化出一条青龙，四下腾游，昂首发出一声震天龙啸后，蹿入惊涛骇浪之中……

游蜂秘卷

异珠篇

异珠起源

异珠之本质为自然能量的凝结。

整个自然的能量，以天文、地理为横纵坐标，以不同层级、不同组成成分、不为肉眼所见的方式，在地球上不同地点分布。也即符合特定天文、地理条件的地点，具有不同的自然能量（级别、成分）。这些地点，共同组成一个蜂巢状立体网络，自然的能量，经由此网传输。

正如蝙蝠可依靠自身的超声波，来探明捕捉昆虫，贝螺也有种天然生物特性，会朝这些位于特定坐标的、具有不同能量的地点（水域）迁居。这些地点蕴含的能量，可导致迁居其中的贝螺的生物条件发生变化，如诱发其外套膜增生、裂变等，进而孕育出异珠。而在该条件下产出的异珠，在孕育形成的过程中，也在不断吸收、凝聚此处的自然能量，当真是凝自然精华、夺天地造化。及至异珠成形，虽然外表仍是珍珠，可能大，可能小，可能各式各样，但其内里贮存的，却是自然能量。

寻常异珠，由普通贝螺，迁居到能量层级较低、处于自然能量网外围的特定水域地点，孕产而成。这些地点大致会有哪种/哪几种贝螺迁居其中，游蜂们依靠密不外传的相水术，可以推断判定。从这个角度考虑，那么夜明珠其实居于寻常异珠与顶级异珠之间，因为游蜂们可以通过相水术来寻找夜明珠的所在。

而顶级异珠，则由奇贝异螺，迁居到能量级别很高、处于自然能量网关键节点处的特定水域地点，孕产而成。这类地点及其中的奇贝异螺，到目前为止，尚没有任何人可以有任何系统性的方法，能准确推断寻找，或提前预测。

但事在人为，总有人在不断探索未知。所以我们在这里所记录的，就是这个世界上，一群致力于破解顶级异珠分布规律，及其能量奥秘的人。若要讲他们，就不得不提到“游蜂”这个群体，以及其中的两个重要组织——游蜂营与九渊博物馆。

异珠传说

世间珍珠，出自海水、淡水。若以地域而分，则有“南东北西”之说——

广西合浦，南海之珠，名南珠，因粒大饱满、圆润光莹，故又称走盘珠；中华东北珍珠，名东珠或北珠，然亦有称东瀛日本之珠为东珠者；西珠，则产于西方欧罗巴。古语有云：“西珠不如东珠，东珠不如南珠”。

又以价值衡量，寻常或稀有，分为统珠（即普通珍珠）和异珠。统珠自不必说，流通常见者是也；异珠之属，实夺天地之造化，凝自然之精华。

凡异珠，多出自贝螺之壳内，然亦有一类不入此列，乃龙珠。龙珠者，世所罕见，贵重无比，顾名思义，为真龙体内所孕结之珠，详究其穴位，则在龙颔，有古语为证：

《庄子·杂篇·列御寇》云：“夫千金之珠，必在九重之渊而骊龙颔下。”《尸子》卷下云：“玉渊之中，骊龙蟠焉，颔下有珠。”葛洪《抱朴子·内篇·祛惑》云：“凡探明珠，不於合浦之渊，不得骊龙之夜光也。”

单论异珠，则分为“寻常异珠”与“顶级异珠”。

异珠等级

★寻常异珠★

甲、体大形奇。虽珠宝以正圆为优，但天然珍珠，因无核，故形状难以规则，且越大越易异形。如“亚洲之珠”为梨形，‘老子之珠’则像老人头。

乙、颜色怪异。赤、橙、黄、绿、青、蓝、紫，各色皆有，若非亲见，实难想象。

丙、种类稀有。此处稀有，指这类珍珠稀有，而孕产这些稀有珠的贝螺却是普通的。例如孔克珠、美乐珠、丛云宝螺珠、赤旋螺珠等，此类异珠均以‘克拉’为单位交易，颇类钻石。

★顶级异珠★

寻常异珠，虽稀有珍贵，但终归不离珠宝范畴。然顶级异珠，则超脱赏玩之列，臻至功能之境地。

譬如慈禧珍珠帐居中的那颗“夜明珠”，虽其功能仅仅是可发光，却已达顶级异珠行类。

又如传说中的“避水珠”，可在水底开辟出旱路，乃西海龙宫镇海之宝。姑且不论真假、有无，只表其功能，则避水珠之价值，几无法估量。

此外，相传“鬼雨异珠”可呼风唤雨，“坤宁珠”能致地动山摇，“共工珠”掌控洪水进退……此类顶级异珠，功能之强大诡异，直叫人匪夷所思之余，不免胆战心惊。

游蜂篇

游蜂

俗话说，靠山吃山，靠水吃水。采珠人也不例外，自古产珠的水域，才有珠户。但有一类采珠人，却不拘于某一地、某一处，而是靠着祖传密不外授的相水术，走千山过万水、游五湖闯四海，寻水觅珠。于是早年间，人们将这类采珠人，称为——游蜂。

说到游蜂，便不能不提“游蜂营”，提起游蜂营，那又得从慈禧讲起。慈禧是历史上对于珍珠极其迷恋的，鼎鼎有名的人物，据说因为当年她曾一度重症病危，后来得到一颗神奇的东珠，握在手中数日竟转危为安，自此慈禧对珍珠的迷恋无以复加。所以她在骁骑营、前锋营等军事组织之外，专门组建了游蜂营，封简云汉为都统，率领游蜂营到处寻采异珠。

南珠王

简云汉，出生于清末，初为慈禧御用采珠人。当年慈禧的冬夏两顶朝冠上共计六百多颗珍珠，均出自其手，另外还有一颗硕大的珍珠夜明珠，专门被慈禧悬挂在珍珠帐的正中，每晚她便在那颗珍珠下的床榻就寝。

除简云汉专责采供用于慈禧生活装饰类的珍珠，此外还有几名采珠人，一个专负责用于食用的，因慈禧会定期服用珍珠粉；另一个虽然也负责生活类珍珠，但仅限于东海海域。只有南珠王和他的一班徒弟，持珠牒，负责南珠及全国范围内的淡水珠。只要他们相中的水域，随时可以凭借珠牒龙票，通知当地衙门派人予以支持，甚至还能要求水师进行配合，其能耐可想而知。

后来慈禧组建“游蜂营”，封简云汉为都统，光绪三十三年，再封其为南珠王，若非风云变幻，简云汉其时已几乎就要兼任南洋水师提督。由采珠入仕，再到封疆大吏，古往今来，这是头一号。

其中渊源，一度盛传，皆起于那颗救了慈禧一命的神奇东珠，此珠或与当年的简云汉密切相关。

珠牒

清末南珠王时期，朝廷颁布的采珠许可证。采珠行当内当时亦将珠牒称为龙票，因为珠牒的正面刻有一条五爪金龙，两只龙爪各抓着一颗硕大的夜明珠。

龙牙

特指龙唇内，门齿和臼齿之间最长的那颗尖牙，外形似长刃匕首，光泽类象牙，但重量和密度极大。手感冰凉如镔铁，从侧面看，有点像只扁号角。

龙牙对于游蜂有着特殊的意义，既为法器，又是潜水采珠时的护身符。究其根本，皆因龙牙为真龙自身能量的凝结体，恰如异珠为自然能量的凝结体。

故而龙牙与异珠可相互作用，产生惊人魔力。

相水术

游蜂各世家，密不外传之术，不同派系间的具体法门会有不同，但皆从乾坤形势入手，总结出不同异珠形成所需要的不同天文地理条件，以此判断不同水域能够出产哪种异珠，即不同的异珠要到不同水域寻找；遇到不同水域，可大体判断里面会出哪种异珠，在游蜂行当里，这种本事称为相水。

譬如相水术中有云：“珠蚌中阴精，随月阴盈虚。概夜明珠之所在，定能吸收月华星精，吐纳水阴波寒，聚月龙井是也。”

九渊博物馆

麦思贤，九渊博物馆创始人，1933 年出生于上海，后全家移居香港，香港大学生命科学系毕业，后又考入剑桥生物系读博士，专攻贝类学。因自幼家中做珠宝生意，接触到了珍珠，对其产生浓厚兴趣，及至年长更难以自拔，后来由珍珠进而至异珠，由异珠再至龙研究领域。

90 年代初，受山海大学邀请，来内地任教至今，不久之后，开创九渊博物馆，除收藏奇贝异螺、异珠及稀有生物标本外，还与山海大学进行科研合作。九渊博物馆旗下的实验室，既为山海大学附属实验室，又是该专业的国家重点实验室。

麦思贤并非出身游蜂世家，却对异珠和龙，有着超常的兴趣和追求。其通过独创的异珠蜂巢能量网模型，试图推断相水术所无法判定的顶级异珠所在，从而破解地下水系和龙族的分布情况。

山海篇

地下水系

自从郑和、迪亚士、哥伦布、达伽马、麦哲伦等航海家，完成了全球新大陆的发现和探险之后，地表世界对于人类，已经了如指掌。

但如果我们把目光聚焦于地下，就会发现，整个地下水系的复杂程度丝毫不亚于地表的这些江河湖泊。

奇贝异螺、异珠以及龙，正带领我们接触并走进一个未知空间，一个神秘区域——地下世界，并且地下世界，跟地表一样，也是由大面积的水系所组成和联结，那就是地下水系。

我们今天研究地下水系和地下世界，等同于当年哥伦布们发现新大陆，并且会比他们更伟大，因为世界上最神秘的力量——龙和异珠，就在那里。此乃前无古人之事，从来没人弄清楚过的。

长江断流

滚滚东逝的长江，竟然曾经断流过，在历史上有记录可考的一共有两次，且令人惊奇的是，断流地点也在同一处，那就是江苏泰兴。第一次为元朝至正二年，即 1342 年 8 月，长江泰兴段江水一夜枯竭见底，次日沿江居民纷纷到江底拾取水中沉物，不料后续大水骤至，避闪不及，很多人葬身其中；第二次在 1954 年 1 月 13 日下午 4 点左右，长江泰兴段再次枯竭断流，所幸此次断流时间较短，两个多小时后，江水又重新冲下，无人员伤亡。因这两次神秘诡异的断流，所以将这段长江叫作泰兴魔三角，亦称长江魔三角。

聚月龙井

游蜂专有名词，指夜明珠所在之处。有云：“珠蚌中阴精，随月阴盈虚。概夜明珠之所在，定能吸收月华星精，吐纳水阴波寒，聚月龙井是也。”

又有《相水诀》诗一首，单表这聚月龙井——群山单臂柔，一水过阳轴，穹庐拱顶处，龙井月华收。这四句二十个字，便是聚月龙井需要符合的条件。

此诗从游蜂世家零散流出，本就晦涩难懂，加之又无旁注，寻常人如想真正理解其意，难如登天。

十狱阎殿

由黄泉洞中黄泉水潜下，进而到达的一处地下秘境。因天然地理环境，与传说中的十殿阎罗及各自司掌的十大地狱，有着惊人的相似，甚至连地狱火焰之上的沃焦石，可照出人生痛苦、悔恨之事的孽镜台等，都丝毫不差。又经元末义军张士诚一部两万多的人马，误入其中后，进一步按照阎罗殿的传说，加以改造。

是以常人如进入此地，当真无法辨别真假，只以为自己进了阴曹地府，故得名——十狱阎殿。

怪物篇

龙王鲸

学名：帝王蜥蜴，又名械齿鲸，本应生存于3900万至3400万年前的始新世晚期，却在黄泉洞下的江底峡谷中意外出现。

在江底峡谷的龙王鲸，与古生物学界已界定的标准有所出入，可能属于变种。其体长可达30米以上，外形像是一条超长的鳄鱼或者鲸鱼，更准确地说，应该叫作鱼龙状，可以想象成龙、鳄、鲸三者融合而成。

两只鱼鳍般的爪子，如同霸王龙的两只前爪；皮肤近似巨蟒与鳄鱼二者皮肤的混合体。头部大如重卡车头，甚或坦克，呈蜥蜴或鳄鱼般的三角状脑袋，坚硬如巨岩磐石；满口利齿，露于唇外。

夔凤

一种鸟头蛇身的怪物，十狱阎殿特有物种。

长有四只粗壮的脚爪，体长如同龙蛇，本应覆盖鳞甲之处，却披满了羽毛，两只巨大的翅膀收在身侧，亦可展翅翱翔。体形硕大，高可达三至四米，双眼殷红，好似能喷出火焰。尖锐的鸟喙里，上下长满倒刺。迅猛龙一般的鸟头，令人胆寒。

远古蜈蚣

十狱阎殿中的远古物种，在地表世界出现于石炭纪，二叠纪时期灭绝，距今三亿年。

外形为超大蜈蚣状，成年后

约有三米，扁平超宽的身体覆盖有金黄色的硬甲，火红的圆头上，长有一对大如镰刀般的腭牙，互相摩擦时，发出刺耳怪响。

鬼卒

黄种人基础面部特征，因常吃生硫黄，且地底辐射的缘故，所以长相很狰狞，且身材甚至比黑人更为高大强壮。常戴一种半脸骷髅面罩。

恐马

鬼卒常用坐骑，大小如马（比地表马要高大强壮），头却像是骆驼的变异恐怖版本。

潜龙篇

龙族探源

根据迄今为止的研究，龙分螭、蛟、虬、应、王。其中，无角的螭龙为最基本种类，螭龙修炼而成独角的蛟龙；一角的蛟龙再修炼而为双角的虬龙。螭龙和蛟龙都不算真正的龙，只有从虬龙开始才算步入真龙行列。虬龙继续修炼，待长出双翅之后，成为应龙；应龙再往上，双翅消失，终成龙王！由螭化蛟很容易，但由蛟化虬，便是一个很重要的坎，大部分蛟均卡在这个关口，无法逾越。

龙族进化

之所以会有不同级别的龙，其实与能量有关。螭龙的能量级别最低，在整个自然的能量体系网中处于最低级别，随着在这个网中不断吸收自然能量，到达一定级别，就会长出一只角，化为蛟龙。蛟龙的自身能量继续升高，到达一定级别后，便会再生出一角，变为双角，成为虬龙，就此步入真龙的行列。从真龙开始，就不再依赖自然界的食物，而是单纯凭借吸收自然能量生存。如此这般，继续往上，直至成为龙王！所以，一切都与能量有关。

走蛟

龙是由蛟变的，而蛟会选在特定的地理位置，积蓄天地能量，化为龙，这个过程称为走蛟。走蛟成功后，虽然已经成功变为龙，但那时的龙却是最虚弱的，人若想屠龙，选在此时相对而言最为容易。

蛟化龙有几个条件，一是地理位置，必须选在风水堪舆学上称为‘金锁龙门关’的地方；二是走蛟日期，通常会在夏季 7 到 9 月份。另外，蛟化龙之前，会提前射出一种五彩之气，直冲天空，游蜂有些派系里自古就传有望气术，即观望龙气之术。这些气，常人是看不到的，用现在的科学术语来讲的话，就是磁场，但如果现在通过仪器，比如俄罗斯发明的一种磁场照相机，或者通过这些游蜂特殊的望气术，就有可能观察到这种龙气。

龙珠

异珠对于龙族是最重要的存在。因为顶级异珠所在的位置为自然能量网的关键节点，其内里存贮的是级别很高、很关键的自然能量，所以龙会守护顶级异珠。因为龙的生存，依靠的并非食物，而是自然能量，也就是龙族通过在这些关键节点处，守卫顶级异珠，获得经由这张能量网传输过来的自然能量。

蛟化为龙之初，只是在外形上有所改变，但其实那个时候其能量还不足以化龙，必须再过一定时间，等到能量真正积满，才算彻底完成了全过程。所以人类要屠龙，最好的时机是蛟刚化龙之时，因为彼时其作为真龙而言的能量，尚未完全蓄满。

龙祖肃元

20 世纪 70 年代，由杨子衿带领的科考队，于贡嘎雪峰海螺沟发现一具风干龙尸，躯干长达三百六十八米，保存状况完好，甚至连鳞甲都不缺一片。

后经测定，其死亡时间大约为公元前 3000 年左右，距今已有大约 5000 年，故称龙祖，杨子衿将其命名为肃元。